KB118580

제5 도살장

SLAUGHTERHOUSE-FIVE
by Kurt Vonnegut

이 도서의 국립중앙도서관 출판예정도서목록(CIP)은 서지정보유통지원시스템 홈페이지(http://seoji.nl.go.kr)와
국가자료공동목록시스템(http://www.nl.go.kr/kolisnet)에서 이용하실 수 있습니다.
(CIP제어번호: CIP2016027515)

세계문학전집

150

Kurt Vonnegut : Slaughterhouse-Five

제5 도살장

커트 보니것 장편소설

정영목 옮김

문학동네

일러두기

1. 번역 대본으로는 *Slaughterhouse-Five*(Kurt Vonnegut, DIAL PRESS, 2009)를 사용했다.
2. 주석은 모두 옮긴이주이다.
3. 본문 중 고딕체는 원서에서 이탤릭체로 되어 있는 부분이다.

차례 ▌

제5도살장　　7

제 5 도 살 장

혹은

소 년 십 자 군

죽 음 과 억 지 로 춘 춤

커 트 보 니 것

오래전 전투력을 상실한
미국 보병 정찰대원으로서, 전쟁 포로로서,
'엘베 강의 피렌체'라고 부르는
독일의 드레스덴 폭격을 목격했고,
또 살아남아 그 이야기를 하게 되었다.
이것은 비행접시를 보낸 트랄파마도어 행성의 이야기들을
약간 전신문체적이고
정신분열증적인 방식으로 다룬 소설이다.
평화를.

메리 오헤어와
게르하르트 뮐러에게

저 육축六畜 소리에
아기 잠 깨나,
그 순하신 예수
우시지 않네.

1

이 모든 일은 실제로 일어났다, 대체로는. 어쨌든, 전쟁 이야기는 아주 많은 부분이 사실이다. 내가 아는 한 사람이 드레스덴에서 자기 것이 아닌 찻주전자를 가져갔다는 이유로 정말로 총살을 당했다. 내가 아는 또 한 사람은 개인적으로 원수진 사람들에게 전쟁이 끝나면 총잡이를 고용해 죽여버리겠다고 정말로 협박했다. 그리고 기타 등등. 하지만 이름은 모두 바꾸었다.

나는 1967년에 구겐하임의 돈(그 돈에 하느님의 사랑이 깃들기를)을 받아 드레스덴으로 정말로 돌아갔다. 그곳은 오하이오 주 데이턴과 아주 비슷해 보였는데, 다만 데이턴보다 빈 공간이 많았다. 그 땅속에는 틀림없이 인간 뼛가루가 잔뜩 있을 것이다.

나는 옛 전우 버나드 V. 오헤어와 함께 그곳으로 돌아갔고, 밤에 우리가 전쟁 포로로 갇혔던 도살장으로 데려다준 택시 운전사와 친구가 되었다. 운전사 이름은 게르하르트 뮐러였다. 그는 자신이 한동안 미군의 포로였다고 말했다. 우리는 그에게 공산주의 치하에서 사는 것이 어떠냐고 물었고, 그는 처음에는 힘들었다고 대답했다. 모두가 아주 열심히 일을 해야 했기 때문이고, 또 의식주가 부족했기 때문이다. 하지만 이제는 많이 나아졌다. 그에게는 쾌적한 작은 아파트가 있으며, 딸은 아주 좋은 교육을 받고 있다. 그의 어머니는 드레스덴 폭격의 불길 속에서 재가 되어버렸다. 뭐 그런 거지.

그는 크리스마스에 오헤어에게 엽서를 보냈는데, 그 내용은 이렇다.

"너하고 네 가족 또 네 친구도 즐거운 크리스마스와 행복한 신년을 맞이하기를 바라고 혹시 우연이 허락한다면 택시 안의 평화와 자유의 세계에서 다시 만나기를 기대해."

*　*　*

그 말이 무척 마음에 든다. "우연이 허락한다면."

이 변변찮은 작은 책이 돈과 불안과 시간이라는 면에서 나에게 얼마나 큰 대가를 치르게 했는지 말하기는 싫다. 23년 전 제2차세계대전의 전장에서 집에 돌아왔을 때는 드레스덴 파괴에 관해 쓰는 게 쉬울 거라 생각했다. 그냥 내가 본 것을 전하기만 하면 되니까. 게다가 걸작이 되거나 적어도 큰돈은 손에 쥐게 해줄 거라 생각했다. 주제가 워낙 거대하니까.

그러나 그때 내 마음에서는 드레스덴에 관한 말이 별로 나오지 않았다—어쨌든 책 한 권이 될 만큼은. 하긴 아들들이 다 장성하여, 기억과 팰맬 담배만 남은 늙은 등신이 된 지금도 말이 별로 나오지는 않는다.

내 기억에서 드레스덴 부분이 얼마나 쓸모없었는지, 그럼에도 드레스덴을 글로 쓰고 싶은 유혹이 얼마나 강했는지 생각하다보면, 유명한 오행 속요가 떠오른다.

> 스탐불* 출신의 청년이 있었는데
> 자기 연장에게 이렇게 혼잣말을 했다네.
> "너는 내 재산을 다 가져가고
> 내 건강도 다 망쳐놓았는데
> 이제 오줌마저 나오지 않는구나, 이 늙은 명청이야."

또 이렇게 흘러가는 노래도 기억이 난다.

> 내 이름은 욘 욘슨,
> 나는 위스콘신에서 일한다네,
> 그곳 제재소에서 일한다네.
> 길거리를 걸어가다 만나는 사람들,
> 그 사람들은 내게 묻는다네, "네 이름이 뭐냐?"
> 그럼 나는 대답한다네,
> 내 이름은 욘 욘슨,

---

* 이스탄불의 다른 이름 중 하나.

나는 위스콘신에서 일한다네……

그렇게 그렇게 끝없이 계속된다.

오랜 세월 동안 내가 만난 사람들은 종종 나에게 무슨 작업을 하고 있느냐고 물었고, 그럴 때면 대개 내가 주로 하는 일은 드레스덴에 관한 책을 쓰는 것이라고 대답했다.

한번은 영화 제작자 해리슨 스타에게도 그렇게 말했더니, 그는 눈썹을 추켜올리며 물었다. "그거 반전反戰 책이오?"

"네." 내가 말했다. "그런 것 같습니다."

"사람들이 반전 책을 쓰고 있다는 얘기를 들을 때 내가 하는 말이 뭔지 아쇼?"

"아니요. 대체 무슨 말을 하나요, 해리슨 스타?"

"이렇게 말한다오. '대신 반빙하 책을 써보지그러오?'"

물론 그가 한 말의 의미는 전쟁은 늘 있는 것이고, 전쟁을 막는 일은 빙하를 막는 일과 같다는 것이었다. 나도 그렇게 생각한다.

설사 전쟁이 빙하처럼 계속 오지는 않는다 해도, 평범하고 오래된 죽음은 계속 있을 것이다.

***

지금보다 조금 젊었을 때, 나의 유명한 드레스덴 책을 쓰다가 버나드 V. 오헤어라는 이름의 옛 전우에게 만나러 가도 되겠느냐고 물었다. 그는 펜실베이니아의 지방검사였다. 나는 케이프코드의 작가였다. 우리는 전쟁이 끝난 후 이등병 계급장을 단 보병 정찰병이었다. 전쟁 뒤에 돈을 벌 거라는 생각은 하지도 못했지만, 실제로는 아주 잘 살고 있었다.

나는 벨 전화 회사에 그를 찾아달라고 했다. 그들은 그런 쪽으로는 훌륭하다. 가끔 나는 밤늦게 이 병, 알코올과 전화와 관련된 병에 걸린다. 술에 취해, 겨자탄과 장미 같은 입냄새를 뿜어 아내를 쫓아낸다. 그런 다음 전화기에 대고 교환수에게 엄숙하고 품위 있는 말투로 오랫동안 연락이 끊긴 이 친구 저 친구를 연결시켜달라고 하는 것이다.

나는 오헤어와 그런 식으로 통화를 했다. 그는 작고 나는 크다. 우리는 전쟁터의 머트와 제프*였다. 전쟁 때 함께 포로로 잡혔다. 나는 전화에 대고 내가 누구라고 말했다. 그는 의심 없이 그 말을 믿었다. 그 시간에 일어나 있었다. 책을 읽고 있었다. 집의 다른 식구는 모두 자고 있었다.

"이봐—" 내가 말했다. "내가 드레스덴에 관한 책을 쓰고 있어. 그런데 기억을 좀 도와줄 사람이 필요해. 내려가서 좀 만날 수 있을까 모르겠네, 한잔하면서 얘기도 하고 기억도 더듬어보고."

그는 뜨뜻미지근했다. 기억이 잘 나지 않는다고 했다. 하지만 어서 오라고는 했다.

"내 생각에 책의 클라이맥스는 가엾은 우리 에드거 더비의 처형이 될 것 같아." 내가 말했다. "엄청난 아이러니잖아. 도시 전체가 잿더미가 되고, 수도 없이 많은 사람들이 죽임을 당했어. 그런데 미국인 보병

---

* 미국 만화 『머트와 제프』의 주인공인 키다리와 땅딸보 콤비.

한 명이 폐허에서 찻주전자를 가져갔다는 이유로 체포됐지. 그런 뒤에 정식 재판에 회부되었다가 총살대에게 처형됐잖아."

"음." 오혜어가 말했다.

"그게 정말이지 클라이맥스가 되어야 한다고 생각하지 않아?"

"나는 그런 건 전혀 몰라." 그가 말했다. "그건 네 밥벌이잖아. 내 밥벌이가 아니라."

***

나는 절정과 스릴과 인물 묘사와 훌륭한 대사와 서스펜스와 대결을 팔아먹고 사는 사람으로서 드레스덴 이야기의 얼개를 여러 번 짜보았다. 내가 짠 최고의 얼개, 아니 가장 예쁜 얼개는 두루마리 벽지의 뒷면에 적혀 있었다.

나는 딸아이의 크레용을 이용했는데, 주요 인물마다 다른 색을 배정했다. 벽지 한쪽 끝에 이야기의 시작이 있고 다른 쪽 끝에는 결말이 있었다. 그러면 나머지는 모두 중간 부분이라고 할 수 있었는데, 그것은 이야기의 중반부이기도 했다. 파란 선은 빨간 선과 만났다가 노란 선을 만났으며, 노란 선은 노란 선이 가리키는 인물이 죽었기 때문에 끊겼다. 그리고 기타 등등. 드레스덴 파괴는 수직의 띠로 표시하고 주황색 그물눈을 채웠는데, 아직 살아 있는 모든 선은 그 띠를 통과하여 건너편으로 나왔다.

맨 끝, 모든 선이 멈춘 곳은 할레 외곽 엘베 강변의 비트밭이었다. 비가 내리고 있었다. 유럽에서 전쟁이 끝난 지 두어 주가 지났다. 우리는 대열을 이루고 있었고, 러시아 군인들이 우리를 감시했다—영국인, 미국인, 네덜란드인, 벨기에인, 프랑스인, 캐나다인, 남아프리카인, 뉴질랜드인, 오스트레일리아인 등 우리 수천 명은 이제 곧 전쟁 포로 신세를 벗어날 참이었다.

밭 건너편에는 러시아인과 폴란드인과 유고슬라비아인 기타 등등이 수천 명 있었고 그들은 미군들이 감시했다. 그 자리에서 비를 맞으며 교환이 이루어졌다—일대일로. 오헤어와 나는 다른 많은 사람들과 함께 미군 트럭 짐칸에 올라갔다. 오헤어에게는 기념품이 없었다. 다른 사람은 거의 모두 기념품을 갖고 있었다. 나한테는 나치 독일 공군의 의장용 군도가 있었고, 지금도 있다. 내가 이 책에서 폴 라자로라고 부르는 광견병에 걸린 듯한 작은 미국인은 다이아몬드와 에메랄드와 루비 등을 대략 한 쿼트나 갖고 있었다. 드레스덴의 지하실에서 죽은 사람들에게서, 뭐 그런 거지, 챙긴 것이었다.

어딘가에서 치아를 모두 잃어버린 천치 같은 영국인 한 명은 천가방에 기념품을 넣어두었다. 그 가방은 내 발등 위에 있었다. 그는 연신 가방 안을 살폈고, 눈알을 굴리며 비쩍 마른 목으로 주위를 두리번거렸다. 그 가방에 탐내는 눈길을 던지는 사람을 잡아내려는 것이었다. 그러다가 내 발등에 놓인 가방을 흔들흔들 움직였다.

나는 이렇게 움직이는 것에 아무런 의도가 없는 줄 알았다. 하지만 잘못 안 것이었다. 그는 누군가에게 가방에 든 것을 보여주어야 했고, 나는 신뢰할 수 있다고 판단했다. 그는 내 눈길을 끈 다음, 한쪽 눈을 찡긋하더니, 가방을 열었다. 그 안에는 에펠탑 석고 모형이 있었다. 겉에는 금색을 칠해놓았다. 안에는 시계가 있었다.

"굉장한 거야." 그가 말했다.

우리는 비행기에 실려 프랑스의 한 요양수용소로 갔고, 그곳에서는 초콜릿 몰트 밀크셰이크를 비롯하여 기름진 먹을거리로 배를 채워줘 마침내 우리 모두 온몸에 포동포동 젖살이 오르게 되었다. 그런 뒤에 우리는 고국으로 송환되었고, 나는 나처럼 포동포동 젖살이 오른 예쁜 여자와 결혼했다.

그리고 우리는 아기를 여럿 낳았다.

그리고 이제 아이들은 모두 장성했고, 나는 기억과 팰맬 담배만 남은 늙은 등신이 되었다. 내 이름은 욘 욘슨, 나는 위스콘신에서 일한다네, 그곳 제재소에서 일한다네.

가끔 밤늦게 아내가 잠자리에 든 뒤 옛 여자 친구들에게 전화를 해보려고 한다. "교환, 아무개 부인 번호를 가르쳐줄 수 있는지 모르겠군요. 지금 어디어디에 살고 있는 것 같습니다만."

"죄송합니다, 선생님. 그런 명부는 없는데요."

"감사합니다, 교환. 어쨌든 감사해요."

그런 뒤에 나는 개를 내보내거나 안으로 들인다. 그리고 이야기를 좀 나눈다. 나는 개에게 내가 녀석을 좋아한다는 것을 알려주고, 개는 자신이 나를 좋아한다는 것을 알려준다. 녀석은 겨자탄과 장미 냄새를 상관하지 않는다.

"너는 괜찮은 녀석이야, 샌디." 나는 개에게 말한다. "그거 알아, 샌디? 너는 괜찮은 놈이라고."

가끔 라디오를 켜고 보스턴이나 뉴욕에서 하는 대담 프로그램에 귀를 기울인다. 많이 마시면 녹음된 음악을 견딜 수가 없다.

그러다 조만간 잠자리에 들고, 아내는 몇시냐고 묻는다. 늘 몇시인지 알아야 하는 사람이다. 나는 가끔 모를 때가 있고, 그럴 때면 "난들 알 겠어" 하고 대꾸한다.

가끔은 내가 받은 교육을 생각한다. 나는 제2차세계대전이 끝나고 잠시 시카고 대학교를 다녔다. 인류학과 학생이었다. 당시에 학교에서 는 사람 사이에는 절대 아무런 차이가 없다고 가르쳤다. 어쩌면 여전히 그렇게 가르치고 있을지도 모른다.

또 한 가지 가르친 것은 누구도 우스꽝스럽거나 나쁘거나 역겹지 않 다는 것이다. 아버지는 세상을 뜨기 직전 나에게 말했다. "말이다—너 는 악당이 나오는 이야기는 쓴 적이 없더구나."

나는 아버지에게 그게 내가 전후戰後에 대학에서 배운 것이라고 말 했다.

***

나는 인류학자가 되려고 공부하면서, 동시에 주급 28달러를 받고 유 명한 시카고 시티 보도국에서 경찰 담당 기자로도 일했다. 한번은 나를 야간 근무조에서 주간 근무조로 바꾸는 바람에 열여섯 시간을 내리 일 하기도 했다. 우리는 시내 모든 신문사, 거기에 AP와 UP 같은 모든 통 신사의 지원을 받았다. 우리는 법정과 경찰서와 소방서와 저 바깥 미시 간 호수의 호안경비대 같은 곳을 취재하곤 했다. 우리는 우리를 지원 하는 기관들과 시카고 거리 밑을 흐르는 기송관氣送管으로 연결되어 있 었다.

기자들은 전화로 헤드폰을 쓴 필경사들에게 기사를 불러주고, 필경
사들은 등사원지에 기사를 긁었다. 이야기를 등사판으로 찍어 황동과
벨벳으로 만든 통에 넣으면 기송관이 이것을 삼켰다. 가장 억센 기자와
필경사는 전쟁에 나간 남자들의 자리를 이어받은 여자들이었다.

나는 취재한 첫 기사를 그 짐승 같은 여자 한 명에게 전화로 불러주
어야 했다. 사무용 건물에서 구식 엘리베이터를 운전하는 일자리를 얻
은 젊은 제대군인에 관한 이야기였다. 일층의 엘리베이터 문은 쇠로 만
든 장식용 레이스로 덮여 있었다. 쇠로 만든 덩굴이 뱀처럼 구멍을 들
락거렸다. 쇠로 만든 나뭇가지에는 쇠로 만든 모란잉꼬 두 마리가 앉아
있었다.

제대군인은 엘리베이터를 지하실로 끌고 내려갈 생각으로 문을 닫
고 내려가기 시작했으나, 결혼반지가 화려한 장식에 걸렸다. 그래서 그
의 몸은 공중에 걸리고, 엘리베이터 바닥은 아래로 내려가면서 그의 발
에서 떨어졌다. 천장이 그를 짓눌러 으스러뜨렸다. 뭐 그런 거지.

그래서 나는 이것을 전화로 불러주었고, 등사지를 긁어야 하는 여자
는 물었다. "그 사람 부인은 뭐라고 해요?"

"아직 모를걸요." 내가 말했다. "방금 일어난 일이거든요."

"부인한테 전화를 해서 말을 따 와요."

"네?"

"부인한테 전화해서 경찰서의 핀 경위라고 얘기해요. 슬픈 소식이
있다고 해요. 소식을 전하고, 부인이 무슨 말을 하는지 들어보라고요."

나는 그렇게 했다. 부인은 이런 상황에서 할 만한 말을 했다. 아기가
있었다. 그리고 기타 등등.

사무실로 돌아오자 여자 필경사는 그냥 개인적으로 알고 싶어서 그런다며 으스러진 남자는 으스러졌을 때 어떤 모습이었느냐고 물었다.

나는 이야기해주었다.

"마음이 쓰이던가요?" 여자가 물었다. 여자는 삼총사 캔디 바를 먹고 있었다.

"천만에요, 낸시." 내가 말했다. "전쟁에서 그보다 훨씬 심한 걸 봤거든요."

***

그때도 나는 드레스덴에 관한 책을 쓰는 것으로 되어 있었다. 그 사건은 당시 미국에서는 유명한 공습은 아니었다. 예를 들어 그쪽이 히로시마보다 훨씬 심했다는 것을 아는 미국인은 많지 않았다. 나도 그것은 몰랐다. 드레스덴은 그다지 여론의 주목을 받지 못했다.

우연히 칵테일파티에서 시카고 대학교의 한 교수에게 내가 본 공습에 관해, 또 내가 쓸 책에 관해 이야기한 일이 있었다. 교수는 사회사상위원회라고 부르는 조직의 일원이었다. 그는 강제수용소에 관해 이야기했고, 독일인이 죽은 유대인의 지방으로 비누와 초를 만들었다, 등등의 이야기도 덧붙였다.

내가 할 수 있는 말이라곤 "알아요, 알아요. 나도 안다고요"뿐이었다.

제2차세계대전은 확실히 모든 사람을 아주 억세게 만들었다. 나는 뉴욕 주 스키넥터디에 있는 제너럴 일렉트릭의 홍보부에 들어갔고, 앨플로스 마을의 의용소방대원이 되었으며, 그 마을에서 처음으로 내 집을 샀다. 제너럴 일렉트릭의 상사는 내가 만나기를 바랄 수 있는 사람들 가운데 가장 억세다고 할 만했다. 그는 볼티모어에서 중령으로 홍보 일을 했다. 내가 스키넥터디에 있을 때 그는 네덜란드 개혁교회에 다니기 시작했는데, 여기는 아주 억센 교회였다, 정말로.

그는 가끔 비웃는 말투로 나더러 왜 장교가 아니었느냐고 묻곤 했다. 마치 내가 무슨 잘못이라도 한 것처럼.

아내와 나는 젖살이 빠졌다. 우리가 앙상하던 시절이었다. 수많은 앙상한 제대군인과 그들의 앙상한 부인들이 우리 친구였다. 내가 생각하기에, 스키넥터디에서 가장 착한 제대군인, 가장 친절하고 재미있는 제대군인, 전쟁을 가장 싫어하던 제대군인들은 실제로 전쟁에서 싸운 사람들이었다.

당시 나는 공군에 편지를 써서 드레스덴 공습의 자세한 내막을 물었다. 누가 명령을 했고, 비행기는 몇 대였으며, 왜 그렇게 했고, 어떤 바람직한 결과가 있었는지, 그리고 기타 등등. 나는 나와 마찬가지로 홍보부에 있는 사람의 답장을 받았다. 그는 미안하지만 그 정보는 여전히 일급비밀이라고 말했다.

나는 아내에게 그 편지를 큰 소리로 읽어주고 나서 말했다. "비밀? 맙소사―누구에게?"

＊＊＊

우리는 당시 세계연방주의자였다. 지금은 우리가 뭔지 모르겠다. 전화 거는 사람들, 그런 건가. 우리가 전화를 많이 걸긴 하지—어쨌든, 나는 그렇다, 심야에.

＊＊＊

옛 전우 버나드 V. 오헤어에게 전화를 하고 나서 두어 주 뒤 나는 정말로 그를 만나러 갔다. 아마 1964년 여름이었을 거다—어쨌든 그 전해에 뉴욕 세계박람회가 열렸다. 아아, 세월은 유수와 같구나 Eheu, fugaces labuntur anni. 내 이름은 욘 욘슨. 스탐불 출신의 청년이 있었는데.

나는 어린 소녀 둘, 내 딸 내니와 아이의 가장 친한 친구 앨리슨 미첼을 데려갔다. 두 아이 모두 케이프코드 밖으로 처음 나가보는 것이었다. 강이 눈에 보이자, 아이들이 그 옆에 서서 잠시 생각을 해볼 수 있도록 멈추어야 했다. 아이들은 전에는 그렇게 길고 좁고, 소금기 없는 물은 본 적이 없었기 때문이다. 허드슨 강이었다. 강에는 잉어가 있었고, 우리는 그 물고기를 보았다. 잉어는 핵잠수함만했다.

우리는 폭포도 보았는데, 물줄기들이 절벽에서 델라웨어 강이 흐르는 골짜기로 곧장 떨어져내렸다. 차를 멈추고 볼 것들이 아주 많았다—그러다 보면 갈 시간이 되었다, 언제나 갈 시간이 찾아왔다. 어린 소녀들은 하얀 파티 드레스에 검은 파티 구두 차림이어서, 처음 보는 사람들도 그 자리에서 아이들이 얼마나 산뜻한지 알아보곤 했다. "갈 시간이야, 얘들아." 나는 말하곤 했다. 그러면 우리는 떠났다.

그러다 해가 져서 이탈리아 식당에서 저녁을 먹었고, 그러다 버나드 V. 오헤어가 사는 아름다운 돌집의 문을 두드리게 되었다. 나는 식사 시간을 알리는 종처럼 아일랜드 위스키 한 병을 들고 있었다.

***

나는 오헤어의 멋진 부인 메리도 만났는데, 그녀에게 이 책을 바친다. 또 드레스덴의 택시 기사 게르하르트 뮐러에게도 바친다. 메리 오헤어는 훈련받은 간호사로, 간호사란 여자로서 되어봄직한 아름다운 존재다.

메리는 내가 데려온 아이 둘에게 감탄하며, 그 아이들을 자기 아이들과 어울리게 하고, 게임을 하고 텔레비전을 보라며 모두 위층으로 올려보냈다. 아이들이 사라진 뒤에야 나는 메리가 나를 좋아하지 않거나 그 밤의 뭔가를 찜찜해한다고 느꼈다. 메리는 예의를 차렸지만 쌀쌀했다.

"이거, 멋지고 아늑한 집이네요." 나는 그렇게 말했고, 집은 정말로 그랬다.

"두 분이 방해받지 않고 이야기를 나눌 수 있는 곳을 마련해두었어요." 그녀가 말했다.

"좋죠." 나는 그렇게 대꾸하면서 널벽을 두른 방의 난롯가에 가죽 의자 두 개가 놓인 곳, 늙은 병사 둘이 술을 마시며 이야기를 나눌 수 있는 곳을 상상했다. 하지만 메리는 우리를 부엌으로 데려갔다. 그녀는 하얀 자기 재질 상판이 덮인 탁자에 등받이가 곧은 의자 두 개를 놓아 두었다. 탁자 상판이 머리 위의 이백 와트짜리 전구에서 나오는 빛을 반사하며 비명을 지르고 있었다. 메리는 수술실을 준비해놓은 것이다. 그녀는 그 위에 잔을 하나만 두었다. 나를 위한 것이었다. 오헤어는 전쟁 이후로 독한 술을 마시지 못한다고 그녀가 설명해주었다.

그래서 우리는 앉았다. 오헤어는 당황했지만 무슨 문제가 있는지 말하려 하지 않았다. 나는 도대체 나의 어떤 점 때문에 메리가 그렇게 열을 받았는지 짐작할 수 없었다. 나는 가정적인 남자였다. 딱 한 번밖에 결혼하지 않았다. 주정뱅이도 아니었다. 전쟁중에 그녀의 남편에게 욕 먹을 짓을 한 적도 없었다.

그녀는 자기가 마실 코카콜라를 준비하면서 스테인리스 싱크대에 얼음 틀을 쾅쾅 두들겨 시끄러운 소리를 냈다. 그러다가 다른 곳으로 갔지만, 가만히 앉아 있으려 하지 않았다. 집안 곳곳을 돌아다니면서 문을 여닫고 심지어 가구까지 옮기며 화를 풀었다.

나는 오헤어에게 내가 뭘 어쨌기에 그녀가 저렇게 구느냐고 물었다.

"아니야." 오헤어가 말했다. "걱정하지 마. 너하고는 아무런 상관 없어." 친절한 말이었다. 그러나 거짓말이었다. 나하고 당연히 상관이 있었다.

그래도 우리는 메리를 무시하고 전쟁을 기억해보려고 노력했다. 나는 가져온 술을 두 잔쯤 마셨다. 우리는 마치 전쟁 이야기가 되살아나고 있는 것처럼 이따금 낄낄대고 싱글거렸지만, 둘 다 이렇다 할 만한 것은 전혀 기억할 수가 없었다. 오헤어는 드레스덴에서 폭격 전에 어떤 친구가 와인을 잔뜩 퍼마시는 바람에 외바퀴 손수레에 실어 날라야 했던 일을 기억했다. 하지만 책으로 쓸 만한 이야기는 아니었다. 나는 시계 공장을 약탈한 러시아 병사 둘을 기억해냈다. 그들은 마차에 시계를 잔뜩 실었다. 술에 취했고 행복해 보였다. 신문지에 만 거대한 담배를 피우고 있었다.

기억해낸 건 대충 그게 다였고, 메리는 여전히 시끄러운 소리를 내고 있었다. 마침내 그녀가 콜라를 한 잔 더 마시러 다시 부엌으로 들어왔다. 이미 밖에 내놓은 얼음이 많이 있는데도 냉장고에서 얼음 틀을 또 하나 꺼내 싱크대에 대고 두들겼다.

이윽고 그녀는 나를 돌아보고, 자신이 화가 많이 났다는 것, 그리고 그게 나 때문이라는 것을 알려주었다. 그녀는 그때까지 쭉 자신과 이야기를 하고 있었기 때문에, 그녀가 꺼낸 말은 훨씬 큰 대화에서 떨어져 나온 작은 조각인 셈이었다. "두 사람은 그때 어린애였어요!" 그녀가 말했다.

"네?" 내가 말했다.

"두 사람은 전쟁 때 아이에 불과했다고요—위층에 있는 저 애들처럼!"

나는 사실이라고 고개를 끄덕였다. 우리는 실제로 전쟁 때 어리석은 숫총각들이었으며, 유년의 맨 끄트머리에 있었다.

"하지만 그런 식으로 쓰지 않을 거죠, 그렇죠." 이것은 질문이 아니었다. 비난이었다.

"어—모르겠는데요." 내가 말했다.

"글쎄요, 나는 알아요." 그녀가 말했다. "틀림없이 아이가 아니라 어른이었던 척할 거예요. 영화라면 프랭크 시나트라와 존 웨인, 아니면 다른 매력적이고 전쟁을 사랑하는 추잡한 늙은 남자들이 두 사람을 연기하겠죠. 그럼 전쟁은 그냥 멋지게 보일 것이고, 그래서 우리는 전쟁을 또 많이 하게 될 거예요. 그리고 그 전쟁에 위층에 있는 애들 같은 어린 아이들이 나가 싸우게 되겠죠."

그제야 나는 이해했다. 그녀를 그렇게 화나게 한 것은 전쟁이었다. 자기 아이나 다른 누구의 아이도 전쟁에 나가 죽기를 바라지 않았다. 그리고 책이나 영화가 전쟁을 부추기는 데 한몫한다고 생각했다.

***

그래서 나는 오른손을 들고 메리 앞에서 다짐했다. "메리, 나는 내가 쓰는 이 책이 끝을 볼 수 있을 거라고 생각하지 않아요. 지금까지 오천 페이지는 썼다가 내버렸을 겁니다. 하지만 이걸 다 끝낸다면, 내 명예를 걸고 말하는데, 거기에는 프랭크 시나트라나 존 웨인이 맡을 역은 없을 겁니다.

이렇게 하죠. 거기에 '소년 십자군'이라는 제목을 붙이겠습니다."

그녀는 그후로 친구가 되었다.

***

오헤어와 나는 기억하기를 포기하고, 거실로 들어가 다른 이야기를 했다. 우리는 진짜 소년 십자군에 호기심을 느꼈고, 오헤어는 자신이 갖고 있던 책, 법학박사 찰스 매카이가 쓴 『특이한 대중적 망상과 군중 광기』에서 그것을 찾아보았다. 이 책은 1841년에 런던에서 처음 발행 되었다.

매카이는 모든 십자군을 낮게 평가했다. 그가 보기에 소년 십자군은 어른이 참여한 십자군 열 번을 모은 것보다 약간 더 추악할 뿐이었다. 오헤어는 다음과 같은 멋진 구절을 큰 소리로 낭독했다.

역사의 엄숙한 페이지에 기록된 것을 보면 십자군 병사들은 무지하고 야만 적인 사람들에 불과했으며, 그들의 동기는 편협하기 짝이 없고, 그들의 길은 피와 눈물로 얼룩졌음을 알 수 있다. 그러나 로맨스는 그들의 신앙과 영웅주 의를 길게 이야기하고, 매우 빛나는 정열적인 색조로 그들의 미덕과 아량, 그 들이 얻어낸 불멸의 명예, 기독교에 대한 그들의 위대한 공헌을 그려낸다.

그다음에 오헤어는 이런 대목을 읽었다. 자, 이 모든 싸움의 대단한 결 말은 무엇인가? 유럽은 수많은 보물과 2백만 명의 피를 낭비했고, 다투기 좋 아하는 기사 몇 명이 약 백 년 동안 팔레스티나를 소유했을 뿐이다!

매카이는 소년 십자군은 1213년에 시작되었다고 말해준다. 수사 두 명이 독일과 프랑스에서 아이들로 이루어진 군대를 길러 북아프리카 에 노예로 팔자는 생각을 했던 것이다. 팔레스티나로 간다고 생각한 아 이들 3만 명이 자원했다. 이들은 대체로 대도시를 떼 지어 몰려다니면서 나 쁜 짓과 무모한 짓을 일삼으며 성장한 버림받은 게으른 아이들이었기 때문 에, 무슨 일이든 할 준비가 되어 있었을 것이다. 매카이는 그렇게 말한다.

교황 인노켄티우스 3세도 이 아이들이 팔레스티나에 간다고 생각하 여 흥분했다. "우리는 잠들어 있는데 이 아이들은 깨어 있구나!" 교황은 그렇게 말했다.

아이들 대부분은 마르세유에서 배를 타고 나갔는데, 배가 난파하는 바람에 반 정도가 익사했다. 나머지 반은 북아프리카에 도착하여 팔려 나갔다.

아이들 가운데 일부는 오해로 인해 입대를 하러 제노바로 갔는데, 그곳에는 그들을 기다리는 노예선이 없었다. 그곳의 선량한 사람들이 이 아이들에게 음식을 주고 잠자리도 내주고 친절하게 질문을 했다. 그러고 나서 돈을 조금 주고 조언을 많이 해준 다음 집으로 돌려보냈다.

"제노바의 선량한 사람들 만세." 메리 오헤어가 말했다.

나는 그날 밤 아이들 방 한곳에서 잤다. 오헤어는 나더러 읽으라고 침대 옆 탁자에 책을 한 권 놓아두었다. 메리 엔델이 쓴 『드레스덴, 역사, 무대, 미술관』이었다. 이 책은 1908년에 나왔고, 머리말은 이렇게 시작한다.

이 작은 책이 쓸모가 있기를 바란다. 이 책을 쓴 목적은 영어권 독자들에게 드레스덴이 건축학적으로 어떻게 현재의 모습을 지니게 되었는지, 드레스덴이 몇 명의 천재 덕분에 어떻게 음악적으로 확장하면서 현재의 상태로 피어나게 되었는지 조감도를 제시하려는 것이다. 또 그곳의 미술관을 영원히 지속될 감동을 찾는 사람들이 자주 찾는 곳으로 만든 영속적인 이정표가 된 미술 작품들에 주목하게 하려는 것이다.

나는 역사를 좀더 읽어나갔다.

1760년 드레스덴은 프로이센군에게 포위당했다. 7월 15일에 포격이 시작되었다. 미술관에 불이 붙었다. 그림 다수가 쾨니히슈타인 미술관으로 옮겨졌지만 일부—특히 프란차의 〈그리스도의 세례〉는 포탄 파편에 심각한 손상을 입었다. 더욱이 적의 동태를 주야로 관찰하던 장소인 당당한 성십자 교회의 탑이 불길에 휩싸였다. 이 탑은 나중에 무너졌다. 성십자 교회의 애처로운 운명과는 대조적으로 성모 교회는 완강하게 버텼으며, 그 돌로 만든 돔의 곡면은 프로이센의 폭탄을 빗방울처럼 튕겨냈다. 프리드리히는 마침내 포위공격을 포기할 수밖에 없었다. 그의 새로운 정복의 요처인 글라츠 함락 소식이 전해졌기 때문이다. "모든 것을 잃지 않으려면 우리는 슐레지엔으로 가야만 한다."

드레스덴은 한없이 유린당했다. 어린 학생 시절 이 도시를 방문한 괴테는 여전히 애처로운 폐허를 보았다. "나는 성모 교회의 둥근 지붕에 올라 아름답게 질서가 잡힌 도시 사이에 널려 있는 꼴사나운 폐허를 보았다. 관리인은 나에게 건축가의 솜씨를 자랑하며, 그가 지은 교회와 지붕은 좋지 않은 상황에서도 폭격을 잘 견뎌냈다고 설명했다. 선량한 관리인은 도처에 널린 폐허를 가리키며 심각한 말투로 짧게 말했다. 적이 한 짓입니다!"

***

두 소녀와 나는 조지 워싱턴이 건넜던 곳에서 델라웨어 강을 건넜다. 다음날 아침이었다. 우리는 뉴욕 세계박람회에 가서, 포드 자동차 회사와 월트 디즈니가 보여주는 대로 과거가 어떠했는지 보고, 제너럴 모터스가 보여주는 대로 미래가 어떠할지 보았다.

그리고 나는 현재에 관해 자문했다. 현재는 얼마나 넓고, 얼마나 깊으며, 그 가운데 내 것으로 챙길 것은 얼마나 되는가.

　그뒤 2년 동안 아이오와 대학교의 유명한 작가 워크숍에서 창작을 가르쳤다. 어떤 완벽하게 아름다운 곤경에 빠졌다가, 다시 빠져나왔다. 오후에는 가르쳤다. 아침에는 썼다. 방해받지 않으려 했다. 드레스덴에 관한 내 유명한 책을 쓰고 있었다.

　그러던 중 시모어 로런스라는 멋진 사람이 책 세 권을 계약하자고 해서 나는 말했다. "좋습니다. 그 가운데 첫번째 책이 드레스덴에 관한 내 유명한 책이 될 겁니다."

　시모어 로런스의 친구들은 그를 '샘'이라고 부른다. 나는 이제 샘에게 말한다. "샘—여기 책이 있습니다."

***

　책이 너무 짧고 뒤죽박죽이고 거슬리네요, 샘. 대학살에 관해서는 지적으로 할 수 있는 말이 없기 때문이지요. 원래 모두가 죽었어야 하는 거고, 어떤 말도 절대 하지 말아야 하는 거고, 다시는 어떤 것도 바라지 않아야 하는 거지요. 원래 대학살 뒤에는 모든 것이 아주 고요해야 하는 거고, 실제로도 늘 그렇습니다. 새만 빼면.

　그런데 새는 뭐라고 할까요? 대학살에 관해서 할 수 있는 말이라고는 "지지배배뱃?" 같은 것뿐입니다.

***

    나는 아들들에게 어떤 상황에서도 대학살에는 참여하지 말라고, 적의 대학살 소식을 듣고 만족하거나 기뻐해서는 안 된다고 말하곤 했다.

***

    나는 또 아들들에게 학살 기계를 만드는 회사에서는 일하지 말고, 우리에게 그런 기계가 필요하다고 생각하는 사람들은 경멸하라고 말해왔다.

***

    앞서도 말했듯이, 나는 최근에 내 친구 오헤어와 드레스덴에 다녀왔다. 우리는 함부르크와 서베를린과 동베를린과 빈과 잘츠부르크와 헬싱키에서, 그리고 또 레닌그라드에서도 수도 없이 웃었다. 나한테는 아주 좋은 일이었다. 나중에 쓰게 될 꾸며낸 이야기들의 진짜 배경이 될 곳을 많이 보았기 때문이다. 그 이야기 가운데 하나는 「러시아 바로크」가 될 것이고 또하나는 「키스는 안 됨」이 될 것이고 또하나는 「1달러 바」가 될 것이고 또하나는 「우연이 허락한다면」이 될 것이고, 또 기타 등등.

    또 기타 등등.

***

필라델피아에서 보스턴을 거쳐 프랑크푸르트로 날아갈 예정인 루프트한자 여객기가 있었다. 오헤어는 필라델피아에서 타고 나는 보스턴에서 탈 예정이었다. 그리고 함께 출발. 그러나 보스턴의 활주로에 안개가 덮여, 비행기는 필라델피아에서 곧장 프랑크푸르트로 날아갔다. 나는 보스턴의 안개 속 인간 아닌 인간이 되었고, 루프트한자는 나를 다른 인간 아닌 인간들과 함께 리무진에 태워서 모텔에 보내 밤 아닌 밤을 보내게 했다.

시간은 흐르지 않으려 했다. 누군가 시계에 장난을 치고 있었다. 전기 시계만이 아니라 태엽시계에도. 내 손목시계의 분침은 한번 움찔거린 뒤 일 년을 흘려보냈고, 그러고 나서야 또 한번 움찔거렸다.

내가 어떻게 할 수 있는 일이 없었다. 지구인으로서 시계가 말해주는 것을 믿을 수밖에 없었다―그리고 달력이 말해주는 것을.

***

책을 두 권 가져갔다. 원래는 비행기에서 읽을 생각이었다. 하나는 시어도어 레트키*가 쓴 『바람에 실려온 말』이었는데, 다음은 거기에서 발견한 구절이다.

---

* 미국 시인. 주로 자연을 대상으로 삼아 자아 성찰을 담은 시를 썼다.

자려고 깨어나, 나의 깨어남을 천천히 받아들인다.

두려워할 수 없는 것에서 내 운명을 느낀다.

가야만 하는 곳에 감으로써 배운다.

또 한 권은 에리카 오스트롭스키의 『셀린과 그의 비전』이었다. 셀린*
은 제1차세계대전에서 용감히 싸운 프랑스 병사였다—그러나 두개골
이 금이 가고 만다. 그뒤로 그는 잠을 자지 못했고, 머릿속에서는 소리
가 들렸다. 그는 의사가 되어, 낮에는 가난한 사람들을 치료하고, 밤에
는 내내 괴상한 소설을 썼다. 죽음과 춤을 추지 않고는 어떤 예술도 불
가능하다, 그는 그렇게 썼다.

진실은 죽음이다. 그는 말했다. 나는 가능한 한 오랫동안 죽음과 멋지
게 싸웠다……함께 춤을 추고, 꽃줄을 감아주고, 함께 왈츠를 추며 돌아다니
고……리본으로 장식하고, 흥을 돋워주었다……

그는 시간에 집착했다. 오스트롭스키 씨를 생각하자 『외상 죽음』**
의 놀라운 장면, 셀린이 거리에 있는 군중의 소동을 중단시키고 싶어하
는 장면이 떠올랐다. 그는 종이에 대고 비명을 지른다. 그들을 멈추게 하
라……그들이 더는 조금도 움직이지 못하게 하라……그래, 그들이 얼어붙게
하라……완전히!……다시는 사라지지 않도록!

---

* 루이페르디낭 셀린. 프랑스 소설가, 의사.
** 셀린의 소설.

대★파괴 이야기들을 찾아 모텔 방에 있는 기드온 성경을 뒤적였다. 롯이 소알에 들어갈 때에 해가 돋았더라. 나는 읽어나갔다. 여호와께서 하늘 곧 여호와께로부터 유황과 불을 소돔과 고모라에 비같이 내리사 그 성들과 온 들과 성에 거주하는 모든 백성과 땅에 난 것을 다 엎어 멸하셨더라.

뭐 그런 거지.

잘 알려져 있다시피, 그 두 도시 사람들은 혐오스러웠다. 그들이 없는 것이 세상에는 나았다.

그리고 물론 롯의 부인은 그 모든 사람과 그들의 집이 있던 곳을 돌아보지 말라는 이야기를 들었다. 그러나 그녀는 기어이 뒤를 돌아보았는데, 나는 그 점 때문에 그녀를 사랑한다. 정말 인간적이기 때문이다.

그래서 그녀는 소금 기둥이 되었다. 뭐 그런 거지.

***

돌아보지 말아야 한다고들 한다. 나도 물론 앞으로는 돌아보지 않을 것이다.

이제 나는 전쟁 책을 끝냈다. 다음에 쓰는 책은 재미있을 것이다.

이번 것은 실패작이고, 실패작일 수밖에 없었다. 그것은 소금 기둥이 쓴 것이니까. 그 책은 이렇게 시작한다.

들어보라:

빌리 필그림*은 시간에서 풀려났다.

그 책은 이렇게 끝난다.

지지배배뱃?

---

* 필그림(pilgrim)에는 순례자라는 뜻도 있다.

2

들어보라:

빌리 필그림은 시간에서 풀려났다.

빌리는 노망이 든 홀아비로 잠이 들었다가 결혼식 날 깨어났다. 1955년에 하나의 문으로 들어갔다가 1941년에 다른 문으로 나왔다. 그 문으로 다시 들어가니 1963년의 자신이 나왔다. 자신의 출생과 죽음을 여러 번 보았다, 그는 그렇게 말한다, 그 사이의 모든 사건과 무작위로 만난다.

그렇게 말한다.

빌리는 시간 속에서 경련성 마비를 일으켜, 다음에 어디로 갈지 정할 수 없다. 이 여행이 꼭 재미있는 것은 아니다. 늘 무대 공포증 상태에 있다, 그는 그렇게 말한다. 다음에는 자신의 인생에서 어떤 역을 연기해야 할지 전혀 모르기 때문이다.

* * *

빌리는 1922년 뉴욕 주 일리엄에서, 그곳 이발사의 외아들로 태어났다. 그는 웃기게 생긴 아이였으며 웃기게 생긴 청년이 되었다—키가 크고 허약했으며, 몸은 코카콜라 병 모양이었다. 반에서 상위 3분의 1에 드는 성적으로 일리엄 고등학교를 졸업하고 한 학기 동안 일리엄 검안檢眼학교의 야간부에 다니다가 징집되어 제2차세계대전에 참전했다. 아버지는 전쟁 동안 사냥을 하다 사고로 죽었다. 뭐 그런 거지.

빌리는 유럽 보병대에서 근무하다가 독일군의 포로가 되었다. 1945년 육군을 명예제대한 뒤 빌리는 다시 일리엄 검안학교에 등록했다. 거기에서 4학년 때 학교의 설립자이자 소유자의 딸과 약혼했고, 그후 가벼운 신경쇠약을 겪었다.

* * *

그는 레이크플래시드 근처 보훈병원에 입원하여, 충격 치료를 받고 퇴원했다. 그는 약혼녀와 결혼하고, 학업을 마치고, 장인의 지원을 받아 일리엄에서 사업을 시작했다. 일리엄은 검안사에게 특히 좋은 도시인 것이 제너럴 포지 앤드 파운드리 회사가 있기 때문이다. 이곳의 모든 직원은 보안경을 소지하고, 제품 생산이 이루어지는 구역에서는 꼭 써야 한다. GF&F는 일리엄에 직원 6만 8천 명을 두고 있다. 따라서 많은 렌즈와 많은 테가 필요하다.

그리고 테가 있는 곳에는 돈이 있다.

***

빌리는 부자가 되었다. 바버러와 로버트, 두 자식을 두었다. 시간이 지나 딸 바버러도 검안사와 결혼했고, 빌리는 그에게 사업 자금을 대주었다. 빌리의 아들 로버트는 고등학교에서 문제를 많이 일으켰지만, 그 뒤에 유명한 그린베레*에 입대했다. 그는 마음을 잡았고, 훌륭한 청년이 되었으며, 베트남에서 싸웠다.

1968년 초, 빌리를 포함한 검안사 모임이 일리엄에서 검안사 국제대회가 열리는 몬트리올까지 가기 위해 비행기를 빌렸다. 비행기는 버몬트 주 슈거부시 산 꼭대기에 추락했다. 빌리를 빼고는 모두가 죽었다. 뭐 그런 거지.

빌리가 버몬트의 병원에서 회복하는 동안 부인은 일산화탄소 중독 사고로 죽었다. 뭐 그런 거지.

***

비행기 추락 사고 후 마침내 일리엄의 집으로 가게 된 빌리는 한동안 조용하게 살았다. 두개골 꼭대기를 가로질러 끔찍한 흉터가 있었다.

---

* 미 육군 특수부대.

검안사 일은 다시 하지 않았다. 살림은 가정부에게 맡겼다. 딸이 거의 매일 찾아왔다.

그러다가 사전에 아무런 말도 없이 빌리는 뉴욕 시티로 갔고, 이야기를 나누는 심야 라디오 프로그램에 나갔다. 그는 시간에서 풀려나게 된 이야기를 했다. 1967년에 비행접시에 납치되었다는 이야기도 했다. 비행접시는 트랄파마도어 행성에서 왔다, 그는 그렇게 말했다. 트랄파마도어로 끌려갔고, 그곳 동물원에 알몸으로 전시되었다, 그렇게 말했다. 동물원에서는 그를 몬태나 와일드핵이라는 이름의 지구인 전직 영화배우와 짝지어주었다.

***

일리엄의 몇몇 밤올빼미들이 라디오에서 빌리의 이야기를 들었고, 그 가운데 한 명이 빌리의 딸 바버러에게 연락을 했다. 바버러는 속이 몹시 상했다. 그녀는 남편과 뉴욕으로 가서 빌리를 집으로 데려왔다. 빌리는 부드럽게 이야기하기는 했지만, 자신이 라디오에서 말한 것은 모두 진실이라고 주장했다. 그는 딸의 결혼식 날 밤에 트랄파마도어인에게 납치되었다고 말했다. 하지만 아무도 자신이 사라진 것을 몰랐다, 그는 그렇게 말했다. 트랄파마도어인이 시간 왜곡을 통해 자신을 데려갔기 때문인데, 그래서 트랄파마도어에 몇 년을 있었지만 지구를 떠나 있던 시간은 고작 백만분의 1초에 지나지 않았다.

아무 일 없이 한 달이 흐른 뒤, 빌리는 일리엄의 〈뉴스 리더〉에 편지를 보냈고, 신문은 편지를 게재했다. 이 편지는 트랄파마도어의 생물을 묘사하고 있었다.

편지에 따르면 그곳 생물은 키가 60센티미터에 녹색이며, 변기 뚫는 도구처럼 생겼다. 흡인컵은 땅에 붙어 있었고, 아주 유연한 자루는 대개 하늘을 가리키고 있었다. 자루 꼭대기마다 작은 손이 달려 있었으며, 손바닥에는 녹색 눈이 있었다. 이 생물들은 착했고, 4차원으로 볼 수 있었다. 3차원밖에 보지 못하는 지구인을 동정했다. 그들에게는 지구인에게 가르쳐줄 멋진 것, 특히 시간에 관해 가르쳐줄 것이 많았다. 빌리는 다음 편지에서 그 멋진 것 몇 가지를 이야기해주겠다고 약속했다.

***

첫번째 편지가 게재되었을 때 빌리는 두번째 편지를 쓰고 있었다. 두번째 편지는 이렇게 시작되었다.

"내가 트랄파마도어에서 배운 가장 중요한 것은 사람이 죽는다 해도 죽은 것처럼 보일 뿐이라는 점이다. 여전히 과거에 잘 살아 있으므로 장례식에서 우는 것은 아주 어리석은 짓이다. 모든 순간, 과거, 현재, 미래의 모든 순간은 늘 존재해왔고, 앞으로도 늘 존재할 것이다. 트랄파마도어인은 예를 들어 우리가 쭉 뻗은 로키산맥을 한눈에 볼 수 있듯이 모든 순간을 한눈에 볼 수 있다. 그들은 모든 순간이 영원하다는 것을 봐서 알고 있고, 그 가운데 관심이 있는 어떤 순간에도 시선을 돌릴 수 있다. 마치 줄로 엮인 구슬처럼 어떤 순간에 다음 순간이 따르고 그 순간이 흘러가면 그것으로 완전히 사라져버린다는 것은 여기 지구에

사는 사람들의 착각일 뿐이다.

트랄파마도어인은 주검을 볼 때 그냥 죽은 사람이 그 특정한 순간에 나쁜 상태에 처했으며, 그 사람이 다른 많은 순간에는 괜찮다고 생각한다. 이제 나도 누가 죽었다는 이야기를 들으면 그냥 어깨를 으쓱하며 그냥 트랄파마도어인이 죽은 사람을 두고 하는 말을 한다. '뭐 그런 거지.'"

***

그리고 기타 등등.

빌리는 텅 빈 집의 지하 휴게실에서 이 편지를 쓰고 있었다. 가정부가 쉬는 날이었다. 휴게실에는 낡은 타자기가 있었다. 덩치 큰 짐승이었다. 축전지만큼이나 무거웠다. 이 타자기를 아주 멀리 아주 쉽게 들고 갈 수가 없었기 때문에 다른 곳으로 가는 대신 그냥 휴게실에서 편지를 쓰고 있었다.

석유 보일러는 돌아가지 않았다. 온도조절장치로 통하는 전선의 절연재를 쥐가 갉아먹어버렸기 때문이다. 집의 온도는 10도까지 내려갔지만 빌리는 알아채지 못했다. 옷을 따뜻하게 입지도 않았다. 맨발이었고, 늦은 오후였는데 여전히 파자마에 목욕가운 차림이었다. 맨발은 푸르스름한 상앗빛이었다.

어쨌거나 빌리의 주름진 심장은 타오르는 석탄이었다. 그게 그렇게 뜨거웠던 건 시간에 관한 진실이 수많은 사람을 위로할 것이라는 빌리의 믿음 때문이었다. 위층 문의 초인종이 계속 울어대고 있었다. 딸 바버러가 들어오려고 누르는 것이었다. 이윽고 그녀는 열쇠로 문을 열고 들어와, 빌리 머리 위의 바닥을 가로지르며 소리쳐 불렀다. "아버지? 아빠, 어디 계세요?" 계속 그렇게 그렇게.

빌리는 대답하지 않았고, 그래서 그녀는 그의 주검이라도 발견하게 될까봐 거의 히스테리에 사로잡혔다. 그러다가 그 집에서 누구도 들여다보지 않을 것 같은 곳을 들여다보았다―휴게실이었다.

**

"불렀는데 왜 대답을 안 하시는 거예요?" 바버러가 휴게실 문간에 서서 따져 물었다. 그녀는 석간신문을 들고 있었다. 빌리가 트랄파마도어의 친구들을 묘사한 게 실린 신문이었다.

"듣지를 못했어." 빌리가 말했다.

이 순간의 구성은 이러했다. 바버러는 겨우 스물한 살이었으며, 아버지가 겨우 마흔여섯이었음에도 노망이 났다고 생각했다―비행기 추락 때 뇌에 손상을 입어 노망이 났다고 말이다. 또 자신이 가장이라고 생각했다. 어머니 장례식을 도맡아 치러야 했고, 빌리를 위해 가정부를 얻어야 했고, 뭐 그런 것들 때문에. 또 빌리가 이제 사업에 전혀 관심이 없는 것 같았기 때문에, 바버러와 그녀의 남편은 제법 많은 그의 사업 이득을 관리해야 했다. 그렇게 어린 나이에 이런 모든 책임을 떠안은 것 때문에 그녀는 못돼먹은 수다쟁이가 되어버린 것이다. 그러나 빌리 자신은 위엄을 지키면서, 자신이 노망이 들지 않았고, 오히려 사업 따위보다 훨씬 고귀한 소명에 헌신하고 있다고 바버러와 다른 모든 사람을 설득하려 했다.

자신은 지금 지구인들에게 교정 렌즈를 처방해주는 것보다 못한 일을 하는 게 아니다, 그는 그렇게 생각했다. 지구의 수많은 영혼이 길을 잃고 비참하게 헤매고 있다, 빌리는 그렇게 믿었다. 그들이 트랄파마도어의 작은 녹색 친구들처럼 제대로 보지 못하기 때문이다.

*　*　*

"거짓말하지 마세요, 아버지." 바버러가 말했다. "내가 불렀을 때 제대로 들었다는 거 다 안다고요." 바버러는 아주 어여쁘고 젊은 여자였다. 다리가 에드워드 7세 시대 그랜드 피아노 같다는 것*만 빼면. 그녀는 신문에 실린 편지를 두고 마구 화를 내며 따지고 있었다. 아버지가 그 자신과 더불어 그와 연결된 모든 사람을 웃음거리로 만들고 있다고 말했다.

"아버지, 아버지, 아버지ー" 바버러가 말했다. "우리가 아버지를 도대체 어떻게 해야 하는 거예요? 우리가 아버지를 억지로 아버지의 어머니가 있는 곳에 집어넣어야 하나요?" 빌리의 어머니는 아직 살아 있었다. 일리엄 변두리의 파인 놀이라고 부르는 노인들의 집에서 자리보전을 하고 있었다.

"내 편지에 왜 그렇게 화가 난 거냐?" 빌리는 알고 싶었다.

"죄다 헛소리잖아요. 무엇 하나 사실인 게 없잖아요!"

---

* O자로 휘어 있다는 의미.

"다 사실이야." 빌리는 딸이 화를 냈음에도 덩달아 화를 내지 않았다. 무슨 일에도 절대 화를 내는 법이 없었다. 그쪽으로는 훌륭한 사람이었다.

"트랄파마도어라는 행성은 없어요."

"지구에서는 찾을 수 없지. 네 말이 그런 뜻이라면 맞아." 빌리가 말했다. "그렇게 보자면, 지구도 트랄파마도어에서는 찾을 수가 없어. 둘 다 아주 작거든. 서로 아주 멀리 떨어져 있고."

"'트랄파마도어'라는 엉터리 이름은 어디서 들은 거예요?"

"거기 사는 생물이 그렇게 불러."

"오, 맙소사." 바버러는 그에게 등을 돌렸다. 자신의 좌절감을 기념하듯 손뼉을 쳤다. "간단한 질문 하나 해도 돼요?"

"물론이지."

"비행기 추락 전에는 왜 이런 이야기를 한마디도 하지 않았던 거예요?"

"아직 때가 무르익지 않았다고 생각했거든."

***

그렇게 그렇게. 빌리는 처음으로 시간에서 풀려난 것은 1944년, 트랄파마도어에 가기 훨씬 전이라고 말한다. 트랄파마도어인은 그가 시간에서 풀려난 것과 아무런 관계가 없었다. 그저 실제로 어떤 일이 벌어지는지 볼 수 있는 통찰력을 줄 수 있었을 뿐이다.

빌리는 제2차세계대전이 한창일 때 처음 시간에서 풀려났다. 빌리는 전쟁에서 군종사병이었다. 미군에서 군종사병은 관례적으로 놀림감이다. 빌리도 예외가 아니었다. 그는 무력하여 적에게 해를 주지도 친구를 돕지도 못했다. 사실 친구도 없었다. 목사의 보조인 그는 승진이나 메달을 바라지 않았고, 무기도 들고 다니지 않았으며, 자애로운 예수에 대한 믿음만 약간 있었을 뿐인데, 병사들은 대부분 이런 믿음을 불쾌하게 여겼다.

사우스캐롤라이나에서 군사훈련을 하는 동안, 빌리는 어린 시절부터 알던 찬송가를 연주했다. 방수 처리를 한 작은 검은색 오르간으로 연주했다. 오르간은 건이 39개에 음전音栓이 두 개였다—복스 후마나와 복스 첼레스테.* 빌리는 휴대용 제단도 책임졌다. 다리를 뽑을 수 있는 탁한 녹색 서류 상자였다. 상자 안에는 심홍색 플러시 천을 깔았으며, 그 열정적인 색깔의 플러시 천에는 양극산화처리를 한 알루미늄 십자가와 성경이 자리잡고 있었다.

제단과 오르간은 뉴저지 주 캠든에 있는 진공청소기 회사에서 만든 것이었다—그렇다고 했다.

***

한번은 훈련중에 빌리가 요한 제바스티안 바흐의 곡에 마르틴 루터가 가사를 붙인 〈내 주는 강한 성이요〉를 연주하고 있었다. 일요일 아침이었다. 빌리와 군목은 캐롤라이나 산비탈에 병사 회중을 쉰 명쯤 모

---

* 오르간 음전의 종류. 각각 '인간의 목소리'와 '하늘의 목소리'라는 의미.

아놓고 있었다. 그때 심판이 나타났다. 어디에나 심판이 있었다. 가상 전투에서 누가 이기고 누가 지는지, 누가 살고 누가 죽었는지 말해주는 사람이었다.

이 심판은 희극적인 소식을 전했다. 회중이 공중에서 가상의 적에게 가상으로 발견되었다는 것이다. 그들은 이제 모두 가상으로 죽었다. 가상의 주검들은 웃음을 터뜨리며 점심을 배불리 먹었다.

빌리는 세월이 흐른 뒤 이 일을 기억하다 그것이, 그렇게 죽은 채로 먹는다는 것이 트랄파마도어인이 할 만한 멋진 죽음 경험이라는 사실을 깨달았다.

훈련이 끝날 때쯤 빌리는 긴급 귀향 휴가를 받았다. 뉴욕 주 일리엄에서 이발사로 일하던 아버지가 사슴 사냥을 나갔다가 친구의 총에 맞아 죽었기 때문이다. 뭐 그런 거지.

***

빌리가 휴가에서 돌아오자 해외로 나가라는 명령이 떨어졌다. 룩셈부르크에서 싸우는 보병 연대의 본부 중대에서 그를 원했다. 연대 군목 밑의 군종사병이 전사했던 것이다. 뭐 그런 거지.

빌리가 그곳으로 갔을 때, 연대는 유명한 벌지 전투에서 독일군에게 박살이 나고 있었다. 빌리는 모시기로 한 군목을 만나지도 못했고, 심지어 철모와 전투화도 지급받지 못했다. 때는 1944년 12월, 이 전쟁에서 독일이 마지막으로 막강한 힘으로 공격을 해오던 시기였다.

빌리는 살아남았지만, 새로 형성된 전선의 독일군 쪽 후방 깊숙한 곳에서 어리둥절 헤매고 있었다. 다른 낙오병 세 명은 빌리만큼 어리둥절하지는 않았으며, 빌리가 함께 다니게 해주었다. 둘은 정찰병이었고, 한 명은 대전차포를 맡은 포병이었다. 그들에게는 식량도 지도도 없었다. 그들은 독일군을 피해 점점 더 깊어지는 시골의 적막 속으로 파고들었다. 그들은 눈을 먹었다.

그들은 일렬종대로 걸었다. 선두는 정찰병들이 맡았다. 그들은 영리하고, 정중하고, 조용했으며, 소총을 들고 있었다. 다음은 대전차포 포병이었다. 그는 꼴사납고 어리석었으며, 독일군에게 가까이 오지 말라고 경고하는 의미로 한 손에는 콜트 45 자동권총, 다른 손에는 양날 단검을 들고 있었다.

빌리 필그림이 맨 뒤였다. 빈손에 풀이 죽은 채 죽음을 맞을 준비를 하고 있었다. 빌리는 엉뚱해 보였다―190센티미터 키에, 가슴과 어깨는 부엌 성냥갑 같았다. 철모도 없고, 외투도 없고, 무기도 없고, 군화도 없었다. 아버지 장례식에 가려고 산, 목이 짧은 싸구려 민간인 구두를 신고 있었다. 굽 한쪽이 떨어져나간 탓에 몸이 위아래로, 위아래로 까닥였다. 어쩔 수 없이 위아래로, 위아래로 까닥까닥 춤을 추었기 때문에 고관절이 아팠다.

빌리는 얇은 야전 재킷, 셔츠와 따가운 양모 바지, 땀으로 흠뻑 젖은 긴 속옷 차림이었다. 네 명 가운데 유일하게 턱수염을 기르고 있었다. 제멋대로 뻣뻣하게 자란 턱수염인데, 이제 겨우 스물한 살임에도 흰색이 드문드문 보였다. 또 머리도 벗어지고 있었다. 바람과 추위와 격한 운동 때문에 얼굴은 새빨갰다.

그는 전혀 군인으로 보이지 않았다. 지저분한 플라밍고로 보였다.

그렇게 헤맨 지 사흘째가 되는 날, 누군가 멀리서 넷을 향해 총을 쏘았다—벽돌이 깔린 좁은 길을 건너는데 네 발을 쏘았다. 한 발은 정찰병들을 향한 것이었다. 다음 발은 대전차포 포수를 향한 것이었는데, 그의 이름은 롤런드 위어리였다.

세번째 총알은 지저분한 플라밍고를 향한 것이었는데, 그는 그 치명적인 벌이 붕 소리와 함께 귀를 스쳐갈 때 길 한복판에서 걸음을 멈추었다. 빌리는 거기 예의바르게 서서 저격수에게 다시 기회를 주었다. 그는 혼탁한 머리로, 저격수에게 반드시 두번째 기회를 주는 것이 전쟁의 규칙이라고 생각했다. 다음 총알은 빌리의 종지뼈를 몇 센티미터 차이로 빗나갔는데, 소리로 판단하건대 떼굴떼굴 구르며 나아가는 것 같았다.

롤런드 위어리와 정찰병들은 안전하게 도랑으로 피해 있었다. 위어리가 빌리를 향해 으르렁거렸다. "길에서 나와, 이 멍청한 씨발놈아." 마지막 단어는 1944년도 백인의 말에서는 아직 새로운 것이었다. 아직 누구와도 썹을 한 적 없는 빌리에게는 그 말이 신선하고 놀라웠다—그리고 효과를 발휘했다. 그는 정신이 번쩍 들어 길에서 나갔다.

***

"내가 네 목숨을 또 구해줬잖아, 이 멍청한 새끼야." 위어리가 도랑에서 빌리에게 말했다. 그는 빌리에게 욕을 하고, 빌리를 걷어차고, 찰싹 때리고, 움직이게 해서 며칠 동안 빌리의 목숨을 구해주었다. 이런 가혹 행위는 반드시 필요한 일이었다. 빌리는 자신을 구하기 위한 일을 전혀 하지 않으려 했기 때문이다. 빌리는 그만두고 싶었다. 춥고, 배고프고, 창피하고, 무력했다. 이제 사흘째가 되니 잠자고 있는 것과 깨어 있는 것도 구별하기 힘들었다. 걷는 것과 가만히 서 있는 것도 이렇다 할 차이가 없었다.

그는 모두가 자신을 그냥 내버려두기를 바랐다. "나는 냅두고 그냥 가." 그는 계속 그 말을 되풀이했다.

***

위어리도 빌리처럼 전쟁에 새로 참여했다. 그도 보충병이었다. 그는 포대원으로서 적을 노린 한 발을 쏘는 것을 도운 적이 있었다—57밀리미터 대전차포였다. 포는 전능하신 하느님의 바지 앞자락 지퍼를 여는 것처럼 찢어지는 소리를 냈다. 대포는 10미터 길이의 토치로 눈과 식물을 핥아먹었다. 이 불길은 땅에 검은 화살표를 남기며 독일군에게 숨어 있던 포가 어디 자리잡고 있는지 정확히 보여주었다. 대포알은 목표물을 맞히지 못했다.

맞히지 못한 것은 타이거 탱크였다. 탱크는 쿵쿵거리며 88밀리미터 주둥이를 빙글 돌리더니 땅바닥의 화살표를 보았다. 쏘았다. 위어리를 제외한 포대원을 모두 죽였다. 뭐 그런 거지.

* * *

롤런드 위어리는 겨우 열여덟으로, 주로 펜실베이니아 주 피츠버그 지역에서 보낸 불행한 유년을 막 끝낸 참이었다. 피츠버그에서 그는 인기가 없었다. 멍청하고 뚱뚱하고 비열했기 때문에, 또 아무리 씻어도 베이컨 같은 냄새가 났기 때문에 인기가 없었다. 피츠버그에서는 끼워주고 싶어하지 않은 사람들이 늘 그를 따돌렸다.

그랬기 때문에 위어리는 따돌림을 당하는 데 질렸다. 따돌림을 당할 때면 자기보다 훨씬 인기 없는 사람을 찾아냈고, 친한 척하며 그 사람과 한동안 시끌벅적 어울렸다. 그러다가 어떤 구실을 찾아내 똥을 싸도록 패버렸다.

그것이 하나의 패턴이었다. 위어리는 자신이 결국에는 패버리게 되는 사람들과 난폭하고, 난하고, 흉악한 관계를 맺었다. 그 사람들에게 자기 아버지가 모은 총과 검과 고문도구와 족쇄 등등에 관한 이야기를 해주었다. 배관공이던 위어리의 아버지는 실제로 그런 물건들을 모았으며, 수집품에 4천 달러의 보험을 들어놓았다. 그는 혼자가 아니었다. 그런 물건을 수집하는 사람들로 이루어진 커다란 클럽에 소속되어 있었다.

위어리의 아버지는 어머니에게 스페인에서 나온, 아직 작동하는 엄지를 죄는 고문도구를 준 적이 있었다―부엌에서 문진으로 쓰라고. 또 한번은 탁상 램프를 주었는데, 30센티미터 높이의 받침이 그 유명한 '뉘른베르크의 철의 처녀' 모형이었다. 진짜 '철의 처녀'는 중세 고문도구로, 겉이 여자처럼 생긴―그리고 안에는 못이 튀어나와 있는―일종의 보일러였다. 여자의 앞쪽은 경첩이 달린 문 두 개로 이루어져 있었다. 이 안에 범죄자를 넣고 문을 천천히 닫았다. 눈이 있을 자리에는 특별히 못 두 개가 튀어나와 있었다. 바닥에는 피를 밖으로 다 빼낼 수 있도록 배수구가 있었다.

뭐 그런 거지.

***

위어리는 빌리 필그림에게 철의 처녀에 관해서, 바닥의 배수구에 관해서—그리고 그것의 용도에 관해서도 이야기해주었다. 또 덤덤탄*에 관해서 이야기해주었다. 조끼 주머니에 넣어 다닐 수 있으면서도 '쏙독새가 날개를 부딪치지 않고 통과해 날아갈 수 있는' 구멍을 사람 몸에 뚫을 수 있는 아버지의 데린저식 권총 이야기도 해주었다.

위어리는 한번은 경멸하는 표정으로 빌리가 핏물 홈이 무엇인지도 모를 것이라고 장담했다. 빌리는 철의 처녀 바닥에 있는 배수구일 거라고 짐작했지만 틀렸다. 결국 핏물 홈이 검이나 총검의 날 옆면에 길게 파인 얕은 홈이라는 것을 알게 되었다.

위어리는 빌리에게 책에서 읽거나 영화에서 보거나 라디오에서 들은 끝내주는 고문에 관해서—또 그 자신이 발명한 멋진 고문에 관해서 이야기해주었다. 그가 발명한 것 한 가지는 치과의사의 드릴을 사람 귀에 꽂는 것이었다. 그는 빌리에게 최악의 처형이 뭐라고 생각하느

---

* 명중하면 퍼져서 상처가 커지는 총탄.

54

냐고 물었다. 빌리는 아무 생각이 없었다. 들어보니 정답은 다음과 같
았다. "사람을 사막의 개미탑에 있는 말뚝에 묶는 거야—알아? 고개는
위로 쳐들게 하지. 불알하고 자지에는 꿀을 잔뜩 발라. 눈꺼풀은 잘라
내서 죽을 때까지 해를 보고 있게 하는 거야." 뭐 그런 거지.

***

이제, 저격을 받은 뒤에 위어리는 빌리와 정찰병들과 함께 누웠고,
빌리에게 자신의 트렌치 나이프를 자세히 살펴보게 했다. 정부 보급품
이 아니었다. 아버지의 선물이었다. 날이 25센티미터에 단면은 삼각형
이었다. 손잡이에는 브래스 너클*이 달려 있어, 그 고리들에 위어리는
뭉툭한 손가락들을 끼워넣었다. 단순한 고리가 아니었다. 둘레에 뾰족
한 돌기가 튀어나와 있었다.

위어리는 돌기로 빌리의 뺨을 쓰다듬었다. 짐짓 다정한 태도로 자제
하는 척하며 잔인하게 뺨을 후벼팠다. "이걸로 맞으면 어떨 거 같아—
응? ㅇㅇㅇㅇㅇㅇㅇㅇㅇㅇㅇ응?" 그는 알고 싶어했다.

"맞고 싶지 않아." 빌리가 말했다.

"왜 날이 삼각형인 줄 알아?"

"아니."

"상처가 아물지 못하게 하려는 거야."

"아."

---

* 손가락을 끼워넣는 구멍이 뚫려 있는 금속제 둔기.

"사람 몸에 삼각형 구멍을 만드는 거지. 보통 칼로 사람을 찔러봐—
일자로 찢어져. 그치? 일자 상처는 바로 아물어. 그치?"

"그러네."

"젠장. 아는 게 뭐야? 대학에서는 도대체 뭘 가르치는 거야?"

"오래 다니지 않았어." 빌리가 말했고, 그것은 사실이었다. 대학은 겨
우 여섯 달 다녔을 뿐이고, 애초에 정식 대학도 아니었다. 일리엄 검안
학교 야간부였다.

"조 칼리지."* 위어리가 냉혹하게 내뱉었다.

빌리는 어깨를 으쓱했다.

"인생은 책에서 읽은 게 다가 아냐." 위어리가 말했다. "너도 알게 될
거야."

그곳 도랑에서 빌리는 그 말에 아무런 대꾸를 하지 않았다. 이 대화
가 필요 이상 길게 이어지는 것을 바라지 않았기 때문이다. 하지만 피
에 관해 조금은 안다고 말하고 싶은 희미한 유혹을 느꼈다. 사실 빌리
도 어린 시절 하루가 시작하고 끝날 때면 거의 언제나 고문과 무시무
시한 상처를 살펴보았다. 일리엄에 있는 그의 작은 방 벽에는 아주 섬
뜩한 십자가가 걸려 있었다. 군의관이라면 예술가가 그리스도의 모든
상처를 그렇게 임상적으로 충실하게 묘사한 것에 감탄했을 것이다—
창에 찔린 상처, 가시에 찔린 상처, 쇠못이 낸 구멍. 빌리의 그리스도는
끔찍하게 죽었다. 애처로웠다.

뭐 그런 거지.

---

* 남자 대학생을 가리키는 말.

56

벽에 무시무시한 십자가를 걸어놓고 자랐지만 빌리는 가톨릭이 아니었다. 아버지에게는 종교가 없었다. 어머니는 시내 근처 몇 군데 교회의 오르간 예비 연주자였다. 그녀는 오르간을 칠 때면 늘 빌리를 데려갔고, 치는 법을 조금 가르쳐주기도 했다. 어머니는 어디가 좋을지 결정을 내리는 즉시 교회에 다닐 거라고 말했다.

그러나 절대 결정하지 않았다. 그래도 십자가에 대한 열망은 무시무시하게 커져만 갔다. 대공황 시기에 이 작은 가족이 서부로 여행을 갔을 때도 샌타페이의 기념품점에서 십자가를 하나 샀다. 어머니도 수많은 미국 사람처럼 기념품점에서 발견한 물건에서 의미를 얻는 삶을 구축하려 했다.

그리고 그 십자가는 빌리 필그림의 벽에 걸렸다.

***

도랑에서 소총의 호두나무 개머리판을 쓰다듬던 두 정찰병은 이제 밖으로 나갈 때가 되었다고 소곤거렸다. 십 분이 지났지만 그들이 맞았는지 안 맞았는지 보러, 확인 사살을 하러 오는 사람은 없었다. 누가 쐈는지 몰라도 아주 멀리 떨어져 있고 혼자인 것이 분명했다.

네 명은 도랑에서 기어나왔지만 사격은 없었다. 그들은 불운에 빠진 커다란 짐승처럼 숲으로 기어들어갔다. 그런 다음 일어서서 빠르게 걷기 시작했다. 숲은 어둡고 오래되었다. 소나무가 종횡으로 줄을 지어 자라고 있었다. 관목은 없었다. 발자국 없는 눈이 10센티미터 두께로 담요처럼 땅을 덮고 있었다. 미군들은 춤추는 법을 알려주는 책에 나오는 다이어그램처럼 분명한 자취를 눈에 남길 수밖에 없었다—걷고, 미끄러지고, 쉬고—걷고, 미끄러지고, 쉬고.

***

"바짝 따라붙고, 절대 떨어지지 마!" 숲 밖으로 나오면서 롤런드 위어리가 빌리 필그림에게 주의를 주었다. 위어리는 전투에 대비해 몸을 꽁꽁 싸맸기 때문에 트위들디나 트위들덤*처럼 보였다. 그냥 작고 굵을 뿐이었다.

그는 지금까지 지급받은 모든 장비, 집에서 온 모든 선물을 몸에 지니고 있었다. 철모, 파이버, 양모 모자, 목도리, 장갑, 면내의, 양모 내의, 양모 셔츠, 스웨터, 군복 상의, 재킷, 외투, 면팬티, 양모 팬티, 양모 바지, 면양말, 양모 양말, 전투화, 방독면, 수통, 휴대용 식기, 구급상자, 트렌치 나이프, 담요, 텐트, 우비, 방탄용 성경, '적을 알라'는 제목의 소책자, 또 '우리가 싸우는 이유'라는 제목의 소책자, 또 영어 발음을 달아놓은 독일어 표현을 모은 소책자. 마지막 책은 위어리가 독일인한테 "너희 본부가 어디냐?"라든가 "곡사포가 몇 대냐?"라든가 하는 질문을 던지거나, "항복해라. 너희는 가망 없다" 등등의 말을 하려고 들고 다니는 것이었다.

---

* 루이스 캐럴의 『거울나라의 앨리스』에 나오는 쌍둥이. 뚱뚱하고 둥근 달걀처럼 생겼다.

위어리에게는 발사나무 토막도 있었는데, 참호에서 베개로 쓰려는 것이었다. "오직 질병 예방을 위해서만!"이라고 적힌 질긴 콘돔 두 개가 든 예방 상자도 있었다. 병장으로 승진하기 전에는 아무에게도 보여주지 않을 생각이었지만 호각도 있었다. 셰틀랜드포니와 성교를 시도하려는 여자의 지저분한 사진도 있었다. 그는 빌리 필그림에게 그 사진을 몇 번 보여주어 감탄하게 만들었다.

***

여자와 조랑말은 털실로 만든 공들이 가장자리를 장식하고 있는 벨벳 휘장 앞에서 자세를 잡고 있었다. 양옆에는 도리아식 기둥이 있었다. 한 기둥 앞에는 야자나무 화분이 있었다. 위어리가 가진 것은 역사상 최초의 지저분한 사진 인쇄물이었다. 사진이라는 말은 1839년에 처음 사용되었는데, 루이 J. M. 다게르가 프랑스 아카데미에서 얇은 아이오딘화은 막이 덮인 은판에 형성된 이미지를 수은 증기가 있는 곳에서 현상할 수 있다고 밝힌 것이 그해였다.

겨우 2년 뒤인 1841년, 다게르의 조수였던 앙드레 르 페브르가 튀일리 공원에서 어떤 신사에게 여자와 조랑말 사진을 팔려고 하다가 체포되었다. 위어리가 그 사진을 산 곳도 그곳이었다—튀일리 공원. 르 페브르는 그 사진이 미술품이며, 자신의 의도는 그리스신화를 생생하게 살려내는 것이었다고 주장했다. 기둥과 야자나무 화분이 그 증거라고 말했다.

어떤 신화를 재현하려 했느냐는 질문을 받자 르 페브르는 그런 신화, 인간 여자와 조랑말 신이 있는 신화는 수도 없이 많다고 대답했다.

그는 징역 6개월을 선고받았다. 그리고 감옥에서 폐렴으로 죽었다. 뭐 그런 거지.

***

빌리와 정찰병들은 비쩍 마른 사람들이었다. 반면 롤런드 위어리는 태울 지방이 많았다. 양모에 띠에 캔버스 천으로 겹겹이 싸인 채 맹렬히 타오르는 용광로였다. 워낙 힘이 넘쳐 빌리와 정찰병들 사이를 부산스럽게 오가며, 아무도 보내지 않았고 아무도 받고 싶어하지 않는 멍청한 메시지를 전달했다. 그는 또, 다른 누구보다 바빴기 때문에, 자신이 우두머리라고 생각하기 시작했다.

사실 그는 너무 덥고 꽁꽁 싸여 있어서 위험을 전혀 느끼지 못했다. 철모 테두리와 아기 같은 얼굴을 콧마루 밑으로는 다 가리고 있는 집에서 보내준 목도리 사이의 좁은 틈으로 볼 수 있는 것이 바깥세상의 전부였다. 그 안에 있는 게 아주 아늑했기 때문에 전쟁에서 살아남아 집에 안전하게 있는 척, 부모와 누이에게 진짜 전쟁 이야기를 해주고 있는 척할 수 있었다―진짜 전쟁 이야기는 여전히 진행되고 있었지만.

위어리가 전하는 진짜 전쟁 이야기는 이런 식이었다. 독일의 대규모 공격이 있었고, 위어리와 그의 대전차포대 친구들은 죽어라 싸웠지만 위어리만 빼고 모두 전사했다. 뭐 그런 거지. 그러다 위어리는 두 정찰병과 엮이게 되었으며, 그들은 바로 가까운 친구가 되었고, 적군과 싸우며 아군이 있는 곳까지 가기로 했다. 그들은 빨리 움직일 생각이었다. 항복 같은 건 죽어도 할 생각이 없었다. 그들은 서로서로 악수를 했다. 스스로 '삼총사'라고 불렀다.

그런데 이 염병할 대학생, 너무 약해빠져서 애초에 군대에 오지도 말았어야 할 놈이 함께 갈 수 없겠느냐고 물었다. 심지어 총이나 칼도 없으면서. 심지어 철모나 모자도 없으면서. 심지어 제대로 걷지도 못하면서―위아래, 위아래로 계속 까닥거려 다들 돌아버리게 하고, 위치만 다 드러내면서. 그러나 그는 애처로웠다. 삼총사는 아군의 진지로 돌아갈 때까지 줄곧 대학생을 밀고 안아들고 끌어당겼다, 위어리의 이야기는 그렇게 흘러갔다. 그들이 이 염병할 아이를 구해주었다.

현실에서 위어리는 빌리가 어떻게 되었는지 보려고 되짚어가고 있었다. 정찰병들한테는 자기가 대학생 새끼를 데리러 갔다 올 동안 기다리라고 말했다. 방금 그는 낮게 뻗은 나뭇가지 밑을 지났다. 가지가 그의 철모 꼭대기를 치며 쿵 소리를 냈다. 위어리는 그 소리를 듣지 못했다. 어딘가에서 큰 개가 짖어댔다. 위어리는 그 소리도 듣지 못했다. 그의 전쟁 이야기는 아주 흥미로운 지점에 다다르고 있었다. 한 장교가 삼총사에게 청동성장을 수여해달라고 상신하겠다며 치하하고 있었다.

"내가 더 해줄 수 있는 일이 없겠나?" 장교가 말했다.

"있습니다." 한 정찰병이 말했다. "저희는 앞으로도 전쟁이 끝날 때까지 붙어다니고 싶습니다. 아무도 삼총사를 깨지 못하게 저희를 한데 묶어주실 수 있겠습니까?"

***

빌리 필그림은 숲 안에서 멈춰 있었다. 눈을 감고 나무에 기대 있었다. 머리는 뒤로 기울어지고 콧구멍이 벌름거렸다. 파르테논 안의 시인 같았다.

이때 빌리는 처음으로 시간에서 풀려났다. 그의 마음이 크게 호弧를 그리며 움직이기 시작하여 삶 전체를 통과하더니 죽음으로, 보라색 빛 속으로 들어갔다. 그곳에는 다른 누구도, 어떤 것도 없었다. 그냥 보라색 빛뿐이었다—그리고 콧노래를 부르는 듯한 소리.

이어 빌리는 다시 시계추가 움직이듯이 반대쪽으로, 삶 안으로 쑥 들어가 태어나기 전으로 갔다. 붉은 빛과 거품이 보글거리는 소리가 있는 곳이였다. 그랬다가 그는 다시 삶 속으로 움직여 그곳에서 멈추었다. 꼬마 빌리는 털투성이 아버지와 일리엄 YMCA에서 샤워를 하고 있었다. 문 옆의 수영장에서 소독약 냄새가 났고, 다이빙대에서 쿵 하는 소리가 들렸다.

꼬마 빌리는 겁에 질렸다. 이제 물에 빠지지 않으려면 알아서 몸을 움직이는 방법으로 수영을 배우게 될 거라고 아버지가 말했기 때문이다. 아버지는 빌리를 깊은 물에 던질 거고, 빌리는 염병할 수영을 잘하게 될 거다.

처형이나 마찬가지였다. 아버지가 샤워실에서 수영장으로 안고 가는 동안 빌리는 아무런 감각이 없었다. 눈을 감고 있었다. 눈을 떴을 때는 수영장 바닥이었고, 사방에 아름다운 음악이 가득했다. 의식을 잃었지만 음악은 계속되었다. 누군가 와서 구해주는 것이 희미하게 느껴졌다. 빌리는 자기를 구해주는 게 너무 싫었다.

＊＊＊

빌리는 그곳에서 1965년으로 시간 여행을 했다. 마흔한 살이었고, 노쇠한 어머니를 만나러 파인 놀로 가고 있었다. 불과 한 달 전 어머니를 데려다 놓은 양로원이었다. 어머니는 폐렴에 걸렸고, 얼마 살지 못할 것 같았다. 하지만 그후에도 오래 더 살았다.

어머니는 목소리를 거의 내지 못했다. 그래서 빌리는 어머니의 말을 들으려면 종이 같은 입술 옆에 귀를 바짝 갖다대야 했다. 아주 중요한 이야기를 해주고 싶어하는 것이 분명했다.

"어쩌다……?" 어머니는 입을 열었다가 다시 닫았다. 너무 지쳐 있었다. 어머니는 나머지 말을 다 하지 않아도 되기를, 빌리가 대신 마무리해주기를 바랐다.

그러나 빌리는 어머니가 무슨 생각을 하는지 전혀 알지 못했다. "어쩌다 뭐요, 어머니?" 빌리가 재촉했다.

어머니는 침을 꿀꺽 삼키고 눈물을 조금 흘렸다. 이윽고 망가진 몸 전체로부터, 심지어 발가락과 손가락 끝으로부터도 힘을 그러모았다. 마침내 어머니는 힘을 모아 작은 소리로 간신히 말을 마칠 수 있었다.

"어쩌다 내가 이렇게 늙은 거니?"

***

빌리의 골동품 어머니는 정신을 잃었고, 예쁜 간호사가 빌리를 방에서 데리고 나갔다. 빌리가 복도로 나서는 순간 시트를 덮은 늙은 남자의 주검이 바퀴 달린 침대에 실려 지나갔다. 남자는 한창때는 유명한 마라톤 선수였다. 뭐 그런 거지. 이때는 빌리가 비행기 추락으로 머리가 깨지기 전─비행접시와 시간 여행에 관해 이야기하기 전이었다.

빌리는 대기실에 앉았다. 그는 아직 홀아비가 아니었다. 속을 잔뜩 넣은 의자의 쿠션 밑에서 뭔가 단단한 것이 느껴졌다. 꺼내보니 책이었다. 윌리엄 브래드퍼드 후이의 『슬로빅 이등병의 처형』. 군번 36896415, 에디 D. 슬로빅 이등병이 미국 총살대에게 처형을 당한 실화를 다룬 것이었다. 그는 미국 내전 이후 비겁하다는 이유로 총살을 당한 유일한 병사였다. 뭐 그런 거지.

빌리는 슬로빅의 사건을 검토한 법무관의 의견서를 읽었는데, 그것은 이렇게 끝났다. 그는 정부의 권위에 직접 도전했으며, 이런 도전 행위에 대한 단호한 대응에 미래의 규율이 달려 있다. 탈영에 사형을 부과해야 한다면 이번 경우에야말로 부과해야 한다. 이것은 처벌 조치나 보복이 아니라 군이 적에게 승리할 수 있는 유일한 기초인 규율을 유지하는 일일 뿐이다. 탈영의 경우 관대한 처분을 권고한 적이 없으며, 이 경우에도 그런 처분은 권고하지 않는다. 뭐 그런 거지.

빌리는 1965년에 눈을 깜빡여 1958년으로 시간 여행을 했다. 아들 로버트가 속한 소년 야구 리그의 축하연에 참석하고 있었다. 결혼한 적 없는 감독이 말하고 있었다. 완전히 목이 메었다. "하느님 앞에서 정직하게 말하거니와, 이 아이들을 위해 주전자나 들고 다니게 돼도 영광이라고 생각할 겁니다."

***

빌리는 1958년에 눈을 깜빡여 1961년으로 시간 여행을 했다. 새해 전날이었고, 모인 사람 모두가 검안사 일을 하거나 검안사와 결혼한 사람인 파티에서 그는 창피할 정도로 술에 취했다.

빌리는 보통 술을 많이 마시지 않았다. 전쟁으로 위가 망가졌기 때문이었다. 하지만 지금은 확실히 취할 만큼 마셨다. 그는 처음이자 마지막으로 아내 발렌시아에게 부정한 행동을 하고 있었다. 어떻게 했는지 어떤 여자를 그 집 세탁실로 오라고 설득해서, 돌아가고 있는 가스 건조기 위에 앉혔다.

여자도 몹시 취해서, 빌리가 자신의 거들을 벗기는 것을 거들었다. "이야기하고 싶다는 게 뭐야?" 그녀가 말했다.

"상관없어." 빌리가 말했다. 그는 솔직히 그건 상관없다고 생각했다. 여자의 이름도 기억나지 않았다.

"어쩌다 사람들이 댁을 윌리엄이 아니라 빌리라고 부르게 된 거야?"

"사업적인 이유들 때문이지." 빌리가 말했다. 그건 사실이었다. 일리엄 검안학교의 소유자이자 빌리에게 사업 자금을 대준 장인은 그 분야에서 천재였다. 그는 빌리에게 사람들이 그를 빌리라고 부르도록 부추기라고 말했다—그래야 기억에 딱 달라붙는다며. 또 그래야 약간 매혹적으로 보인다며—주위에 어른 빌리는 없으니까. 게다가 그것은 사람들이 즉시 그를 친구처럼 생각하도록 강요하는 효과도 있었다.

* * *

거기 어딘가에 끔찍한 장면이 있었고, 사람들이 빌리와 그 여자를 향해 혐오감을 드러냈다. 빌리는 어느새 밖의 자기 차 안에서 운전대를 찾으려 하고 있었다.

이제 중요한 일은 운전대를 찾는 것이었다. 처음에 빌리는 두 팔을 풍차처럼 돌렸다. 운좋으면 걸려들겠지 하는 마음이었다. 그러나 효과가 없자, 체계적으로 찾기 시작하여, 운전대가 그에게서 도저히 빠져나가지 못하도록 빈틈없이 손을 움직였다. 왼쪽 문에 몸을 바짝 기대고, 앞쪽 공간을 샅샅이 수색했다. 그래도 운전대를 찾지 못하자, 옆으로 15센티미터쯤 이동해서 다시 수색했다. 놀랍게도 그는 결국 운전대를 찾지 못한 채 오른쪽 문에 부딪히게 되었다. 그는 누군가 운전대를 훔쳐갔다고 결론을 내렸다. 그러자 화가 치밀어오르면서 기절하고 말았다.

그는 차의 뒷좌석에 있었다. 그래서 운전대를 찾을 수 없었던 것이다.

＊＊＊

이제 누가 빌리를 흔들어 깨우고 있었다. 빌리는 여전히 술에 취했고, 도난당한 운전대 때문에 여전히 화가 나 있었다. 그러나 다시 제2차 세계대전으로 돌아와 있었다. 독일군 방어선 뒤편이었다. 그를 흔들어 깨우고 있는 사람은 롤런드 위어리였다. 위어리는 빌리의 야전잠바 앞자락을 두 손에 모아쥐고 있었다. 그는 빌리를 나무에 들이박았다가 다시 끌어내더니 빌리가 자신의 힘으로 가야 할 방향으로 내던졌다.

빌리는 발을 멈추고 고개를 저었다. "그냥 가." 그가 말했다.

"뭐?"

"나는 냅두고 그냥 가라고. 난 괜찮아."

"넌 뭐?"

"나는 됐다고."

"맙소사―나는 누가 역겹게 구는 꼴을 보는 게 싫어." 위어리가 집에서 보내준 축축한 목도리 다섯 겹 너머에서 말했다. 빌리는 위어리의 얼굴을 본 적이 없었다. 한번은 그 얼굴을 떠올리려 했으나 어항에 든 두꺼비만 떠올랐다.

위어리는 4백 미터를 가며 빌리를 걷어차고 밀었다. 정찰병들은 얼어붙은 개울의 양 둑 사이에서 기다리고 있었다. 그들은 개가 짖는 소리를 들었다. 사람들이 서로 외치는 소리도 들었다―어디에 사냥감이 있는지 아주 잘 아는 사냥꾼들처럼 외치는 소리였다.

개울둑은 정찰병들이 서 있어도 들키지 않을 만큼 높았다. 빌리는 우스꽝스럽게 비틀거리며 둑을 내려갔다. 그 뒤로 절거덕거리고 딸랑

거리고 짤랑거리고 더워서 씩씩거리며 위어리가 따라왔다.

"데려왔어, 얘들아." 위어리가 말했다. "살고 싶어하지 않는데, 어쨌든 살게 될 거야. 얘가 여기서 빠져나가면, 맹세코, 얘 목숨은 우리 삼총사가 구해준 거야." 이때 정찰병들은 처음으로 위어리가 자신과 그들을 묶어서 삼총사라고 생각한다는 것을 알게 되었다.

빌리 필그림은 그때 개울 바닥에서 자신이, 빌리 필그림이 아무런 고통 없이 증기로 바뀌고 있다고 생각했다. 모두 자기를 잠시만 그냥 내버려두면 누구에게도 어떤 폐도 끼치지 않을 거다, 그는 그렇게 생각했다. 증기로 바뀌어 우듬지들 사이로 둥둥 떠 날아갈 거다.

어딘가에서 다시 큰 개가 짖어댔다. 공포와 메아리와 겨울의 적막 때문에 개는 커다란 놋쇠 징 같은 소리를 냈다.

열여덟 살짜리 롤런드 위어리가 두 정찰병 사이로 슬며시 끼어들더니 묵직한 팔로 그들의 어깨를 하나씩 안았다. "자, 이제 우리 삼총사는 뭘 하면 되지?"

빌리 필그림은 즐거운 환각에 빠져 있었다. 따뜻하고 하얗고 두툼하고 바싹 마른 양말을 신고 무도회장 바닥에서 스케이트를 타고 있었다. 수천 명이 환호했다. 이건 시간 여행이 아니었다. 그렇게 스케이트를 탄 적은 한 번도 없었고, 앞으로도 없을 터였다. 이것은 구두에 눈이 가득찬 채 죽어가는 젊은 남자의 광기였다.

한 정찰병이 고개를 푹 숙였고, 입에서 침을 뚝 떨어뜨렸다. 나머지 정찰병도 똑같은 행동을 했다. 그들은 침이 눈과 역사에 주는 아주 작은 영향을 살폈다. 그들은 작고 우아한 사람들이었다. 전에도 여러 번 독일군 방어선 뒤쪽에 들어와본 적이 있었다—들어오면 숲의 생물처럼 살았고, 쓸모가 있는 공포를 느끼며 순간순간을 살았고, 뇌 아닌 척수로 생각했다.

그들은 몸을 비틀어 위어리의 애정 어린 품에서 빠져나왔다. 그들은 위어리와 빌리는 항복할 사람을 찾아보는 게 나을 거라고 위어리에게 말했다. 정찰병들은 이제 그들을 기다리지 않을 거였다.

그들은 위어리와 빌리를 개울 바닥에 버리고 갔다.

*　*　*

빌리 필그림은 계속 스케이트를 탔고, 두꺼운 양말을 신은 채 묘기를 부렸다. 대부분의 사람들은 불가능하다고 생각하는 묘기였다—회전을 하고, 갑자기 멈추고 또 기타 등등. 환호는 계속되었지만 환각이 시간 여행에 자리를 내주면서 음색이 바뀌었다.

빌리는 스케이팅을 멈추었고, 1957년 가을 이른 오후, 뉴욕 주 일리엄의 중국 레스토랑 강단에 서 있었다. 라이온스 클럽의 기립 박수를 받고 있었다. 방금 회장으로 선출되었기 때문에 연설을 해야 했다. 그는 무서워서 뻣뻣하게 굳었고, 무시무시한 착오가 생겼다고 생각했다. 저기 있는 저 부유하고 건실한 남자들은 이제 우스꽝스러운 부랑자를 회장으로 선출했다는 사실을 알게 될 거다. 그들은 그의 높고 날카로운 목소리, 그가 전쟁 때 내고 다녔던 목소리를 듣게 될 거다. 그는 침을 삼켰다. 자기 후두에 있는 거라고는 버들가지를 꺾어 만든 작은 피리가 전부임을 알았기 때문이다. 더 나쁜 것은—할말이 없다는 것이었다. 군중은 잠잠해졌다. 모두 분홍색 얼굴로 활짝 웃고 있었다.

빌리는 입을 열었고, 입에서 낮고 우렁찬 소리가 터져나왔다. 그의 목소리는 훌륭한 악기였다. 농담을 하면 청중은 박수갈채를 보냈다. 그는 진지해졌다가 다시 농담을 했으며, 마지막에는 겸손하게 마무리했다. 이런 기적이 일어난 이유는, 빌리가 대중 연설 강좌를 들었다는 것이다.

이윽고 그는 얼어붙은 개울 바닥으로 다시 돌아왔다. 롤런드 위어리가 막 그를 똥을 싸도록 패려는 참이었다.

*　*　*

위어리는 비극적인 진노에 완전히 사로잡혔다. 또 따돌림을 당한 것이다. 그는 권총을 권총 케이스에 쑤셔넣었다. 칼을 칼집에 집어넣었다. 삼각형 날과 삼면 모두 파여 있는 핏물 홈. 이어 빌리를 거칠게 흔들고, 뼈에서 덜거덕 소리가 나도록 밀쳐대고, 강둑에 쾅 내동댕이쳤다.

위어리는 집에서 보내준 겹겹의 목도리 너머에서 짖어대고 훌쩍였다. 알아들을 수 없는 소리로 자신이 빌리를 위해 어떤 희생을 했는지 이야기했다. '삼총사'의 신앙심과 영웅적 태도를 길게 이야기하고, 그들의 미덕과 아량, 그들이 스스로 얻어낸 불멸의 명예, 그들이 기독교를 위해 해낸 위대한 일을 가장 휘황찬란하고 정열적인 색조로 그려냈다.

그런 전투 조직이 이제 존재하지 않는 것은 전적으로 빌리 탓이다, 위어리는 그렇게 느꼈다. 이제 빌리는 대가를 치를 것이다. 위어리는 빌리의 턱 한쪽에 주먹을 한 방 멋지게 먹였고, 빌리는 강둑에서 개울의 눈 덮인 얼음판으로 나가떨어졌다. 빌리가 얼음 위를 기자 위어리는 갈빗대를 걷어찼고, 빌리는 옆으로 굴렀다. 빌리는 몸을 공처럼 돌돌 말려고 했다.

"너는 군대에 있어서도 안 돼." 위어리가 말했다.

빌리는 경련 때문에 자기도 모르게 소리를 냈는데 그게 웃음소리처럼 들렸다. "너는 이게 웃긴다고 생각하지, 응?" 위어리가 물었다. 그는 빌리의 등 쪽으로 돌아갔다. 폭력 때문에 빌리의 재킷과 셔츠와 속옷이 어깨까지 말려 올라가 등이 다 드러나 있었다. 그곳에, 위어리의 전투화 끝에서 몇 센티미터 떨어진 곳에 빌리의 척추의 애처롭게 불거진 마디들이 있었다.

위어리는 오른발을 뒤로 빼더니 척추, 빌리의 중요한 전선이 아주 많이 담긴 관을 노렸다. 그 관을 부술 생각이었다.

그 순간 위어리는 관객이 있다는 것을 알았다. 독일 병사 다섯 명과 끈에 묶인 경찰견 한 마리가 개울 바닥을 굽어보고 있었다. 병사들의 파란 눈에는 민간인 같은 흐릿한 호기심이 가득차 있었다. 왜 한 미국인이 고향에서 이렇게 멀리 떨어진 곳에서 다른 미국인을 죽이려 하는지, 피해자가 왜 웃는지.

3

독일인들과 개는 재미있게도 자명한 이름이 붙은 군사작전에 참여
하고 있었다. 이것은 자세히 묘사되는 일은 거의 없지만, 뉴스나 역사
에서 이야기가 나오면 그 이름만으로도 수많은 전쟁광들에게 일종의
성교 후 만족감을 주는 인간 기획이었다. 전쟁 팬들의 상상 속에서는
승리의 오르가슴에 뒤따르는 기분좋게 늘쩍지근한 애무였다. 바로 '소
탕'이었다.

겨울의 거리에서 그렇게 사납게 들렸던 짖는 소리의 주인공은 암컷
독일셰퍼드였다. 개는 몸을 떨고 있었다. 꼬리는 두 다리 사이로 말고
있었다. 그날 아침 어느 농부에게서 빌려온 개였다. 전에는 전쟁에 참
가한 적이 없었다. 도대체 무슨 게임이 진행되고 있는지 전혀 알지 못
했다. 이름은 공주였다.

***

독일인 가운데 둘은 십대 초의 소년이었다. 둘은 당장이라도 쓰러질 것 같은 노인이었다—잉어처럼 이가 없어 침을 질질 흘리고 있었다. 이들은 비정규병이었다. 얼마 전에 죽은, 뭐 그런 거지, 진짜 군인들에게서 챙긴 잡동사니로 되는대로 무장을 하고 옷도 챙겨 입었다. 그들은 별로 멀지 않은 독일 국경 바로 너머에 살던 농부들이었다.

지휘관은 중년의 병장이었다—눈은 충혈되고 비쩍 마른데다 말라붙은 쇠고기처럼 질기고, 전쟁에 염증을 느끼고 있었다. 그는 네 번 부상을 당했다—그러나 대충 땜질을 하고 다시 전쟁터로 나올 수밖에 없었다. 그는 아주 훌륭한 군인이었다—그러나 이제 그만두려던 참이었고, 항복할 사람을 찾으려던 참이었다. 그는 러시아 전선에서 죽은, 뭐 그런 거지, 헝가리 대령에게서 챙긴 황금색 기병대 장화에 밭장다리를 쑤셔넣고 있었다.

그 장화는 그가 이 세상에서 소유한 거의 전부였다. 그 장화가 그의 고향이었다. 일화 하나. 한번은 신병이 그가 황금색 장화에서 먼지를 털어내고 왁스를 칠해 광택을 내는 것을 지켜보고 있자, 그는 한 짝을 들어올리며 신병에게 말했다. "안을 깊이 들여다보면 아담과 이브가 보일 거야."

빌리 필그림은 이 일화를 듣지 못했다. 하지만 빌리는 거기 검은 얼음에 누워 병장이 신은 장화의 광택을 물끄러미 들여다보다가 황금빛 깊은 곳에서 아담과 이브를 보았다. 그들은 벌거벗고 있었다. 아주 순수했고, 아주 약했고, 품위 있게 행동하려고 아주 열심이었다. 빌리 필그림은 그들이 아주 사랑스러웠다.

＊＊＊

황금색 장화 옆에 누더기를 둘둘 두른 발 한 쌍이 있었다. 캔버스 천 끈을 열십자로 가로질러 묶은, 경첩이 달린 나막신을 신고 있었다. 빌리는 나막신과 함께 다니는 얼굴을 쳐다보았다. 금발의 천사 얼굴, 열다섯 살 난 소년의 얼굴이었다.

소년은 이브처럼 아름다웠다.

＊＊＊

빌리는 어여쁜 소년, 하늘에서 온 양성구유의 존재 같은 남자의 부축을 받아 일어섰다. 다른 사람들이 앞으로 다가와 빌리에게서 눈을 털어주었고, 이어 무기가 있는지 몸을 수색했다. 그에게는 무기가 없었다. 그들이 그의 몸에서 찾은 가장 위험한 물건은 5센티미터짜리 몽당연필이었다.

멀리서 거슬리지 않는 탕 소리가 세 번 들렸다. 독일군 소총에서 난 소리였다. 빌리와 위어리를 버리고 간 두 정찰병이 막 총에 맞은 것이다. 그들은 잠복해서 독일군을 기다리고 있었다. 그러나 발각당해 뒤에서 총을 맞았다. 이제 그들은 눈 속에서 죽어가고 있었다. 아무것도 느끼지 못한 채 라즈베리 셔벗 색깔로 눈을 물들이고 있었다. 뭐 그런 거지. 이렇게 해서 삼총사 가운데 롤런드 위어리만 남았다.

그리고 위어리는 공포로 눈이 휘둥그레진 채 무장해제를 당하고 있었다. 병장은 위어리의 권총을 예쁜 소년에게 주었다. 그는 위어리의 잔인한 트렌치 나이프에 놀라, 위어리가 기꺼이 그 칼을 자신에게 사용했을 거라고, 돌기가 달린 너클로 자신의 얼굴을 찢고 날로 배나 목을 찔렀을 것이라고 독일어로 말했다. 그는 영어를 하지 못했고, 빌리와 위어리는 독일어를 알아듣지 못했다.

"좋은 장난감들을 갖고 있군." 병장이 위어리에게 말하고, 칼을 노인에게 건네주었다. "예쁘지 않아? 흐으음?"

그는 위어리의 외투와 군복 상의를 힘으로 열어젖혔다. 황동 단추들이 팝콘처럼 튀었다. 병장은 가슴을 찢어 쿵쾅거리는 심장을 꺼내려는 것처럼 열린 앞자락 안으로 손을 집어넣었으나, 꺼낸 것은 위어리의 방탄용 성경이었다.

방탄용 성경이란 병사의 심장 위, 가슴 주머니에 집어넣을 수 있을 만큼 작은 성경이다. 강철판으로 싸여 있다.

병장은 위어리의 바지 뒷주머니에서 여자와 조랑말이 나오는 지저분한 사진을 발견했다. "이야, 운좋은 조랑말인데, 응?" 그가 말했다. "흐으으음? 흐으으음? 이 조랑말이 되고 싶지 않아?" 그는 사진을 다른 노인에게 주었다. "전리품이야! 당신 거야, 다 당신 거라고, 이 운좋은 친구야."

그러더니 그는 위어리를 눈에 앉히고 전투화를 벗으라고 한 다음, 아름다운 소년에게 주었다. 위어리에게는 소년의 나막신을 주었다. 그래서 위어리와 빌리는 이제 둘 다 그럴듯한 군화가 없어, 위어리는 나막신을 딸깍이며, 빌리는 위아래로 위아래로 까닥이며, 그러다 이따금 위어리와 부딪치며 몇 킬로미터고 걸어야 했다.

"미안해." 빌리는 말하곤 했다. 또는 "잘못했어".

그들은 마침내 도로가 둘로 갈라지는 곳에 있는 돌 오두막으로 이끌려갔다. 전쟁 포로를 모아두는 곳이었다. 빌리와 위어리는 안으로 끌려들어갔다. 안은 따뜻하고 매캐했다. 벽난로에서 불이 지글거리며 탁탁 튀었다. 가구를 땔감으로 쓰고 있었다. 안에는 다른 미국인이 스무 명 정도 바닥에 앉아 벽에 등을 기댄 채 불길을 바라보고 있었다─무엇을 생각하는지 몰라도 어쨌든 그 생각을 하며. 사실 아무 생각도 없었지만.

아무도 입을 열지 않았다. 아무도 이야기할 만한 멋진 무용담이 없었다.

빌리와 위어리는 앉을 자리를 찾았으며, 빌리는 뭐라 하지 않는 대위의 어깨에 머리를 기대고 잠이 들었다. 대위는 군종장교였다. 랍비였다. 손에 관통상을 입었다.

빌리는 시간 여행을 했고, 눈을 떴고, 옥색 기계 올빼미의 유리 눈을 물끄러미 바라보고 있었다. 올빼미는 스테인리스 막대에 거꾸로 매달려 있었다. 일리엄에 있는 그의 진료실의 눈계측계였다. 눈계측계란 눈의 굴절 이상을 측정하는 도구다─교정 렌즈를 처방하기 위해.

빌리는 올빼미 건너편 의자에 앉은 여성 환자를 검사하다 잠이 든 것이다. 전에도 일하다 잠이 든 적이 있었다. 처음에는 웃겼다. 이제 빌리는 이런 상황이, 그의 정신 자체가 걱정되기 시작했다. 자신이 몇 살인지 기억해보려 했으나, 기억이 나지 않았다. 올해가 몇 년인지 기억해보려 했다. 그것도 기억이 나지 않았다.

"선생님—" 환자가 머뭇머뭇 말했다.

"흠?"

"너무 조용하시네요."

"미안합니다."

"거기서 뭐라 뭐라 한참 떠드시더니—갑자기 아주 조용해지셨네요."

"음."

"뭐 나쁜 게 보이나요?"

"나쁜 거요?"

"제 눈에 무슨 병이 있나요?"

"아니, 아니요." 빌리가 말했다. 다시 졸고 싶었다. "눈은 괜찮습니다. 그냥 돋보기만 있으면 돼요." 그는 환자에게 복도 건너편으로 가라고 말했다—그곳에 테가 많으니 골라보라고.

***

환자가 나가자 빌리는 커튼을 걸었지만 그런다고 해서 밖에 뭐가 있는지 알 수 있는 것은 아니었다. 베니션블라인드로 시야가 막혀 있었다. 그는 덜거덕 소리를 내며 블라인드를 걷어올렸다. 환한 햇빛이 난입했다. 밖에는 주차된 차량 수천 대가 아스팔트에서 반짝거리고 있었다. 빌리의 사무실은 교외의 쇼핑센터에 입점해 있었다.

창 바로 밖에는 빌리 자신의 캐딜락 엘도라도 쿠페 드 빌이 있었다. 그는 범퍼에 붙인 스티커를 읽었다. "오세이블 협곡에 가보라." 한 스티커에는 그렇게 적혀 있었다. "당신의 경찰서를 지원하라." 다른 스티커에는 그렇게 적혀 있었다. 세번째 스티커도 있었다. "얼 워런*을 탄핵하라." 그렇게 적혀 있었다. 경찰과 얼 워런에 관한 스티커는 존 버치 협회**의 회원인 빌리의 장인이 준 선물이었다. 번호판의 연도가 1967년이니, 빌리 필그림은 마흔네 살일 터였다. 그는 자문했다. "그 모든 세월이 어디로 가버렸을까?"

***

빌리는 책상으로 눈길을 돌렸다. 거기에는 『검안법 리뷰』가 펼쳐져 있었다. 펼쳐진 곳은 사설이었고, 빌리는 지금 그것을 읽고 있었다. 입술이 달싹거렸다.

1968년에 벌어진 일은 적어도 50년 동안 유럽 검안사들의 운명을 지배할 것이다! 빌리는 읽어나갔다. 벨기에 검안사 연맹의 총무인 장 티리아르는 이런 경고와 더불어 '유럽 검안 협회'의 창설을 촉구하고 있다. 그는 전문가적 지위를 획득하는 것이 대안이며, 그렇지 않으면 1971년에는 모두 안경판매자로 전락할 것이라고 말한다.

빌리 필그림은 관심을 가지려고 열심히 노력했다.

사이렌이 갑자기 울리는 바람에 그는 기겁했다. 그는 언제라도 제3차 세계대전이 터질 것이라고 생각하고 있었다. 그러나 그저 정오를 알리는 소리일 뿐이었다. 사이렌은 빌리의 사무실에서 길을 건너면 나오는

---

* 미국의 14대 연방 대법원장. 미란다 원칙을 세운 것으로 유명하며, 공립학교에서 인종을 차별하는 것은 위헌이라는 판결을 내리는 등 당시로는 파격적인 판결을 여럿 내렸다.
** 1958년 미국에서 설립된 극우반공단체.

소방서 꼭대기의 둥근 지붕에 설치되어 있었다.

빌리는 눈을 감았다. 눈을 뜨자 다시 제2차세계대전으로 돌아와 있었다. 부상당한 랍비의 어깨에 머리를 기대고 있었다. 독일인이 그의 발을 걷어차며 일어나라고, 이동해야 한다고 말했다.

***

빌리를 포함한 미군은 밖의 도로에서 바보들의 행진 대열을 이루었다.

그 자리에는 사진기자도 있었다. 라이카를 든 독일인 종군기자였다. 그는 빌리와 롤런드 위어리의 발 사진을 찍었다. 이 사진은 미군이 부자라는 소문에도 불구하고 실제로는 장비가 형편없는 상태인 경우가 얼마나 많은지 보여주는 증거, 독일인의 사기를 북돋워주는 증거로 이틀 뒤에 널리 공표되었다.

하지만 사진기자는 더 생생한 장면, 실제로 체포하는 현장 사진을 원했다. 그래서 경비병들은 그를 위해 상황을 연출했다. 그들은 빌리를 관목 덤불 안에 던져넣었다. 빌리가 얼굴에 얼빠진 선의를 휘감은 채 관목 덤불 밖으로 나오자, 그들은 마치 그 자리에서 그를 체포하는 것처럼 자동권총으로 위협했다.

***

관목에서 나오는 빌리의 웃음은 적어도 모나리자의 미소만큼이나 묘했다. 그는 1944년에 독일 땅을 걷는 동시에 1967년에 캐딜락을 타고 있었기 때문이다. 독일은 멀어졌고, 다른 어느 시간의 간섭으로부터도 자유로워지면서 1967년은 밝고 명료해졌다. 빌리는 라이온스 클럽 오찬 회의에 가는 중이었다. 더운 8월이었지만 빌리의 차에는 에어컨이 있었다. 일리엄의 흑인 게토 한가운데서 차가 신호에 걸렸다. 이곳에 사는 사람들은 이곳을 너무 싫어한 나머지 몇 달 전 많은 부분을 태워버렸다. 이것이 그들이 가진 전부였는데, 그것을 부숴버린 것이다. 그 동네를 보자 전쟁 때 보았던 읍 몇 곳이 떠올랐다. 갓돌과 보도가 여기저기 부서져, 주 방위군의 탱크와 반무한궤도차가 있던 자리를 보여주었다.

***

"피의 형제." 박살난 식료품점 옆면에 분홍색 페인트로 써놓은 메시지였다.

차창을 두드리는 소리가 들렸다. 밖에 흑인 남자가 있었다. 뭔가 이야기하고 싶어했다. 신호등이 바뀌었다. 빌리는 가장 쉬운 일을 했다. 그냥 차를 몰고 앞으로 간 것이다.

***

빌리는 차를 몰고 훨씬 황량한 장면을 지나갔다. 폭격을 받고 난 뒤의 드레스덴처럼—달 표면처럼 보였다. 빌리가 자라던 집은 지금은 텅 비어버린 곳 어딘가에 있었다. 이것이 도시재개발이었다. 여기에 새로운 일리엄 시청사와 미술 전시관과 평화의 호수와 고층 아파트 건물들이 곧 자리잡을 터였다.

빌리 필그럼에게는 괜찮은 일이었다.

**

라이온스 클럽 회의의 연사는 해병대 소령이었다. 그는 미국인은 승리를 거두거나 공산주의자들이 약한 나라에 자기네 삶의 방식을 강요할 수 없다는 것을 깨달을 때까지 베트남에서 계속 싸울 수밖에 없다고 말했다. 소령은 베트남에서 두 번 복무했다. 그는 자신이 보았던 수많은 끔찍한 일과 수많은 멋진 일에 관해 이야기했다. 그는 북베트남이 세상의 이치를 받아들이기를 거부하면 폭격을 늘려야 한다고, 그곳을 석기시대로 되돌려놓아야 한다고 강조했다.

**

빌리는 북베트남의 폭격에 항의할 마음도 없었고, 그 자신이 직접 목격한 폭격의 무시무시한 결과를 생각하며 몸을 부르르 떨지도 않았다. 그저 라이온스 클럽에서 점심을 먹고 있을 뿐이었다. 지금 그는 라이온스 클럽의 전임 회장이었다.

***

빌리는 진료실 벽에 기도문을 넣은 액자를 걸어두고 있었는데, 이것
은 사는 데 열의가 없음에도 계속 살아가는 그 나름의 방법을 표현해
주고 있었다. 벽에 걸린 기도문을 본 많은 환자가 그 기도문이 자신들이
계속 살아가는 데도 도움을 준다고 말했다. 그것은 이런 내용이었다.

하느님, 저에게
제가 바꿀 수 없는 것을
받아들일 수 있는 차분한 마음과
제가 바꿀 수 있는 것을
바꿀 수 있는 용기와
언제나 그 차이를
분별할 수 있는
지혜를 주소서.

빌리가 바꿀 수 없는 것들에는 과거, 현재, 미래가 있었다.

***

이제 누가 해병대 소령에게 그를 소개하고 있었다. 소개를 해주는
사람은 소령에게 빌리가 제대군인이며, 빌리에게 그린베레 하사인 아
들이 있다고─베트남에 가 있다고 말하고 있었다.

소령은 빌리에게 그린베레가 훌륭한 일을 하고 있으며, 그가 아들을 자랑스러워해야 한다고 말했다.

"자랑스럽죠. 당연히 자랑스럽습니다." 빌리 필그림이 말했다.

***

그는 점심을 먹은 뒤 낮잠을 자러 집으로 갔다. 그는 매일 낮잠을 자라는 의사의 명령을 받았다. 의사는 그게 빌리가 겪는 고충을 덜어줄 거라 기대했다. 빌리 필그림은 이렇다 할 이유도 없이, 너무 자주, 자기도 모르게 울곤 했다. 누구에게도 들킨 적은 없었다. 오직 의사만 알았다. 빌리는 지극히 조용하게 울었으며, 물기가 많이 번지지도 않았다.

***

빌리는 일리엄에 아름다운 조지 왕조풍의 집을 소유하고 있었다. 그는 크로이소스*만큼 부자였는데, 이것은 그가 전혀 예상도 못했던 일, 꿈에서도 예상치 못한 일이었다. 그는 쇼핑센터 사무실에 검안사 다섯 명을 두고 있었으며, 일 년 순수입이 6만 달러가 넘었다. 거기에 더해, 저 바깥 54번 도로에 새로 지은 홀리데이 인 호텔의 지분을 5분의 1, 테이스티프리즈 노점 세 개의 지분을 반씩 갖고 있었다. 테이스티프리즈는 일종의 얼린 커스터드였다. 그것은 아이스크림이 줄 수 있는 모든

_____

* 기원전 6세기, 리디아의 마지막 왕. 막대한 재산을 소유한 것으로 유명하다.

쾌감을 주면서도, 아이스크림과는 달리 뻣뻣하거나 시릴 만큼 차갑지는 않았다.

***

빌리의 집은 텅 비어 있었다. 딸 바버러는 곧 결혼할 참이었다. 딸과 아내는 딸의 크리스털 식기와 은식기 디자인을 보러 시내에 가고 없었다. 부엌 식탁에 그렇게 적힌 메모가 있었다. 집안에서 일하는 사람은 아무도 없었다. 사람들은 이제 가정에서 봉사하는 일로 경력을 쌓는 데에는 전혀 관심이 없었다. 개도 없었다.

스폿이라는 이름의 개가 있었지만, 죽었다. 뭐 그런 거지. 빌리는 스폿을 무척 좋아했고, 스폿도 그를 좋아했다.

***

빌리는 카펫을 덮은 층계를 올라가 아내와 함께 쓰는 침실로 들어갔다. 벽지는 꽃무늬였다. 더블베드가 있고 그 옆의 탁자에는 시계 라디오가 있었다. 탁자에는 또 전기담요 조절기, 박스 매트리스의 용수철에 연결된 부드러운 진동 장치를 켤 수 있는 스위치도 있었다. 이 진동 장치의 상표명은 '마법의 손가락'이었다. 이 진동 장치를 사용하는 것 또한 의사의 아이디어였다.

빌리는 3초점렌즈 안경을 벗고 코트를 벗고 넥타이를 풀고 구두를 벗고, 베니션블라인드를 닫고 커튼을 친 다음 이불 위에 그대로 누웠다. 그러나 잠은 오지 않았다. 대신 눈물이 왔다. 눈물이 스며나왔다. 빌리는 마법의 손가락을 켰고, 울면서 흔들렸다.

* * *

초인종이 울렸다. 빌리는 침대에서 일어나 창으로 현관 계단을 내려다보았다. 중요한 사람이 왔는지 보려는 것이었다. 아래에는 다리를 저는 남자가 있었다. 빌리 필그림이 시간에서 그러듯이, 공간에서 경련성 마비를 일으키고 있었다. 경련 때문에 남자는 내내 퍼덕이며 춤을 추었고, 표정도 여러 유명한 영화배우를 흉내내려는 것처럼 계속 바뀌었다.

또다른 절름발이는 길 건너에서 초인종을 누르고 있었다. 그는 목발을 짚고 있었다. 다리가 하나밖에 없었다. 두 목발이 겨드랑이를 바짝 추어올려 어깨가 귀를 가렸다.

빌리는 절름발이들이 무엇을 하려는지 알았다. 보내주지도 않을 잡지의 정기구독권을 팔고 있었다. 사람들은 외판원이 너무 애처로워 정기구독을 했다. 빌리는 두 주 전 라이온스 클럽의 연사―경영 개선 협회에서 온 사람이었다―에게서 이 장사에 관해 들었다. 그 사람은 동네에서 잡지 정기구독 일을 하는 장애인을 보면 바로 경찰을 부르라고 말했다.

빌리는 거리를 내려다보다가 새 뷰익 리비에라가 반 블록쯤 떨어진 곳에 주차하는 것을 보았다. 차 안에는 남자가 있었다. 빌리는 그가 이런 일을 하는 장애인들을 고용한 남자라고 정확히 짐작했다. 빌리는 장애인과 그들의 고용주를 보면서 계속 울었다. 문의 초인종이 소름 끼칠

정도로 시끄럽게 울려댔다.

그는 눈을 감았다. 그리고 다시 떴다. 그는 여전히 울고 있었지만, 다시 룩셈부르크로 돌아와 있었다. 다른 많은 포로들과 함께 행진하고 있었다. 그의 눈에 눈물이 흐르게 한 것은 겨울바람이었다.

＊＊＊

빌리는 사진을 찍으려고 관목 덤불 안에 내던져진 이후로 세인트 엘모의 불*을 보고 있었다. 그의 동행자와 감시자 들의 머리 주위에 나타나는 일종의 전기적 방사 현상이었다. 룩셈부르크의 우듬지와 지붕에도 나타났다. 아름다웠다.

빌리는 머리 위로 두 손을 얹고 행군하고 있었다. 다른 미국인도 모두 마찬가지였다. 빌리는 위아래, 위아래로 까닥거렸다. 롤런드 위어리에게 실수로 자꾸 부딪쳤다. "미안해." 그가 말했다.

위어리의 눈에도 눈물이 가득했다. 위어리는 발의 혹심한 고통 때문에 울고 있었다. 경첩이 달린 나막신 때문에 발이 피가 섞인 푸딩으로 변해가고 있었다.

교차로에 이를 때마다 빌리의 일행은 후광이 서린 머리 위에 손을 얹은 미국인들과 만났다. 빌리는 그들 모두에게 웃음을 지었다. 그들은 물처럼, 내내 내리받이로 내려가고 있었다. 마침내 골짜기 바닥의 큰 도로까지 흘러내려갔다. 굴욕을 당하는 미국인들이 골짜기를 따라 미

---

* 폭풍우가 칠 때 마스트나 비행기의 날개처럼 뾰족한 물체 끝에 불꽃 모양으로 나타나는 방전 현상.

시시피 강처럼 흘러갔다. 수만 명이 머리 위에 두 손을 깍지 끼고 발을 질질 끌며 동쪽으로 갔다. 한숨을 쉬고 신음을 토하며 갔다.

***

빌리와 그의 일행은 굴욕의 강에 합류했고, 늦은 오후의 해가 구름에서 나왔다. 미국인만 도로를 쓰는 건 아니었다. 서쪽으로 가는 길은 독일 예비군을 전선으로 빠르게 보내는 차량으로 끓어오르고 왕왕거렸다. 독일 예비군은 살갗이 바람에 탄, 난폭하고 털이 곤두선 남자들이었다. 치아는 피아노 건반 같았다.

그들은 기관총 탄띠를 꽃줄처럼 두르고, 시가를 피우면서 술을 꿀걱꿀걱 마셔댔다. 소시지를 게걸스럽게 물어뜯고, 삶은 감자 으깨는 막대처럼 생긴 수류탄으로 군은살이 박인 손바닥을 탁탁 두드렸다.

검은 옷을 입은 한 병사가 탱크 위에 혼자 앉아 술 취한 영웅의 소풍을 즐기고 있었다. 그는 미국인들에게 침을 뱉었다. 침은 롤런드 위어리의 어깨를 맞혀, 콧물과 블루트부르스트*와 담뱃진과 슈납스**가 섞인 어깨장식을 달아주었다.

***

빌리에게는 이 오후가 짜릿할 정도로 흥미진진했다. 볼 것이 아주

---

* 피를 넣어 만든 독일 소시지.
** 오스트리아의 전통 증류주. 도수가 매우 높다.

많았다―용 이빨,* 사람 죽이는 기계들, 맨발이 푸르스름한 상앗빛인 주검들. 뭐 그런 거지.

빌리는 위아래, 위아래로 까닥이면서 기관총 총알이 흩뿌려진 밝은 라벤더색 농가를 보고 다정하게 활짝 웃었다. 기울어진 문간에 독일 대령이 서 있었다. 옆에는 화장하지 않은 창녀가 있었다.

빌리는 위어리의 어깨에 부딪쳤고, 위어리는 흐느끼며 소리쳤다. "똑바로 걸어! 똑바로 걸으라고!"

그들은 완만한 오르막을 올라가고 있었다. 꼭대기에 올라갔을 때 그들이 있는 곳은 이제 룩셈부르크가 아니었다. 독일이었다.

***

국경에는 활동사진 카메라가 설치되어 있었다―독일의 멋진 승리를 기록하려는 것이었다. 빌리와 위어리가 지나갈 때 곰 가죽 외투를 입은 민간인 둘이 카메라에 기대 있었다. 그들은 몇 시간 전에 필름을 다 썼다.

그들 가운데 하나가 카메라로 잠시 빌리의 얼굴을 잡아내더니, 다시 무한대에 초점을 맞추었다. 무한대에는 작은 연기 기둥이 있었다. 그곳에서 전투가 벌어지고 있었다. 사람들이 죽어가고 있었다. 뭐 그런 거지.

이윽고 해가 졌다. 빌리는 기차 조차장으로 들어가 제자리에서 까닥

---

* 콘크리트나 철로 만든 쐐기꼴 대전차 장애물. 바닥에 깔아 전차의 진로를 방해한다.

거리고 있었다. 유개화차가 줄줄이 기다리고 있었다. 예비군을 전선으로 실고 온 화차들이었다. 이제 그들은 포로를 독일 내륙으로 데려갈 참이었다.

손전등 빛들이 미친듯이 춤을 추었다.

***

독일인은 계급에 따라 포로를 분류했다. 부사관은 부사관끼리, 소령은 소령끼리, 그렇게 그렇게. 대령 분대가 빌리 근처에서 발을 멈추었다. 그 가운데 한 명은 양측성 폐렴에 걸린 상태였다. 열이 높았고 현기증을 느꼈다. 주위의 조차장이 밑으로 가라앉다 갑자기 폭 꺼졌다. 그는 빌리의 눈을 들여다보며 균형을 잡으려 했다.

대령은 기침을 하고 또 하다가 이윽고 빌리에게 말했다. "자네 내 부하인가?" 이 사람은 연대 전체, 약 4천 5백 명을 잃은 남자였다—사실 그 가운데 다수는 아이였다. 빌리는 대꾸하지 않았다. 그 질문은 말이 되지 않았다.

"자네는 어느 부대였나?" 대령이 말했다. 그는 기침을 하고 또 했다. 숨을 들이마실 때마다 허파가 기름 낀 종이봉투처럼 퍼덕거렸다.

빌리는 자기가 어느 부대 출신인지 기억하지 못했다.

"자네 451 출신인가?"

"451 뭐요?" 빌리가 말했다.

정적이 흘렀다. "보병 연대." 대령이 마침내 말했다.

"아." 빌리 필그림이 말했다.

***

다시 긴 정적이 흘렀고, 그동안에도 대령은 계속, 계속 죽어갔다. 자기가 선 자리에서 익사하고 있었다. 이윽고 그는 축축하게 소리쳤다. "나다, 제군! 와일드 밥이다!" 그는 늘 자기 부하가 자기를 그렇게 부르기를 바랐다. "와일드 밥."

그의 말을 들을 수 있는 사람들 가운데 사실 그의 연대 출신은 아무도 없었다. 롤런드 위어리만 예외였는데, 그는 그 말을 듣고 있지 않았다. 위어리 머릿속에는 자기 발의 고통에 대한 생각밖에 없었다.

하지만 대령은 자신이 사랑하는 부하들에게 마지막으로 이야기를 한다고 상상하고 있었다. 그는 그들에게 부끄러워할 것이 없다고, 하느님 앞에 가 451을 알게 된 것을 원통해하는 죽은 독일군의 시체가 온 전장에 깔려 있다고 말했다. 그는 전쟁이 끝난 뒤 고향에서 연대 재결합 모임을 가질 것이며, 자기 고향은 와이오밍 주 코디라고 말했다. 그는 수송아지 한 마리를 잡아 통째로 바비큐를 할 계획이었다.

그는 내내 빌리의 눈을 들여다보며 그 모든 이야기를 했다. 그 바람에 가엾은 빌리의 두개골 내부에 허튼소리가 메아리쳤다. "자네들에게 하느님이 함께하기를, 제군!" 그가 말했고, 그 말이 계속, 계속 메아리쳤다. 이어 그가 말했다. "혹시라도 와이오밍 주 코디에 오게 되면 그냥 와일드 밥을 찾기만 해라!"

나는 그 자리에 있었다. 내 오랜 전우, 버나드 V. 오헤어도 마찬가지였다.

빌리 필그림은 다른 많은 이등병과 마찬가지로 꽉 찬 유개화차에 올라탔다. 그와 롤런드 위어리는 떨어졌다. 위어리는 같은 기차의 다른 칸에 탔다.

열차의 구석, 처마밑에 좁은 환풍구들이 있었다. 빌리는 환풍구 한곳 옆에 서 있다가, 사람들이 밀어붙이자 공간을 더 만들기 위해 모퉁이에 대각선으로 걸쳐진 버팀대를 타고 조금 올라갔다. 그렇게 하자 환풍구와 눈높이가 맞았고, 10미터 정도 떨어진 데 있는 다른 기차를 볼 수 있었다.

독일인들은 칸마다 파란 분필로 적었다―탄 사람의 수, 계급, 국적, 탑승한 날짜. 다른 독일인들은 철사와 못과 철로 옆에서 주울 수 있는 다른 쓰레기로 열차 문의 걸쇠를 단단히 잠갔다. 빌리는 누군가 자신이 탄 열차에 글을 쓰는 것을 들을 수 있었지만, 누가 쓰고 있는지 볼 수는 없었다.

빌리와 같은 열차에 탄 이등병들은 대부분 아주 어렸다―이제 막 유년기가 끝난 수준이었다. 하지만 빌리와 함께 구석으로 밀려온 사람은 전에는 부랑자였던 마흔 살 남자였다.

"나는 이보다 배가 고팠던 적이 있어." 부랑자가 빌리에게 말했다. "이보다 나쁜 곳에도 있어봤어. 이 정도면 그렇게 나쁘지 않아."

***

    길 건너 유개화차에 탄 남자가 그곳에서 한 남자가 죽었다고 환풍구를 통해 소리쳤다. 뭐 그런 거지. 경비병 네 명이 그 이야기를 들었다. 그들은 그 소식에 흥분하지 않았다.

    "여어, 여어." 한 경비병이 말하며 꿈을 꾸듯이 고개를 끄덕였다. "여어, 여어."

    경비병들은 죽은 남자가 있는 칸의 문을 열지 않았다. 대신 옆 칸의 문을 열었고, 빌리 필그림은 그 안에 있는 것에 매혹되었다. 천국 같았다. 촛불이 있었다. 침상이 있고 그 위에 누비이불과 담요가 쌓여 있었다. 대포알 모양의 난로가 있고, 그 위에는 김이 피어오르는 커피포트가 있었다. 또 탁자가 있고, 그 위에는 와인 한 병과 빵 한 덩이와 소시지가 있었다. 수프가 네 그릇 있었다.

    벽에는 성과 호수와 예쁜 아가씨들 그림이 있었다. 이곳은 철로 경비병들의 움직이는 집이었다. 여기에서 저기로 이동하는 화물을 영원히 지키는 것이 이들의 일이었다. 네 경비병은 안으로 들어가 문을 닫았다.

    잠시 후 그들은 밖으로 나와 시가를 피우고, 독일어의 감미롭고 낮은 음역으로 흡족하게 이야기를 나누었다. 그들 가운데 하나가 환풍구로 빌리의 얼굴을 보았다. 그는 짐짓 경고하는 척 그를 향해 손가락질을 하면서, 얌전하게 굴라고 말했다.

    건너편 미국인들이 경비병들에게 안에서 죽은 사람 이야기를 다시 했다. 경비병들은 자신들의 아늑한 칸에서 들것을 꺼내, 죽은 사람 칸의 문을 열고 안으로 들어갔다. 죽은 사람의 칸은 전혀 붐비지 않았다. 그곳에는 살아 있는 대령 여섯 명뿐이었다―그리고 죽은 대령 한 명.

독일인들은 주검을 밖으로 내왔다. 주검은 와일드 밥이었다. 뭐 그런 거지.

**

밤사이에 기관차 몇 대가 서로 울어대더니 이윽고 움직이기 시작했다. 각 열차의 기관차와 마지막 칸에는 주황색과 검은색의 줄무늬 깃발로 표시를 했는데, 이는 비행기에게 기차가 정당한 공격 목표가 아니라는 사실―전쟁 포로를 실어 나른다는 사실을 알려주었다.

**

전쟁은 거의 끝이 났다. 12월 말에 기관차는 동쪽으로 움직이기 시작했다. 전쟁은 5월에 끝이 날 터였다. 독일 감옥은 어디나 완전히 꽉 차, 이제 포로들이 먹을 음식도 없었고, 그들을 따뜻하게 해줄 연료도 없었다. 하지만―여기 포로들이 또 있었다.

**

빌리 필그림이 탄 기차, 그곳에서 가장 긴 기차는 이틀 동안 움직이지 않았다.

"이 정도면 나쁘지 않아." 부랑자가 둘째 날 빌리에게 말했다. "이건 아무것도 아니야."

빌리는 환풍구를 통해 밖을 내다보았다. 조차장은 이제 황무지였고, 있는 거라곤 적십자 표시가 있는 병원 열차 한 대뿐이었다─멀리, 멀리 떨어진 측선에 있었다. 그 기관차가 기적을 울렸다. 빌리 필그림이 탄 기차의 기관차가 기적으로 응답했다. 그들은 말하고 있었다. "안녕."

* * *

빌리의 기차는 움직이지 않았지만, 유개화차 문을 꽉 잠그고 있었다. 마지막 목적지에 도달하기 전에는 아무도 내릴 수 없었다. 바깥을 어슬렁거리는 경비병들에게 각 칸은 먹고 마시고 환풍구로 배설하는 하나의 유기체가 되었다. 그 유기체는 환풍구를 통해 말했고 가끔 고함을 지르기도 했다. 물과 검은 빵과 소시지와 치즈가 안으로 들어가고, 똥과 오줌과 말이 밖으로 나왔다.

그곳의 인간들은 철모에 배설을 하고, 철모는 환풍구 옆에 있는 사람들에게로 건네지고, 그 사람들이 그것을 버렸다. 빌리가 버리는 담당이었다. 인간들은 수통도 건넸고, 경비병들은 거기에 물을 채웠다. 음식이 들어오면 인간들은 조용해지고 신뢰로 가득해지고 아름다워졌다. 그들은 함께 나누었다.

***

그 안에 있는 인간들은 교대로 서거나 누웠다. 선 사람들의 다리는, 따뜻하고 꿈틀거리고 방귀를 뀌고 한숨을 쉬는 땅에 박혀 있는 담장 말뚝들 같았다. 이 묘한 땅은 숟가락처럼 겹쳐 누워 자는 사람들로 이루어진 모자이크였다.

기차가 동쪽으로 기어가기 시작했다.

그 안 어딘가에 크리스마스가 있었다. 크리스마스 밤에 빌리 필그림은 부랑자와 함께 숟가락처럼 누웠고, 잠이 들었다. 그는 다시 1967년으로 시간 여행을 했다―트랄파마도어에서 온 비행접시에게 납치된 밤으로.

4

빌리 필그림은 딸의 결혼식 날 밤에 잠을 이루지 못했다. 그는 마흔 넷이었다. 결혼식은 빌리네 집 뒤뜰에 있는 화려한 줄무늬 텐트에서 거행되었다. 줄무늬는 주황색과 검은색이었다.

빌리와 아내 발렌시아는 커다란 더블베드에 숟가락처럼 겹쳐 누웠다. 마법의 손가락 때문에 몸이 흔들렸다. 발렌시아는 몸을 흔들어주지 않아도 잘 수 있었다. 발렌시아는 따톱 같은 소리를 내며 코를 골고 있었다. 이 가엾은 여자는 이제 난소나 자궁이 없었다. 의사가―새로 지은 홀리데이 인 호텔을 빌리와 공동 소유한 사람이 없앴다.

보름달이 떠 있었다.

빌리는 침대에서 나와 달빛을 받았다. 오싹했고 몸에서 빛이 나는 느낌이었다. 정전기가 가득한 서늘한 모피에 싸인 느낌이었다. 맨발을 내려다보았다. 푸르스름한 상앗빛이었다.

***

빌리는 발을 질질 끌며 위층 복도를 걷고 있었다. 이제 곧 비행접시에 납치되리라는 걸 알고 있었다. 어둠과 달빛 때문에 복도에는 얼룩말 같은 줄무늬가 나타났다. 달빛은 빌리의 두 아이, 이제 아이도 아니지만, 어쨌든 텅 빈 아이들 방의 열린 문을 통해 복도로 들어왔다. 아이들은 영원히 사라졌다. 두려움이, 또 두려움 없는 마음이 동시에 빌리를 이끌고 있었다. 두려움은 그에게 멈출 때를 이야기해주었다. 두려움 없는 마음은 그에게 다시 움직일 때를 이야기해주었다. 그는 멈추었다.

그는 딸의 방으로 들어갔다. 서랍은 비어 있었다. 옷장에는 아무것도 없었다. 신혼여행에 가져갈 수 없는 것들이 방 한가운데 모두 쌓여 있었다. 그녀는 프린세스 전화기*를 전화선에 연결하여 혼자만 쓰고 있다―창틀에 두고서. 전화기의 약한 야간용 불빛이 빌리를 빤히 바라보았다. 그 순간 전화벨이 울렸다.

빌리가 받았다. 전화를 건 사람은 주정뱅이였다. 그의 숨 냄새가 훅 끼치는 듯했다―겨자탄과 장미 냄새. 잘못 걸린 전화였다. 빌리는 전화를 끊었다. 창틀에는 청량음료 병이 있었다. 라벨은 음료에 아무런 영양분이 없다고 자랑하고 있었다.

---

* 침실에서 사용하기 위한 타원형의 작은 전화기. 밤에 편하게 쓸 수 있도록 번호판에 불이 들어온다.

빌리 필그림은 푸르스름한 상앗빛 발로 느릿느릿 아래층으로 내려갔다. 부엌으로 들어가자, 달빛이 부엌 식탁에 있는 반쯤 남은 샴페인 병으로 그의 눈길을 이끌었다. 텐트에서 열린 피로연에서 남은 것은 그것뿐이었다. 누군가 다시 마개를 막아놓았다. "나를 마셔." 병은 그렇게 말하는 것 같았다.

그래서 빌리는 두 엄지로 코르크를 땄다. 뻥 소리는 나지 않았다. 샴페인은 죽었기* 때문이다. 뭐 그런 거지.

빌리는 가스스토브 위의 시계를 보았다. 비행접시가 오기까지 한 시간을 때워야 했다. 그는 저녁식사를 알리는 종처럼 샴페인을 흔들며 거실로 들어가 텔레비전을 켰다. 그는 약간 시간에서 풀려났고, 심야 영화를 거꾸로 보았고, 다시 제대로 보았다. 제2차세계대전 때의 미군 폭격기와 그것을 모는 용감한 남자들에 관한 영화였다. 거꾸로 보자, 이야기는 이런 식으로 흘러갔다.

구멍과 부상자와 주검이 가득한 미군기들이 영국의 비행장에서 거꾸로 이륙했다. 독일 전투기 몇 대가 프랑스 상공에서 그 비행기들을 향해 거꾸로 날아가며, 비행기 몇 대와 승무원으로부터 총알과 포탄 파편들을 빨아들였다. 망가진 지상의 폭격기에도 그렇게 했고, 그 비행기들은 뒤로 높이 날아올라 편대에 합류했다.

편대는 불길에 휩싸인 어느 독일 도시 상공을 뒤로 날았다. 폭격기

---

* 김이 빠졌다는 뜻.

들은 폭탄 투하실 문을 열고, 불을 위축시키는 기적 같은 자력磁力을 발휘하여 불을 원통형의 강철 용기에 모으고, 용기들을 비행기의 배 안으로 들어올렸다. 용기들은 선반에 차곡차곡 쌓였다. 밑의 독일군에게도 그 나름의 기적 같은 장치가 있었다. 긴 강철관이었다. 그들은 이 관들을 사용하여 승무원과 비행기들로부터 파편을 더 빨아들였다. 하지만 아직 부상당한 미군 몇 명이 있었다. 폭격기 몇 대는 형편없이 망가졌다. 하지만 프랑스 상공으로 독일 전투기들이 다시 솟아오르더니, 모든 것과 모든 사람을 새 것처럼 만들어놓았다.

*　*　*

폭격기들이 기지로 돌아가자 강철 원통들은 선반에서 나와 다시 미합중국으로 실려갔고, 그곳 공장에서는 밤이고 낮이고 일하면서 실린더를 해체하고, 위험한 내용물을 광물들로 분리했다. 감동적이게도 이 일을 하는 사람들은 주로 여자였다. 광물은 먼 지역의 전문가들에게로 실려갔다. 그들이 하는 일은 그것을 땅에 넣고 교묘하게 감추어, 다시는 누구도 해칠 수 없게 하는 것이었다.

미국 비행사들은 군복 안에서 몸이 바뀌어, 고등학생 아이들이 되었다. 이제 히틀러도 아기로 변할 거다, 빌리 필그림은 그렇게 생각했다. 그 장면은 영화에 나오지 않았다. 빌리는 이제 자기 생각을 이어나가고 있었다. 모두가 아기로 변한다. 모든 인간이 예외 없이 생물적으로 공모하여 아담과 이브라는 이름의 완벽한 두 인간을 생산한다, 그는 그렇게 생각했다.

*＊＊

　빌리는 전쟁 영화들을 거꾸로 보았다가 다시 제대로 보았다─그러다 보니 비행접시를 마중하러 뒤뜰로 나갈 시간이 되었다. 그는 밖으로 나갔다. 푸르스름한 상앗빛 발이 축축한 샐러드 같은 잔디를 밟아 뭉갰다. 그는 발을 멈추고, 이미 죽은 샴페인을 꿀꺽꿀꺽 들이켰다. 세븐업 같았다. 하늘로 눈을 들어올리지 않았지만, 그 위에 트랄파마도어에서 온 비행접시가 있다는 것을 알고 있었다. 머지않아 비행접시를 보게 될 터였다. 안팎을 다 보게 될 터였다. 머지않아 그것을 보낸 곳도 보게 될 터였다─머지않아.

　머리 위에서 고운 곡조를 뽑아내는 올빼미의 울음소리 비슷한 소리를 들었다. 하지만 고운 곡조를 뽑아내는 올빼미가 아니었다. 트랄파마도어의 비행접시였다. 공간과 시간 양쪽을 동시에 항해하고 있었다. 그래서 빌리 필그림에게는 갑자기 난데없이 나타난 것처럼 보였다. 어딘가에서 큰 개가 짖어댔다.

*＊＊

　비행접시는 직경이 30미터였고, 둘레를 따라 둥근 창이 나 있었다. 창에서 나오는 빛은 고동치는 자주색이었다. 비행접시가 내는 유일한 소리는 올빼미의 노랫소리였다. 비행접시는 빌리의 머리 위에서 맴돌다가 내려와서 고동치는 자주색 빛의 원통 안에 그를 가두었다. 이윽고 입을 맞추는 듯한 소리가 났다. 비행접시 바닥의 기밀 승강구가 열리는 소리였다. 대관람차처럼 양옆 가장자리에 예쁜 불빛을 단 사다리가 뱀처럼 내려왔다.

창 한 곳에서 그를 겨냥해 쏜 광선총에 맞자 빌리의 의지가 마비되었다. 구불구불한 사다리의 맨 아래 가로장을 잡아야만 한다는 마음이 생겼고, 그래서 그렇게 했다. 가로장에는 전기가 통하고 있어서 빌리의 두 손은 거기 달라붙자 움직이지 않았다. 그의 몸이 기밀실로 올라가자 기계장치가 바닥의 문을 닫았다. 그제야 기밀실의 얼레에 둘둘 말린 사다리는 그를 풀어주었다. 빌리의 뇌도 다시 작동하기 시작했다.

* * *

기밀실에는 안을 살필 수 있는 구멍이 두 개 있었다―노란 눈이 거기 달라붙어 들여다보고 있었다. 벽에는 스피커가 있었다. 트랄파마도어인은 후두가 없었다. 그들은 텔레파시로 의사소통을 했다. 그들은 컴퓨터, 또 모든 지구인의 말소리를 만들어낼 수 있는 일종의 전기 기관器官을 이용하여 빌리와 이야기할 수 있었다.

"탑승을 환영합니다, 필그림 씨." 스피커가 말했다. "질문 있나요?"

빌리는 입술을 핥고 잠시 생각을 하다가 마침내 물었다. "왜 나죠?"

"정말 지구인다운 질문이군요, 필그림 씨. 왜 당신이냐고? 말이 나와서 이야기인데 왜 우리여야 할까요? 왜 뭐여야 할까요? 그냥 이 순간이기 때문입니다. 호박琥珀에 들어 있는 벌레를 본 적 있나요?"

"네." 빌리는 사실 사무실에 문진이 하나 있는데, 그것이 안에 무당벌레 세 마리가 들어 있는, 광택이 나는 방울 모양의 호박이었다.

"자, 여기 우리도 그런 거죠, 필그림 씨, 이 순간이라는 호박에 갇혀 있는 겁니다. 여기에는 어떤 왜도 없습니다."

***

그들은 빌리 주위의 공기에 마취제를 넣어 그를 재웠다. 그들은 빌리를 오두막으로 옮겨, 시어스 로벅* 창고에서 훔쳐온 노란색 바카라운 저**에 묶어놓았다. 비행접시의 창고는 훔친 물품으로 가득했는데, 이것은 트랄파마도어 동물원에 있는 빌리가 지낼 인공 서식지를 마련하는 데 쓸 물건들이었다.

지구를 떠나는 비행접시의 엄청난 가속 때문에 빌리의 자는 몸이 비틀리고, 얼굴이 일그러졌다. 빌리는 시간에서 떨려나와, 다시 전쟁으로 돌아갔다.

그가 의식을 회복한 곳은 비행접시가 아니었다. 유개화차를 타고 독일을 다시 가로지르고 있었다.

어떤 사람들은 차 바닥에서 일어나고 있었고, 어떤 사람들은 누워 있었다. 빌리도 누울 계획을 세웠다. 자면 아주 좋을 것 같았다. 차 안은 시커멨고, 차 밖도 시커멨다. 기차는 시속 3킬로미터 정도로 움직이는 것 같았다. 절대 그보다 빠르게 달리지는 않는 것 같았다. 철컥거리는 소리 사이, 철로의 접합부와 접합부 사이의 시간이 길었다. 한 번 철컥 한 다음에 일 년이 흐르고, 그런 다음에 다음 철컥 소리가 들리곤

* 미국의 유통회사.
** 대표적인 폭신한 안락의자 브랜드.

했다.

기차는 진짜 중요한 기차가 소리를 지르며 쏜살같이 달려가게 해주려고 자주 멈추곤 했다. 또 한 가지, 감옥 근처 측선에 멈추어 열차 몇 량을 떼어놓는 일도 했다. 기차는 독일 전체를 가로질러 기어갔고, 계속 짧아졌다.

*＊＊

빌리는 자신이 지금 내려가고 있는 바닥에 누운 사람들이 자신의 무게를 느끼지 못하도록 구석을 대각선으로 가로지르는 버팀대에 매달려, 오, 아주 아주 천천히 몸을 낮추었다. 누울 때는 자신을 유령처럼 만드는 것이 중요하다는 사실을 알고 있었다. 이유는 잊었지만, 알려주는 사람이 곧 나타났다.

"필그림—" 그가 누우려는 곳 옆자리에 있는 사람이 말했다. "너냐?"

빌리는 아무 말도 하지 않고 아주 예의바르게 몸을 누이며 눈을 감았다.

"염병할." 그 사람이 말했다. "너지, 그치?" 그는 일어나 앉더니 무례하게 두 손으로 빌리의 몸을 더듬었다. "너야, 맞잖아. 젠장, 여기서 꺼져."

빌리도 일어나 앉았다—비참해서, 눈물이 나오려 했다.

"여기서 꺼져! 나 잠 좀 자고 싶어!"

"입 좀 다물어." 다른 누군가가 말했다.

"필그림이 여기서 비키면 입 다물지."

그래서 빌리는 다시 일어서서 버팀대에 매달렸다. "나는 어디서 잘 수 있지?" 그가 조용히 물었다.

"나하고는 못 자."

"나하고는 못 자, 이 개새끼야." 다른 사람이 말했다. "넌 소리를 지르잖아. 발길질도 하고."

"내가?"

"염병할 너지 그럼 누구야. 게다가 훌쩍거리기도 해."

"내가?"

"젠장 여기서 멀리 떨어져 있어, 필그림."

이제 신랄한 마드리갈*이 터져나왔다. 열차간 사방에서 각 성부의 노래가 쏟아져나왔다. 모두가 입을 열어 빌리가 자면서 자신에게 저지른 잔학한 짓에 관해 이야기하려고 했다. 모두 빌리 필그림에게 젠장, 멀리 좀 떨어져 있으라고 소리쳤다.

*　*　*

그래서 빌리 필그림은 선 채로 자거나, 자지 말아야 했다. 이제 환풍구로 음식이 들어오지 않았다. 갈수록 낮과 밤이 추워졌다.

---

* 14세기 이탈리아에서 생겨난 자유로운 형식의 가요. 주로 반주 없이 합창으로 부른다.

여드레째 되는 날 마흔 살 난 부랑자가 빌리에게 말했다. "이 정도면 나쁘지 않아. 나는 어디에서나 편안하게 지낼 수 있어."

"그럴 수 있어요?" 빌리가 말했다.

아흐레째 되는 날 부랑자가 죽었다. 뭐 그런 거지. 그의 마지막 말은 "너는 이게 나쁘다고 생각해? 이 정도면 나쁘지 않아"였다.

죽음과 아흐레째에는 뭔가 관련이 있었다. 빌리 앞쪽 칸에서도 아흐레째 되는 날 죽음이 있었다. 롤런드 위어리가 죽었다―결딴난 두 발에서 시작된 괴저로. 뭐 그런 거지.

위어리는 거의 쉬지 않고 계속된 착란 상태에서 삼총사 이야기를 되풀이했고, 자신이 죽어간다는 것을 받아들였고, 피츠버그에 있는 가족에게 전해달라며 많은 메시지를 남겼다. 무엇보다도 그는 복수를 하고 싶어했으며, 자신을 죽인 사람의 이름을 되풀이해 말했다. 열차 안의 모두가 확실히 교육을 받았다.

"누가 나를 죽였다고?" 그는 묻곤 했다.

모두가 답을 알았다. 답은 "빌리 필그림"이었다.

***

들어보라―열흘째 되는 날 밤 빌리가 있는 유개화차 문의 걸쇠에서 나무못이 뽑혔고, 문이 열렸다. 빌리 필그림은 버팀대에 비스듬히 누워 있었다. 스스로 십자가에 달려 있었다. 환풍구의 창틀 위에 푸르스름한 상앗빛 손을 걸고 몸을 지탱했다. 빌리는 문이 열릴 때 기침을 했고, 기침을 하면서 묽은 죽 같은 똥을 쌌다. 이것은 아이작 뉴턴 경이 말하는 운동의 제3법칙을 따르는 현상이었다. 이 법칙은 우리에게 모든 작용에는 반대 방향으로 움직이는 똑같은 크기의 반작용이 있다고 말해준다.

이 법칙은 로켓 공학에서는 쓸모가 있을 수도 있다.

***

기차는 원래 러시아 전쟁 포로를 집어넣을 죽음의 수용소로 세운 감옥 옆의 측선에서 멈추었다.

경비병은 올빼미처럼 빌리의 열차 안을 살짝 들여다보다 차분하게 구구 소리를 냈다. 그들은 전에 미군을 다루어본 적은 없지만, 이러한 화물이 지닌 일반적 성격은 이해하는 것이 분명했다. 그들은 이 화물이 기본적으로 액체이며, 구구 소리와 빛을 향해 천천히 흐르도록 유도할 수 있다는 사실을 알고 있었다. 기차는 밤에 도착했다.

***

장대에 걸린 외알 전구 불빛이 바깥의 유일한 빛이었다—높고 멀었다. 바깥은 고요했다. 비둘기처럼 구구거리는 경비병들뿐이었다. 이내 액체가 흐르기 시작했다. 끈끈한 액체 덩어리들이 문간에 쌓였다가, 펑하고 터지며 바닥으로 흩어졌다.

빌리는 문에 도착한 마지막에서 두번째 인간이었다. 부랑자가 마지막이었다. 부랑자는 흐를 수가, 펑 하고 터질 수가 없었다. 그는 이제 액체가 아니었다. 돌이었다. 뭐 그런 거지.

***

빌리는 차에서 바닥으로 떨어지고 싶지 않았다. 그는 자신이 유리처럼 박살날 거라고 진짜로 믿었다. 그래서 경비병들이 부축해 아래로 내려주었다. 여전히 구구 소리를 내고 있었다. 그들은 그를 내려주고 기차를 마주보게 세웠다. 이제는 아주 작은 기차로 바뀌어 있었다.

기관차, 탄수차炭水車, 작은 유개화차 세 대뿐이었다. 마지막 유개화차는 철로 경비병의 바퀴 달린 천국이었다. 다시─바퀴 달린 그 천국에─식탁이 차려졌다. 저녁식사가 나왔다.

***

전구가 걸린 장대 아래쪽에 건초 더미로 보이는 것이 세 개 있었다. 어르고 달래는 데 낚여 미국인들은 그 더미 세 개 쪽으로 갔으나, 그것은 건초가 아니었다. 죽은 포로들에게서, 뭐 그런 거지, 벗긴 외투들이었다.

외투 없는 미국인은 모두 하나씩 집어가야 한다고 경비병들은 자기들이 원하는 바를 확고하게 밝혔다. 외투들은 얼어서 서로 시멘트로 붙여놓은 것 같았다. 경비병들은 총검을 얼음송곳처럼 사용해서 빠져나온 칼라와 옷단과 소매 등을 찢어 외투를 벗겨낸 다음 되는대로 나누어주었다. 외투들은 쌓인 더미의 모양에 순응하여, 돔 형태로 뻣뻣하게 얼어 있었다.

빌리 필그림이 얻은 옷은 그런 식으로 구겨지고 얼어붙은데다 너무 작기까지 해서, 외투라기보다는 크고 검은 삼각 모자처럼 보였다. 또 크랭크실에서 흘러내린 기름이나 오래된 딸기잼이 묻었는지, 고무질의 얼룩이 있었다. 게다가 죽은 털투성이 짐승이 거기에 붙은 채 얼어버린 것처럼 보였다. 그 짐승은 사실 외투의 모피 칼라였다.

빌리는 멍한 눈으로 이웃의 외투를 보았다. 그들의 외투에는 모두 황동 단추나 금속 장식이나 가두리 장식이나 숫자나 줄무늬나 독수리나 달이나 별이 대롱거리고 있었다. 다 군인의 외투였다. 죽은 민간인의, 뭐 그런 거지, 외투를 입은 사람은 빌리뿐이었다.

빌리와 나머지 사람들은 경비병들에게 이끌려 발을 질질 끌며 아주 작은 기차 둘레를 돌아 포로수용소로 들어갔다. 그들의 마음을 끌 만한, 따뜻하거나 살아 있는 것은 없었다―그저 길고 낮고 좁은 막사가 수천 개 있을 뿐이었다. 안에는 조명이 전혀 없었다.

어딘가에서 개가 짖어댔다. 공포와 메아리와 겨울의 적막 때문에 개는 커다란 놋쇠 징 같은 소리를 냈다.

***

빌리와 나머지 사람들은 경비병들이 구슬리는 대로 문을 하나씩 통과했다. 빌리는 처음으로 러시아인을 보았다. 남자는 밤중에 홀로 나와 있었다―둥글고 평평한 얼굴이 야광 시계판처럼 빛나는 너절한 사람이었다.

빌리는 그와 1미터도 안 되는 거리를 두고 지나갔다. 그들 사이에는 철조망이 있었다. 러시아인은 손을 흔들거나 말을 하지는 않았지만, 달콤한 희망을 품고 빌리의 영혼을 똑바로 들여다보았다. 마치 빌리가 그를 위한 복음이라도 가져온 것처럼―그 자신은 너무 명청해서 이해할 수 없을지 모르지만 그래도 그것이 복음이라는 사실에는 변함이 없다는 것처럼.

빌리는 문을 하나씩 통과하여 걸어가면서 정신을 잃었다. 그는 자신이 들어온 곳이 트랄파마도어의 건물 안일지도 모른다고 생각했다. 눈이 아리도록 불이 밝았고 하얀 타일이 깔려 있었다. 하지만 그곳은 지구였다. 그곳은 새로 온 포로들이 모두 통과해야 하는 소독실이었다.

빌리는 시키는 대로 했다. 옷을 벗었다. 트랄파마도어에서도 그들이 그에게 시킨 첫번째 일이었다.

독일인이 빌리의 엄지와 검지로 빌리의 오른쪽 상박 굵기를 재보더니, 동료에게 도대체 어떤 군대가 이런 약골을 전선으로 보내느냐고 물었다. 그들은 다른 미국인들의 몸을 보며, 빌리의 몸만큼이나 빈약한 부분들을 여러 번 손가락질했다.

***

가장 늙은 미국인의 몸이 단연 가장 훌륭했다. 그는 인디애나폴리스 출신의 고등학교 교사였다. 이름은 에드거 더비였다. 그는 빌리의 유개화차에 타지 않았다. 그는 롤런드 위어리의 칸에 있었고, 위어리가 죽을 때, 뭐 그런 거지, 그의 머리를 안고 있었다. 더비는 마흔네 살이었다. 해병인 아들이 태평양 전역戰域에 나가 있을 정도로 나이가 많았다.

더비는 정치적 연줄을 이용해 그 나이에도 입대할 수 있었다. 그가 인디애나폴리스에서 가르치던 과목은 현대 서양 문명의 문제였다. 그는 또 테니스 팀 감독이었고, 자신의 몸을 아주 잘 관리했다.

더비의 아들은 전쟁에서 살아남게 된다. 더비는 그러지 못했다. 68일 뒤 드레스덴에서 총살대가 쏜 총알로 그의 훌륭한 몸에는 구멍이 잔뜩 뚫리게 된다. 뭐 그런 거지.

빌리의 몸이 미국인 가운데 최악은 아니었다. 몸이 최악인 사람은 일리노이 주 시서로 출신의 자동차 도둑이었다. 이름은 폴 라자로였다. 그는 아주 작았고, 뼈와 이가 썩었을 뿐 아니라 피부도 역겨웠다. 라자로는 온몸에 10센트짜리 동전 크기의 흉터가 물방울무늬처럼 찍혀 있었다. 종기가 나는 병에 수도 없이 걸렸기 때문이다.

라자로도 롤런드 위어리의 유개화차에 타고 있었으며, 빌리 필그림이 위어리의 죽음에 대가를 치르게 할 방법을 찾겠다고 위어리에게 맹세했다. 그는 주위를 둘러보며, 어느 벌거벗은 인간이 빌리인지 궁금해했다.

벌거벗은 미국인들은 하얀 타일로 덮인 벽을 따라 늘어선 수많은 샤워 꼭지 밑에 자리를 잡고 있었다. 직접 물을 조절할 수 있는 손잡이가 없었다. 뭐가 나오든 기다릴 수밖에 없었다. 자지가 오그라들고 불알이 움츠러들었다. 생식은 이 저녁의 주요 업무가 아니었다.

　　　　　　　　　　　***

　　보이지 않는 손이 마스터 밸브를 돌렸다. 샤워 꼭지에서 델 것 같은
비가 쏟아져 나왔다. 비는 토치 램프 같았지만 몸을 덥혀주지는 않았
다. 빌리의 살갗을 요란하고 시끄럽게 두들겨댔지만, 그의 긴 뼛속 골
수에 박힌 얼음을 녹여주지는 않았다.
　　그러는 사이에 미국인의 옷은 독가스를 통과하고 있었다. 이와 박테
리아와 벼룩이 수십억 마리씩 죽어나가고 있었다. 뭐 그런 거지.
　　빌리는 시간에서 뒤로 쭉 물러나 유년으로 돌아갔다. 그는 방금 어
머니가 몸을 씻겨준 아기였다. 어머니는 수건으로 그의 몸을 감싸, 햇
빛이 가득한 장밋빛 방으로 안고 들어갔다. 어머니는 수건을 벗겨내,
그를 간지러운 수건에 눕히고, 다리 사이에 분을 발라주고, 그와 농담
을 하고, 작은 젤리 같은 배를 토닥였다. 그의 작은 젤리 같은 배에 놓
인 어머니의 손바닥이 짝짝 소리를 냈다.
　　빌리는 입으로 까르륵, 구구 소리를 냈다.

　　　　　　　　　　　***

　　그 순간 빌리는 다시 중년의 검안사로 돌아가 서툴게 골프를 치고
있었다―이글거리는 여름의 일요일 아침이었다. 빌리는 이제 교회에
가지 않았다. 그는 다른 세 검안사와 마구 공을 쳐대고 있었다. 빌리는
일곱 타 만에 그린에 올라섰고, 이제 퍼팅을 할 차례였다.
　　퍼팅 거리는 2.5미터였고, 빌리는 공을 넣었다. 컵에서 공을 꺼내려

고 허리를 굽히는데, 해가 구름 뒤로 들어갔다. 빌리는 순간적으로 어쩔했다. 다시 정신을 차렸을 때 빌리가 있는 곳은 골프 코스가 아니었다. 그는 비행접시의 하얀 방에서 인체에 맞추어 만든 노란 의자에 묶여 있었다. 비행접시는 트랄파마도어로 가고 있었다.

*＊＊

"여기가 어디지?" 빌리 필그림이 말했다.

"지금은 다른 호박 방울에 갇혀 있습니다, 필그림 씨. 우리는 바로 지금 우리가 있어야 할 곳에 있습니다―지구에서 5억 킬로미터 떨어진 곳이고, 몇백 년이 아니라 몇 시간 만에 트랄파마도어로 우리를 데려다줄 시간 왜곡으로 향하고 있습니다."

"어쩌다―어쩌다 내가 여기에 오게 된 거지요?"

"그것을 당신에게 설명하려면 다른 지구인이 필요합니다. 지구인들은 설명을 잘하더군요. 왜 이 사건이 이런 식으로 구조가 잡혀 있는지 설명하고, 또 어떻게 어떤 일을 이루거나 피할 수 있는지 이야기합니다. 하지만 나는 트랄파마도어 사람이고, 당신이 쭉 뻗은 로키산맥을 한눈에 보듯이 모든 시간을 보고 있습니다. 모든 시간은 모든 시간이죠. 그건 변하지 않습니다. 그것은 미리 알려줄 수도 없고 설명할 수도 없습니다. 그냥 그렇게 있는 거죠. 그걸 한순간 한순간씩 떼어놓고 보면, 우리 모두가, 내가 전에도 말했듯이, 호박 속에 갇힌 벌레라는 것을 알게 될 겁니다."

"자유의지라는 걸 믿지 않는 것처럼 말하네요." 빌리 필그림이 말했다.

＊＊＊

"지구인을 연구하느라 그렇게 많은 시간을 쓰지 않았다면, '자유의
지'라는 말이 무슨 뜻인지 나는 전혀 몰랐을 겁니다. 나는 우주의 유인
행성 서른한 곳을 찾아가보았고, 그 외에도 백 개 행성에 대한 보고서
를 살펴보았습니다. 그런데 오직 지구에서만 자유의지 이야기를 합니
다."트랄파마도어인이 말했다.

5

빌리 필그림은 트랄파마도어의 생물들에게는 우주가 수많은 밝고 작은 점으로 보이지 않는다고 말한다. 이 생물들은 각 별이 어디 있었 는지 또 어디로 가는지 볼 수 있으며, 따라서 하늘은 흐릿하게 빛나는 스파게티로 가득차 있다. 또 트랄파마도어인은 인간을 다리가 둘 달린 생물로 보지도 않는다. 그들은 인간을 커다란 노래기로 본다—"한쪽 끝에 아기 다리가 달려 있고 다른 쪽 끝에 노인 다리가 달려 있는 노래 기"라고 본다, 빌리 필그림은 그렇게 말한다.

***

빌리는 트랄파마도어에 가는 동안 읽을 것을 요청했다. 납치자들은 지구인의 책 5백만 권을 마이크로필름으로 보관하고 있었지만, 빌리의 선실에 쏘아줄 방법이 없었다. 영어로 쓴 종이책은 한 권뿐이었는데, 이것은 트랄파마도어 박물관에 보관할 것이었다. 재클린 수전의 『인형의 계곡』이었다.

빌리는 그 책을 읽었고, 군데군데 아주 좋다고 생각했다. 책에 나오는 사람들은 물론 이런 기복을 겪고 저런 기복을 겪었다. 하지만 똑같은 기복을 여러 번 되풀이해 읽고 싶지는 않았다. 그는, 제발, 다른 읽을 것은 없냐고 물었다.

"트랄파마도어 소설밖에 없는데, 안타깝게도 그것은 전혀 이해할 수 없을 겁니다." 벽의 스피커가 말했다.

"어쨌든 한번 보게 해줘요."

그래서 그들은 몇 권을 보내주었다. 작았다. 여남은 권을 합쳐야 이런 기복, 저런 기복이 다 담겨 있는 『인형의 계곡』의 부피가 될지 말지였다.

***

빌리는 물론 트랄파마도어어를 읽을 수 없었지만, 적어도 책이 어떻게 구성되어 있는지는 볼 수 있었다―기호들의 짧은 덩어리가 별표로 분리되어 있었다. 빌리는 그 덩어리들이 전문電文처럼 보인다고 한마디 했다.

"맞습니다." 목소리가 말했다.

"진짜 전문이라고요?"

"트랄파마도어에는 전문이 없습니다. 하지만 당신 말이 맞습니다. 각 기호들의 덩어리는 짧고 급한 메시지입니다―하나의 상황, 하나의 장면을 묘사하지요. 우리 트랄파마도어인은 그것을 하나씩 차례로 읽는 것이 아니라 모두 한꺼번에 읽습니다. 그 모든 메시지들 사이에 특별한 관계는 없습니다. 다만 저자는 모두 신중하게 골랐지요. 그래서 모두 한꺼번에 보면 아름답고 놀랍고 깊은 삶의 이미지가 나타납니다. 시작도 없고, 중간도 없고, 끝도 없고, 서스펜스도 없고, 교훈도 없고, 원인도 없고, 결과도 없습니다. 우리가 우리의 책에서 사랑하는 것은 모두가 한눈에 들어오는 수많은 경이로운 순간들의 바다입니다."

***

몇 분 뒤 비행접시가 시간 왜곡으로 들어갔고, 빌리는 어린 시절로 내던져졌다. 그는 열두 살이었고, 그랜드캐니언 가장자리에 있는 브라이트 에인절 포인트에 어머니, 아버지와 함께 서서 떨고 있었다. 소규모의 인간 가족이 1킬로미터 남짓 아래 있는 협곡 바닥을 내려다보고 있었다.

"자―" 빌리의 아버지는 남자답게 자갈을 허공으로 걷어차며 말했다. "드디어 왔다." 그들은 자동차로 이 유명한 곳까지 왔다. 오는 길에 일곱 번 펑크가 났다.

"올 가치가 있었어요." 빌리의 어머니가 환희에 젖어 말했다. "오, 하느님―정말이지 가치가 있었어요."

빌리는 협곡이 싫었다. 분명히 떨어질 것 같았다. 어머니가 그를 건드렸고, 그순간 오줌을 싸고 말았다.

***

다른 관광객들도 협곡을 내려다보고 있었고, 한 공원 관리원이 질문에 답을 하고 있었다. 프랑스에서부터 먼길을 온 프랑스인이 관리원에게 엉터리 영어로 협곡에 뛰어들어 자살한 사람이 많으냐고 물었다.

"네." 관리원이 말했다. "일 년에 세 명쯤 되지요." 뭐 그런 거지.

***

빌리는 아주 짧은 시간 여행을 하여, 겨우 열흘이라는 작은 시간을 점프했다. 그래서 여전히 열두 살이었고, 여전히 가족과 함께 서부를 여행하고 있었다. 그들은 칼즈배드 동굴에 내려가 있었고, 빌리는 하느님에게 위의 돌이 무너지기 전에 나가게 해달라고 기도했다.

관리원은 땅의 구멍에서 박쥐떼가 거대한 구름처럼 나오는 것을 본 카우보이가 이 동굴을 발견했다고 설명하고 있었다. 그러면서 곧 모든 조명을 끌 터인데, 그러면 아마 대부분의 사람들이 전에는 한 번도 본 적 없는 완전한 어둠을 보게 될 것이라고 말했다.

불이 꺼졌다. 빌리는 지금 자기가 살아 있는지 아닌지도 알 수가 없었다. 이윽고 왼쪽 허공에 유령 같은 것이 둥둥 떠다녔다. 번호가 적혀 있었다. 아버지가 회중시계를 꺼낸 것이다. 시계에는 야광 문자판이 달려 있었다.

빌리는 완전한 어둠에서 완전한 빛으로 갔다. 다시 전쟁으로 돌아와, 다시 소독실에 들어와 있었다. 샤워는 끝이 났다. 보이지 않는 손이 물을 잠근 것이다.

다시 옷을 입었을 때, 옷이 더 깨끗해지지는 않았지만 그 안에 살던 작은 생물은 모두 죽었다. 뭐 그런 거지. 이제 새로운 외투는 얼었던 데가 녹아 축 늘어져 있었다. 빌리에게는 너무 작았다. 모피 칼라가 달리고 안에는 선홍색 비단을 댄 외투는 아마도 몸집이 길거리 악사의 원숭이만한 공연단장을 위해 만든 듯했다. 외투에는 총알구멍이 가득했다.

빌리 필그림은 옷을 입었다. 작은 외투도 입었다. 등 위쪽과 어깨가 뜯어지고, 소매가 어깨에서 완전히 떨어져 나갔다. 이렇게 해서 외투는 모피 칼라가 달린 조끼가 되었다. 원래는 허리에서 꽃처럼 펼쳐지게 만든 디자인이었으나, 이제는 빌리의 겨드랑이에서 펼쳐졌다. 독일인들은 그들이 제2차세계대전 동안 본 것 가운데 이게 가장 웃기다고, 배꼽을 잡을 정도로 웃기다고 생각했다. 그들은 웃고 또 웃었다.

독일인들은 다른 모든 사람에게 빌리를 기준으로 5열 종대를 만들라고 말했다. 이윽고 대열은 문밖으로 나아갔고, 다시 문을 하나씩 통과했다. 얼굴이 야광시계 문자판 같은 굶주린 러시아인들이 더 있었다.

미국인들은 아까보다는 생기가 돌았다. 뜨거운 물이 몸을 두들겨 기운을 준 것이다. 그들은 어떤 막사에 이르렀고, 그곳에서 팔이 하나에 눈도 하나인 병장이 크고 빨간 대장에 각 포로의 이름과 군번을 적었다. 이제 모두 법적으로 살아 있게 되었다. 그 대장에 이름과 군번이 적히기 전에는 작전중 실종으로 분류되어 전사한 것으로 여겨졌을 것이기 때문이다.

뭐 그런 거지.

***

미국인들이 다시 움직이려고 대기중일 때 맨 뒷줄에서 언쟁이 벌어졌다. 한 미국인이 무슨 말을 했고, 경비병은 그 말이 마음에 들지 않았다. 경비병은 영어를 알았기 때문에 그 미국인을 대오에서 끌어내 바닥에 패대기쳤다.

미국인은 깜짝 놀랐다. 그는 몸을 떨며 일어나 피를 뱉었다. 이 두 개가 날아갔다. 그는 결코 무슨 해를 주려고 그런 말을 한 게 아니었고, 경비병이 그 말을 이해할 거라고는 생각도 못했다.

"왜 나요?" 그가 경비병에게 물었다.

경비병이 그를 다시 대오 안으로 밀어넣으며 독일 억양이 강한 영어로 말했다. "뭬 너냐고? 누군 뵈겠어?" 그가 말했다.

***

빌리 필그림은 이름이 포로수용소 대장에 적히면서, 번호와 더불어 그 번호가 찍힌 개목걸이도 받았다. 폴란드 출신의 노역자가 번호를 찍 어놓았다. 그는 죽고 없었다. 뭐 그런 거지.

빌리는 목에 미군 개목걸이와 함께 새로 받은 개목걸이도 걸라는 지 시를 받았고, 시키는 대로 했다. 개목걸이는 솔트 크래커처럼, 가운데 를 가로질러 직선으로 구멍이 뚫려 있어 힘이 센 사람은 맨손으로 둘 로 쪼갤 수 있었다. 빌리가 죽을 경우, 실제로 죽지는 않지만, 개목걸이 의 반은 그의 주검의 인식표가 되고 반은 무덤의 인식표가 될 터였다.

고등학교 교사인 가엾은 에드거 더비가 나중에 드레스덴에서 총살 당한 뒤, 의사는 사망 선고를 하고 그의 개목걸이를 둘로 쪼갰다. 뭐 그 런 거지.

***

제대로 등록을 하고 개목걸이를 받은 미국인들은 다시 경비병에게 이끌려 문을 하나씩 통과했다. 이제 이틀 뒤면 가족들이 국제적십자로 부터 그들이 살아 있다는 소식을 듣게 될 터였다.

빌리 옆에는 롤런드 위어리의 복수를 하겠다고 다짐한 꼬마 폴 라자 로가 있었다. 그러나 지금 라자로는 복수를 생각하고 있지 않았다. 자 신의 심한 복통을 생각하고 있었다. 위가 호두 크기로 줄어들었다. 그 렇게 오그라들고 말라붙은 주머니가 종기처럼 아팠다.

라자로 옆에는 죽을 운명인 가엾은 늙은 에드거 더비가 있었는데, 옷 바깥으로 미국 개목걸이와 독일 개목걸이가 진짜 목걸이처럼 자랑스럽게 걸려 있었다. 그는 입대하면서 자신의 지혜와 나이를 고려할 때 대위가 될 거라고, 중대장이 될 거라고 예상했다. 그런데 지금 한밤중에 여기 체코슬로바키아 국경에 있었다.

"정지." 경비병이 말했다.

미국인들은 멈추었다. 그들은 추위에 떨며 거기 가만히 서 있었다. 지금 그들을 둘러싸고 있는 막사들은 그들이 지나온 다른 막사 수천 채와 보기에는 비슷했다. 하지만 한 가지 차이가 있었다. 막사에 양철 굴뚝이 달려 있고, 굴뚝에서 불꽃들이 소용돌이쳐 나오며 별자리를 그리고 있다는 점이었다.

경비병이 문 하나를 두드렸다.

문은 안에서 활짝 열렸다. 빛이 문간으로 뛰쳐나왔다. 감옥으로부터 초속 30만 킬로미터*로 탈출해 나왔다. 중년의 영국인 쉰 명이 밖으로 행진해 나왔다. 그들은 〈펜잰스의 해적〉에 나오는 〈만세, 만세, 패거리가 여기 모두 모였네〉를 부르고 있었다.

***

이 원기왕성하고 불그스레한 가수들은 제2차세계대전에서 영어권 사람들로는 가장 먼저 포로가 된 축에 속했다. 이제 그들은 거의 마지

---

* 빛의 속도.

막 포로가 될 사람들에게 노래를 불러주고 있었다. 그들은 4년 이상 여자나 아이를 본 적이 없었다. 새도 본 적이 없었다. 수용소에는 참새조차 날아들지 않았기 때문이다.

영국인들은 모두 장교였다. 그들은 각각 다른 감옥에서 적어도 한 번은 탈출 시도를 한 경험이 있었다. 그러나 지금은 이곳에, 죽어가는 러시아인의 바다 한가운데 있었다.

그들은 마음대로 굴을 팔 수 있었다. 그래봐야 결국은 사각형 철조망 안에서 머리를 내밀고, 영어를 전혀 못하는 죽어가는 러시아인의 무력한 인사를 받게 될 뿐이지만. 이 러시아인에게는 식량도 쓸 만한 정보도 자기 나름의 탈출 계획도 없었다. 영국인들은 차량에 몰래 올라타거나 차량을 훔칠 계획도 마음대로 짤 수 있었지만, 그들의 수용소로는 차량이 한 대도 들어오지 않았다. 원한다면 아픈 척할 수도 있었지만, 그런다고 어디 다른 데로 가게 되는 것도 아니었다. 수용소에 있는 병원이라고는 영국인 단지 내부에 있는 병상 여섯 개짜리 건물뿐이었다.

영국인들은 깨끗하고 열정적이고 품위 있고 튼튼했다. 왕왕거리며 노래도 잘 불렀다. 그들은 오랫동안 밤마다 함께 노래를 불러왔다.

영국인들은 또 오랜 세월 역기를 들고 턱걸이를 해왔다. 배가 빨래판 같았다. 종아리와 상박 근육은 대포알 같았다. 그들은 모두 체커와 체스와 브리지와 크리비지*와 도미노와 철자 바꾸기 게임과 제스처 게임과 탁구와 당구의 고수이기도 했다.

그들은 식량이라는 면에서는 유럽에서 가장 부유한 사람들이기도

_____

* 카드 놀이의 한 종류.

했다. 전쟁 초기, 아직 포로에게 식량이 배급되고 있을 때, 행정직원의 실수로 적십자는 매달 오십이 아니라 오백 꾸러미를 보냈다. 영국인들은 이것을 아주 교묘하게 쟁여두어, 전쟁이 끝나가는 이 시점에 설탕 3톤, 커피 1톤, 초콜릿 500킬로그램, 담배 320킬로그램, 차 770킬로그램, 밀가루 2톤, 통조림 소고기 1톤, 통조림 버터 540킬로그램, 통조림 치즈 720킬로그램, 분유 360킬로그램, 오렌지 마멀레이드 2톤을 확보하고 있었다.

그들은 이 모든 것을 창문 없는 방에 보관했다. 납작하게 누른 깡통들로 벽을 덮어 쥐가 들어오지 못하게 했다.

***

독일인들은 이들이 영국인은 이래야 한다는 것을 보여준다고 생각하여 이들을 무척 좋아했다. 그들 덕분에 전쟁이 세련되고 합리적으로, 또 재미있게 보였다. 그래서 독일인들은 막사 하나면 충분한데도 네 개를 쓰게 해주었다. 그리고 커피나 초콜릿이나 담배를 얻는 대가로 수리에 필요한 페인트와 목재와 못과 천을 주었다.

영국인들은 열두 시간 전부터 미국인 손님들이 오고 있다는 것을 알고 있었다. 전에는 손님이 온 적이 없었다. 그들은 귀여운 꼬마 요정들처럼 일을 하러 나서서, 쓸고, 닦고, 조리하고, 빵을 구웠다—또 짚과 마댓자루로 매트리스를 만들고, 탁자를 설치하고, 자리마다 파티 선물을 놓았다.

이제 그들은 겨울밤에 찾아온 손님들을 향해 환영의 노래를 부르고 있었다. 잔치를 준비하고 있었기 때문에 옷에서 그 냄새가 났다. 영국인의 반은 전투 복장, 반은 테니스나 크로케* 복장이었다. 그들은 환대 분위기에 자신들이 더 들떠, 또 안에서 기다리고 있는 맛있는 것들 때문에 들떠, 노래하는 동안에도 손님들 쪽은 제대로 보지 않았다. 전쟁터를 갓 벗어난, 동료 장교들에게 노래를 불러준다고 상상하고 있었다.

그들은 미국인들을 다정하게 막사 문 쪽으로 밀고 가, 남자다운 지절거림과 형제다운 호언장담으로 밤을 가득 채웠다. 미국인들을 "양크"**라고 부르고, 그들에게 영국인의 구식 어투로 "그거 장관일세" 하고 말해주고, "제리***가 도망을 다니고 있다"고 장담했다. 그리고 기타 등등.

빌리 필그림은 제리가 누구인지 막연한 궁금증을 느꼈다.

***

이제 그는 안에 들어와 있었다. 쇠가 버찌처럼 빨갛게 빛나는 조리용 화덕 옆이었다. 찻주전자 수십 개가 끓고 있었다. 어떤 주전자에는 호각이 달려 있었다. 황금빛 수프가 가득한 마녀의 솥도 있었다. 수프는 걸쭉했다. 빌리가 지켜보는 가운데 태곳적 거품들이 느릿느릿 장엄하게 떠올랐다.

연회를 위해 긴 탁자들이 놓여 있었다. 자리마다 한때 분유가 담겼

---

* 잔디에서 하는 공놀이.
** 영국인이 미국인을 부르는 속어.
*** 제2차세계대전 때 특히 영국인들이 독일군을 부르던 표현.

던 캔으로 만든 그릇이 있었다. 그보다 작은 캔은 컵이었다. 더 크고 늘씬한 캔은 길쭉한 잔이었다. 잔마다 따뜻한 우유가 찰랑거렸다.

자리마다 안전면도기, 수건, 면도날 한 갑, 초콜릿 바, 시가 두 개, 비누 한 토막, 담배 열 개비, 성냥갑, 연필, 초가 놓여 있었다.

초와 비누만 독일에서 만든 것이었다. 희끄무레하게 유백광을 내는 것이 둘이 비슷해 보였다. 이 영국인들은 알 도리가 없었지만, 초와 비누는 유대인과 집시와 동성애자와 공산주의자를 비롯한 국가의 적들의 지방을 녹여 만든 것이었다.

뭐 그런 거지.

*　*　*

연회장에는 촛불이 밝혀져 있었다. 탁자에는 새로 구운 흰 빵 더미, 버터 덩어리, 마멀레이드 단지가 놓여 있었다. 캔에서 꺼내 얇게 썬 쇠고기도 큰 접시에 담겨 있었다. 수프와 스크램블드에그와 뜨거운 마멀레이드 파이는 아직 나오지 않았다.

빌리는 막사 맨 끝에 분홍색 아치들이 서 있고 그 사이사이에 하늘색 천이 걸려 있는 것을 보았다. 거대한 벽시계, 황금 왕좌 두 개, 양동이와 대걸레도 있었다. 저녁의 여흥거리가 오를 무대였는데, 세상에서 가장 인기 있는 이야기 『신데렐라』를 뮤지컬로 만들어 공연할 예정이었다.

빌리 필그림의 몸에 불이 붙었다. 달아오른 화덕에 너무 가까이 서 있었기 때문이다. 작은 외투 가두리가 타고 있었다. 조용하고 끈기 있는 그런 불이었다—불쏘시개가 타는 것처럼.

빌리는 어딘가에 전화기가 있는지 궁금했다. 어머니에게 전화를 하고 싶었다. 자신이 살아 있고 건강하다고 말하고 싶었다.

***

정적이 흘렀다. 영국인들은 왈츠를 추듯이 기운차게 안으로 데리고 들어온 추레한 생물들을 놀란 눈으로 바라보고 있었다. 영국인 한 명이 빌리에게 불이 붙은 것을 보았다. "불이 붙었어, 이 친구야!" 그가 말하며 빌리를 화덕에서 떼어내 두 손으로 불꽃을 두드려 껐다.

이런데도 빌리가 아무런 말을 하지 않자 영국인이 그에게 물었다. "말은 할 수 있나? 들을 수는 있어?"

빌리는 고개를 끄덕였다.

영국인은 탐사하듯이 빌리의 여기저기를 손으로 더듬다가 동정심에 사로잡혔다. "맙소사—도대체 누가 뭔 짓을 한 거야, 이 친구야? 이건 사람이 아니네. 부서진 연이구먼."

"정말 미국인 맞아?" 영국인이 말했다.

"네." 빌리가 말했다.

"계급은?"

126

"이등병입니다."

"군화는 어떻게 된 거야, 이 친구야?"

"기억 안 납니다."

"그 외투는 장난인가?"

"네?"

"어디서 그런 걸 얻었냐는 얘기야."

빌리는 그 질문을 열심히 생각해야 했다. "주던데요." 그가 마침내 말했다.

"제리가 줬다는 건가?"

"누구요?"

"독일군이 준 거냐고?"

"네."

빌리는 이런 질문들이 마음에 들지 않았다. 피곤한 질문들이었다.

"오오오오—양크, 양크, 양크—" 영국인이 말했다. "그 외투는 모욕이야."

"네?"

"모욕을 주려고 일부러 그랬다는 거야. 제리가 그런 짓을 하게 놔두면 안 돼."

빌리 필그림은 기절했다.

빌리는 무대를 마주보는 의자에서 정신이 들었다. 어떻게 된 일인지 식사를 했고, 이제 〈신데렐라〉를 보고 있었다. 그의 일부는 분명히 그때까지 오랜 시간 공연을 즐기고 있었다. 빌리는 크게 웃음을 터뜨리고 있었다.

당연하지만 연극에 나오는 여자들은 사실 남자였다. 시계가 막 자정을 알렸다. 신데렐라가 탄식하고 있었다.

"어쩌나, 시계 종이 쳤네—
어머나, 내 운명은 좆됐네."

빌리는 이 이행연구가 너무 웃긴다고 생각하여 웃음을 터뜨렸을 뿐아니라—비명까지 질렀다. 계속 비명을 지르자 막사에서 실려나와 다른 막사로 옮겨졌다. 병원이 있는 막사였다. 병상 여섯 개짜리 병원이었다. 다른 환자는 한 명도 없었다.

***

빌리는 침대에 눕혀지고 몸이 묶였다. 모르핀 주사를 한 방 맞았다. 한 미국인이 그를 지켜보겠다고 자원했다. 이 자원자는 에드거 더비, 드레스덴에서 총살당해 죽을 고등학교 교사였다. 뭐 그런 거지.

더비는 다리 세 개짜리 등받이 없는 의자에 앉았다. 그는 읽을 책을 한 권 받았다. 스티븐 크레인의 『붉은 무공훈장』이었다. 전에 읽은 적이 있었다. 그는 빌리 필그림이 모르핀 천국으로 들어가 있는 동안 그 책을 다시 읽었다.

***

모르핀에 취해 빌리는 동산에 있는 기린 꿈을 꾸었다. 기린들은 자갈이 깔린 좁은 길을 따라가다, 발을 멈추고 우듬지에서 달콤한 배를 우적우적 씹었다. 빌리도 기린이었다. 배를 하나 먹었다. 딱딱한 배였다. 이로 으깨려고 했으나 버티는 게 만만치 않았다. 결국 배는 저항하다 부서지며 즙을 뿜어냈다.

기린들은 빌리를 그들 가운데 하나로, 자신들만큼이나 엉뚱하게 전문화된 해로울 것 없는 생물로 받아들였다. 양쪽에서 두 마리가 다가오더니 그에게 몸을 기댔다. 그들은 근육질의 긴 윗입술을 나팔 모양으로 오므릴 수 있었다. 이런 입술로 그에게 키스를 했다. 암컷 기린들이었다—크림과 레몬 느낌이 나는 노란색 기린들. 머리에는 문손잡이처럼 생긴 뿔이 달려 있었다. 그 손잡이에는 벨벳이 덮여 있었다.

왜?

***

기린 동산에 밤이 왔다. 빌리 필그림은 한동안 꿈도 꾸지 않고 자다가 시간 여행을 했다. 뉴욕 주 레이크플래시드 근처 보훈병원의 비폭력적 정신병자들을 위한 병동에서 담요로 얼굴을 덮은 채 자다가 깨어났다. 1948년 봄, 전쟁이 끝나고 나서 3년이 흘렀다.

빌리는 얼굴에서 담요를 걷었다. 병동의 창들이 열려 있었다. 밖에서는 새들이 지저귀었다. "지지배배뱃?" 한 마리가 그에게 물었다. 해는 높이 떠 있었다. 병동에는 다른 환자 스물아홉 명이 있었지만, 지금은 모두 밖에 나가 날씨를 즐기고 있었다. 원하는 대로 자유롭게 들락거릴 수 있었고, 심지어 원하면 집에도 갈 수 있었다—빌리 필그림도 마찬가지였다. 그들은 바깥 세계에서 불안을 느껴, 자발적으로 이곳에 온 사람들이었다.

빌리는 일리엄 검안학교 마지막 학년을 다니다 중간에 자기 발로 병원을 찾아갔다. 다른 누구도 그가 미쳐간다고는 생각하지 않았다. 다른 사람들은 모두 그가 훌륭해 보이고 훌륭히 행동하고 있다고 생각했다. 그러나 이제 그는 병원에 있었다. 의사들도 동의했다. 그는 진짜로 미쳐가고 있었다.

그들은 이것이 전쟁과 어떤 관련이 있다고 생각지 않았다. 어렸을 때 아버지가 YMCA 수영장 맨 끝 깊은 데 던지고, 그다음에는 그랜드캐니언 가장자리에 데려간 것 때문에 빌리가 박살나고 있다고 믿었다.

빌리의 옆 병상을 배정받은 사람은 엘리엇 로즈워터라는 이름의 전직 보병 대위였다. 로즈워터는 내내 술에 취해 있는 것이 지겹고 짜증이 나서 들어왔다.

빌리에게 과학소설, 특히 킬고어 트라우트의 글을 소개해준 사람이 로즈워터였다. 로즈워터는 침대 밑에 엄청난 양의 보급판 과학소설을 모아놓았다. 기선용 트렁크에 넣어 병원에 가져왔다. 그가 아끼는 그 지저분한 책에서는 병동 어디에나 퍼져 있는 냄새가 났다—한 달 동안 갈아입지 않은 플란넬 파자마 같기도 하고, 아이리시스튜* 같기도

---

* 양고기, 감자, 홍당무, 양파 등을 넣은 스튜.

한 냄새.

킬고어 트라우트는 빌리가 가장 좋아하는 현존 작가가 되었으며, 과학소설은 그가 읽을 수 있는 유일한 종류의 이야기가 되었다.

로즈워터는 빌리보다 두 배는 똑똑했지만, 그와 빌리는 비슷한 방식으로 비슷한 위기에 대처하고 있었다. 그들 둘 다 인생이 의미 없다고 생각했는데, 그것은 부분적으로는 전쟁에서 본 것 때문이었다. 예를 들어 로즈워터는 독일군 병사라고 오인하여 열네 살짜리 소방수를 쏘았다. 뭐 그런 거지. 빌리는 유럽사 최대의 학살을 보았는데, 그것은 드레스덴 폭격이었다. 뭐 그런 거지.

그래서 그들은 자기 자신과 우주를 다시 만들어내려 하고 있었다. 과학소설이 큰 도움이 되었다.

* * *

로즈워터는 언젠가 과학소설이 아닌 책에 관하여 빌리에게 흥미로운 이야기를 해주었다. 삶에 관해 알아야 할 것은 표도르 도스토옙스키의 『카라마조프가의 형제들』에 다 들어 있다는 이야기였다. "하지만 이제는 그걸로 **충분치** 않아." 로즈워터는 말했다.

* * *

또 어느 때인가 빌리는 로즈워터가 정신과의사에게 이런 말을 하는 것을 들었다. "내 생각에 여러분은 멋진 새 거짓말을 많이 지어내야 할 것 같습니다. 안 그러면 사람들이 계속 살고 싶어하지 않을 테니까요."

***

빌리의 침대 맡 탁자에는 정물이 있었다―알약 두 개, 립스틱 자국
이 있는 담배 세 개비가 놓인 재떨이, 아직 불이 꺼지지 않은 담배 한
개비, 물 한 잔. 죽은 물이었다. 뭐 그런 거지. 공기가 그 죽은 물로부터
빠져나오려고 애를 쓰고 있었다. 거품이 잔의 벽에 달라붙어 있었지만,
너무 힘이 없어 기어 올라올 수가 없었다.

담배는 줄담배를 피우는 빌리 어머니가 물고 있던 것이었다. 어머
니는 여자 화장실을 찾아 나갔는데, 그것은 머리가 돌아버린 WACS와
WAVES와 SPARS와 WAFS*가 있는 병동 근처에 있었다. 어머니는 곧
돌아올 것이었다.

빌리는 담요를 다시 머리까지 덮었다. 어머니가 정신병동으로 면회
올 때면 그는 늘 얼굴을 가렸다―어머니가 갈 때까지는 아픈 게 늘 훨
씬 더 심해졌다. 그렇다고 어머니가 못생겼다거나, 입에서 악취가 난
다거나, 성질이 더럽다는 이야기는 아니었다. 어머니는 완벽하게 착하
고 표준적이고 머리가 갈색이고 피부가 하얀 여자로 고등학교까지 나
왔다.

그러나 단지 어머니라는 이유로 빌리의 속을 뒤집어놓았다. 자신이
창피하고 배은망덕하고 약한 사람이 된 느낌이 들었다. 어머니는 애써

---

* 각각 육군 여군 부대원, 해군 여군 예비부대원, 연안경비대 여성 예비대원, 공군 여군
부대원의 약자.

그에게 생명을 주고 그 생명을 유지시켜줬는데, 빌리는 사실 생명을 전혀 좋아하지 않았기 때문이다.

***

빌리는 엘리엇 로즈워터가 들어와 눕는 소리를 들었다. 로즈워터의 침대 스프링이 그 소식을 잔뜩 전해주었다. 로즈워터는 덩치가 컸지만 힘은 별로 세지 않았다. 노즈퍼티*로 이루어진 사람처럼 보이기도 했다.

이윽고 빌리의 어머니가 여자 화장실에서 돌아와 빌리의 침대와 로즈워터의 침대 사이 의자에 앉았다. 로즈워터는 선율이 실린 말투로 따뜻하게 그녀를 맞이하며 오늘은 기분이 어떠냐고 물었다. 그녀가 좋다고 대답하자 로즈워터는 기쁜 것 같았다. 그는 만나는 모든 사람과 열렬하게 공감하는 실험을 하고 있었다. 그렇게 하면 세상이 좀더 살기 좋은 곳이 될지도 모른다고 생각했다. 그는 빌리의 어머니를 디어dear라고 불렀다. 모든 사람을 '디어'라고 부르는 실험도 하고 있었기 때문이다.

그녀는 로즈워터에게 장담했다. "언젠가는 내가 여기 들어올 때 빌리는 얼굴을 가린 걸 내리는 날이 올 텐데, 그때 이 아이가 뭐라고 할지 아세요?"

"뭐라고 하는데요, 디어?"

---

* 가짜 코를 만드는 등 얼굴 형태를 바꾸거나 가짜 상처를 만드는 데 쓰는 왁스.

"이 아이는 '안녕, 엄마' 하고 말하면서 웃음을 지을 거예요. 이 아이는 말할 거예요. '이야, 이렇게 보니 좋네요 엄마. 어떻게 지내셨어요?'"

"오늘이 그날일 수도 있겠네요."

"매일 밤 기도를 한답니다."

"그거 좋은 일이죠."

"이 세상의 얼마나 많은 일이 기도 덕에 이루어지는지 안다면 사람들은 놀랄 거예요."

"그보다 옳은 말이 없습니다, 디어."

"댁의 어머니도 댁을 보러 자주 오시나요?"

"저희 어머니는 돌아가셨습니다." 로즈워터가 말했다. 뭐 그런 거지.

"안됐네요."

"그래도 사시는 동안은 행복하셨지요."

"그래도 그게 위안이 되네요."

"네."

"빌리의 아버지도 세상에 없답니다, 아시겠지만." 빌리의 어머니가 말했다. 뭐 그런 거지.

"남자애한테는 아버지가 필요한데."

그런 식으로 계속되었다―기도하는 멍청한 부인과 애정 어린 메아리로 가득한 크고 텅 빈 남자 사이의 듀엣은.

***

"이런 일이 일어나기 전까지 아이는 자기 반에서 최고였어요." 빌리의 어머니가 말했다.

"공부를 너무 열심히 했나보네요." 로즈워터가 말했다. 그는 읽고 싶은 책을 들고 있었지만, 너무 예의바른 사람이라 읽기와 말하기를 동시에 하지는 않았다. 건성으로 빌리의 어머니가 만족할 만한 답을 해주는 것은 무척 쉬운 일이었는데도. 책은 킬고어 트라우트가 쓴 『4차원의 미치광이들』이었다. 이것은 병의 원인이 모두 4차원에 있기 때문에 정신병을 치료할 수 없는 사람들의 이야기였다. 3차원의 지구인 의사들은 그 원인을 전혀 알 수 없었고, 심지어 상상하지도 못했다.

트라우트가 한 말 가운데 로즈워터가 무척 좋아하는 한 가지는 뱀파이어와 베어울프와 고블린과 천사 등등은 진짜로 있는데, 다만 4차원에 있다는 것이었다. 트라우트에 따르면 로즈워터가 가장 좋아하는 시인 윌리엄 블레이크도 마찬가지였다. 천국과 지옥도 마찬가지였다.

***

"이 아이는 큰 부잣집 딸하고 약혼을 했어요." 빌리의 어머니가 말했다.

"잘됐네요." 로즈워터가 말했다. "돈이란 게 가끔 큰 위로가 될 수 있으니까요."

"정말 그럴 수 있죠."

"그럴 수 있고말고요."

"한푼이라도 아끼려고 동전이 비명을 질러댈 때까지 꽉 쥐고 사는 건 별 재미 없어요."

"숨쉴 여유가 좀 있는 건 기분좋은 일이죠."

"여자 쪽 아버지는 빌리가 다니는 검안학교의 소유주예요. 우리 지역에 진료소도 여섯 개나 갖고 있죠. 전용기를 몰고 다니고 저 위 조지 호수에는 여름 별장도 있어요."

"아름다운 호수죠."

담요 밑의 빌리는 잠이 들었다. 다시 잠에서 깼을 때는 감옥의 병원 병상에 묶여 있었다. 한쪽 눈을 떠보니 가엾은 늙은 에드거 더비가 촛불 빛으로 『붉은 무공훈장』을 읽고 있었다.

빌리가 떴던 한쪽 눈을 감자 미래의 기억 속 드레스덴의 폐허에서 가엾은 늙은 에드거 더비가 총살대 앞에 서 있는 모습이 보였다. 총살대는 네 명밖에 없었다. 빌리는 각 총살대에서 한 명씩은 관례적으로 공포탄 탄창이 든 소총을 지급받는다는 이야기를 들었다. 빌리는 그렇게 오래된 전쟁에서 그렇게 작은 총살대에게 공포탄 탄창을 지급했을 것이라고는 생각지 않았다.

***

영국인 포로 대표가 빌리의 상태를 확인하러 병원으로 들어왔다. 됭케르크에서 체포된 보병 대령이었다. 빌리에게 모르핀을 준 사람도 그였다. 수용소에 진짜 의사는 없었기 때문에 그가 의사 일을 맡고 있었다. "환자는 어떤가?" 그가 더비에게 물었다.

"죽은듯이 자고 있습니다."

"하지만 진짜로 죽은 건 아니고."

"네."

"얼마나 좋아─아무것도 못 느끼고, 그러면서도 살아 있다는 인정은 다 받고."

더비는 침울하게 차려 자세를 취하고 있었다.

"아니─아니─제발─그냥 있던 대로 있게. 장교 한 명에 사병 두 명꼴인데 그나마 사병들이 죄다 아픈 상황이니 장교와 사병 사이의 일반적인 겉치레는 없어도 될 것 같군."

더비는 그대로 서 있었다. "다른 사람들보다 나이가 좀 들어 보이는데." 대령이 말했다.

더비는 마흔다섯이라고 말했다. 그러면 대령보다 두 살 위가 되는 셈이었다. 대령은 다른 미국인은 모두 면도를 했고, 아직 턱수염이 남은 사람은 빌리와 더비 둘뿐이라고 말했다. 그러면서 그가 말했다. "있잖나─우리는 여기에서 전쟁을 상상할 수밖에 없었네. 우리처럼 나이 들어가는 사람들이 싸우고 있다고 상상했지. 전쟁은 아기들이 하고 있다는 것을 잊어버린 거야. 새로 면도한 저 얼굴들을 보았을 때 충격을 받았네. '맙소사, 맙소사─' 나는 혼잣말을 했지. '이건 소년 십자군이로구나.'"

대령은 늙은 더비에게 어쩌다 포로가 되었느냐고 물었고, 더비는 다른 겁에 질린 병사 백여 명과 함께 수풀 속에 있었다는 이야기를 했다. 전투는 닷새째 계속되고 있었다. 이들 백 명은 탱크에 밀려 수풀 속으로 들어갔다.

더비는 다른 지구인들이 지구에서 사는 것을 더는 원치 않을 때 어떤 지구인들이 가끔 그들의 머리 위에 만들어내는 가공할 만한 인공

기후를 묘사했다. 우듬지에서 포탄들이 무시무시하게 쾅 소리를 내며 터졌다, 그는 그렇게 말했다. 칼과 바늘과 면도날이 우박처럼 쏟아져 내렸다. 구리 껍질에 싸인 작은 납덩어리가 위에서 파열하는 포탄 밑으로 숲을 종횡으로 가로지르며, 소리보다 훨씬 빠르게 핑핑 날아다녔다.

많은 사람들이 부상을 당하거나 죽었다. 뭐 그런 거지.

이윽고 포격이 멈추었고, 숨어 있던 독일군이 확성기를 들고는 무기를 내려놓고 두 손을 머리 위에 올리고서 숲에서 나오라고, 아니면 다시 포격을 시작하겠다고 말했다. 숲 안의 모두가 죽을 때까지 멈추지 않겠다고.

그래서 미국인들은 무기를 버리고, 두 손을 머리 위에 올리고 숲에서 나왔다. 가능하기만 하다면 계속 살고 싶었기 때문이다.

***

빌리는 시간 여행을 하여 다시 보훈병원으로 돌아갔다. 머리에 담요를 뒤집어쓰고 있었다. 담요 밖은 고요했다. "어머니는 갔나요?" 빌리가 물었다.

"응."

빌리는 담요 밑에서 밖을 살폈다. 이제 약혼녀가 거기에, 면회객 의자에 앉아 있었다. 이름은 발렌시아 머블이었다. 발렌시아는 일리엄 검안학교 소유주의 딸이었다. 부자였다. 먹는 것을 멈추지 못했기 때문에 몸도 집만큼 컸다. 지금도 먹고 있었다. 삼총사 캔디 바를 먹고 있었다. 3초점렌즈 안경을 쓰고 있었는데, 무늬가 화려한 할리퀸 테는 모조 다이아몬드로 장식되어 있었다. 반짝이는 모조 다이아몬드가 반짝이는 약혼반지의 다이아몬드와 조화를 이루었다. 1천 8백 달러짜리 보험을 든 다이아몬드였다. 빌리는 독일에서 그 다이아몬드를 찾아냈다. 전리품이었다.

빌리는 못생긴 발렌시아와 결혼하고 싶지 않았다. 그녀는 그의 병의 증상 중 하나였다. 자신이 그녀에게 청혼하는 소리를 들었을 때, 그녀에게 다이아몬드 반지를 받아달라고, 평생 동반자가 되어달라고 간청했을 때 그는 미치는 줄 알았다.

* * *

빌리는 그녀에게 "안녕" 하고 말했고, 그녀는 그에게 캔디를 먹겠느냐고 물었고, 그는 "고맙지만 됐어" 하고 대답했다.

그녀는 그에게 어떠냐고 물었고, 그는 대답했다. "훨씬 나아졌어, 고마워." 그녀는 검안학교의 모두가 그가 아프다는 소식에 안타까워하면서 그가 곧 건강해지기를 바란다고 말했고, 빌리는 대꾸했다. "그 사람들을 보게 되면, '안녕' 하고 말해줘."

그녀는 그러마고 약속했다.

* * *

그녀는 그에게 밖에서 가져다주었으면 하는 게 없느냐고 물었고 그는 대답했다. "없어. 원하는 건 거의 다 있어."

"책은 어때?" 발렌시아가 물었다.

"나는 지금 세상에서 가장 큰 사설 도서관 바로 옆에 있어." 빌리가 말했다. 엘리엇 로즈워터가 수집한 과학소설들을 가리키는 말이었다.

로즈워터는 옆 병상에서 책을 읽고 있었다. 빌리는 그를 대화에 끌어들여, 이번에는 무엇을 읽고 있느냐고 물었다.

그러자 로즈워터는 그에게 대답해주었다. 킬고어 트라우트의 『우주에서 온 복음』이었다. 우주에서 온 방문객에 관한 이야기였다. 그 방문객은 트랄파마도어인과 아주 흡사했다. 우주의 방문객은 기독교를 진지하게 연구했다. 기독교인이 그렇게 쉽게 잔인해질 수 있는 이유를 알 수 있을까 싶어서였다. 그는 적어도 문제 가운데 일부는 신약의 이야기가 너무 엉성한 탓이라고 결론을 내렸다. 그는 처음에는 복음서들의 의도가 다른 무엇보다도 사람들에게 낮은 자 가운데서도 가장 낮은 자에게까지 자비를 베풀라고 가르치는 것인 줄 알았다.

그러나 복음서들은 실제로는 이런 것을 가르치고 있었다.

어떤 사람을 죽이기 전에 반드시 그가 연줄이 시원찮은지 확인해라. 뭐 그런 거지.

***

그리스도 이야기의 약점은 별것 아닌 것처럼 보이는 그리스도가 사실은 우주 최강의 존재의 아들이라는 것이다, 우주의 방문객은 그렇게 말했다. 독자들은 이 점을 알고 있어서, 십자가 처형 대목에 이르면 당연히 다음과 같은 생각을 하게 되었다. 로즈워터는 그 대목을 소리 내어 읽었다.

오, 이런—이 사람들은 린치할 사람을 잘못 고른 게 틀림없어!

이 생각에는 형제가 있었다. "린치하기에 적당한 사람들이 있다." 누굴까? 좋은 연줄이 없는 사람들이지. 뭐 그런 거지.

***

우주의 방문객은 지구에 새로운 복음이라는 선물을 주었다. 이 복음에서 예수는 실제로 별 볼 일 없는 존재였는데, 그보다 연줄이 좋은 많은 사람들에게 목안의 가시였다. 그럼에도 그는 다른 복음서들에서 그가 말한, 멋지면서도 사람을 혼란에 빠뜨리는 말을 모두 했다.

그래서 사람들은 어느 날 재미 삼아 그를 십자가에 못박고, 십자가를 땅에 세워두었다. 뒤탈이 있을 리가 없다, 린치를 한 자들은 그렇게 생각했다. 독자도 그렇게 생각했을 것이다. 새로운 복음은 예수가 별볼 일 없는 존재라고 귀에 못이 박히도록 되풀이해 이야기했기 때문이다.

그러다가 이 별 볼 일 없는 존재가 죽기 직전, 하늘이 열리고 천둥과 번개가 쳤다. 하느님의 목소리가 요란하게 아래로 울려퍼졌다. 하느님은 사람들에게 이 부랑자를 아들로 입양하겠으며, 그에게 우주 창조주의 아들이 받을 모든 권한과 특권을 영원토록 부여하겠다고 말했다. 하느님은 이렇게 말했다. 이 순간부터 아무런 연줄 없는 부랑자를 괴롭히는 자는 누구든 무시무시한 벌을 받을 것이다!

***

빌리의 약혼녀는 삼총사 캔디 바를 이미 다 먹었다. 이제 밀키 와이를 먹고 있었다.

"책은 그만." 로즈워터가 말하며 보던 책을 침대 밑으로 던졌다. "책은 다 꺼져버리라고 해."

"그거 재미있는 책 같았는데." 발렌시아가 말했다.

"어이쿠―킬고어 트라우트가 글을 제대로 쓸 수만 있다면!" 로즈워터가 소리쳤다. 그의 말에는 일리가 있었다. 킬고어 트라우트가 인기 없는 것도 당연한 일이었다. 그의 글은 끔찍했다. 아이디어만 그럴듯했다.

***

"트라우트는 나라 밖으로 나가본 적이 없는 것 같아." 로즈워터가 말을 이어갔다. "맙소사―이 사람은 늘 지구인에 관해 쓰는데, 이 지구인이란 게 다 미국인이야. 사실 지구상에서 미국인은 찾아보기도 힘든데."

"그 사람은 어디 살아요?" 발렌시아가 물었다.

"아무도 몰라요." 로즈워터가 대답했다. "내가 아는 한, 그 사람 이야기를 들어본 사람은 나뿐이에요. 책마다 출판사가 다 달라요. 내가 출판사를 통해 그 사람한테 편지를 보낼 때마다 반송되더라고요. 출판사가 망했기 때문에."

로즈워터는 화제를 바꾸어, 발렌시아의 약혼반지를 칭찬했다.

"고마워요." 그녀는 로즈워터가 자세히 볼 수 있도록 손을 내밀었다. "다이아몬드는 빌리가 전쟁에서 가져온 거예요."

"그게 전쟁의 매력이죠." 로즈워터가 말했다. "모두가 반드시 뭔가 조금씩은 얻는다는 거."

***

킬고어 트라우트의 소재에 관하여 한마디—그는 사실 빌리의 고향 일리엄에 살았는데, 친구도 없고 사람들에게도 경멸당했다. 빌리는 머지않아 그를 만나게 된다.

***

"빌리—" 발렌시아 머블이 말했다.

"흠?"

"은그릇 디자인 이야기 좀 할래?"

"그럼."

"이제 범위를 많이 좁혀서 로열 데니시냐 램블러 로즈냐 둘 중 하나를 고르면 되는데."

"램블러 로즈." 빌리가 말했다.

"서둘러 결정해야 하는 건 아니야." 그녀가 말했다. "내 말은—우리가 뭘 결정하든, 남은 평생 우리가 그거하고 함께 살아야 할 거라는 얘

기야."

　빌리는 사진들을 살펴보았다. "로열 데니시." 그가 마침내 말했다.
"콜로니얼 문라이트도 멋있어."

　"그래, 그러네." 빌리 필그림이 말했다.

＊＊＊

　빌리는 시간 여행을 하여 트랄파마도어의 동물원으로 갔다. 그는 마
흔네 살이었으며, 지오데식* 돔 아래 전시되고 있었다. 우주를 여행하
는 동안 그의 요람이었던 안락의자에 몸을 파묻고 있었다. 알몸이었다.
트랄파마도어인은 그의 몸에—그 전부에 관심을 가졌다. 밖에는 수천
명이 있었고, 다들 그를 보려고 눈이 달린 작은 손을 들어올리고 있었
다. 빌리는 지구인 달력으로 여섯 달째 트랄파마도어에 있었다. 군중에
는 익숙했다.

　탈출은 불가능했다. 돔 밖의 대기는 사이안화물 성분이었고, 지구는
717,960,000,000,000,000킬로미터 떨어져 있었다.

＊＊＊

　빌리는 동물원의 지구인 서식지를 흉내낸 곳에 전시되고 있었다. 비
품은 대부분 아이오와 주 아이오와 시에 있는 시어스 로벅 창고에서

---

* 삼각형 면으로만 이루어진 다면체 돔.

훔쳐온 것이었다. 그곳에는 컬러텔레비전과 침대로 전환할 수 있는 소파가 있었다. 소파 옆에는 램프와 재떨이가 놓인 작은 탁자가 있었다. 홈바에 등받이 없는 의자도 두 개 갖춰져 있었다. 작은 당구대도 있었다. 금괴 색깔의 카펫이 벽에서 벽까지 깔려 있었다. 부엌과 욕실, 또 바닥 한가운데 있는 철제 맨홀 뚜껑에만 카펫이 없었다. 소파 앞의 커피 탁자에는 잡지들이 부채 모양으로 널려 있었다.

스테레오 전축도 있었다. 전축은 실제로 작동했다. 텔레비전은 작동하지 않았다. 텔레비전 화면에는 카우보이가 다른 카우보이를 죽이는 사진이 풀로 붙어 있었다. 뭐 그런 거지.

돔 안에 벽은 없었고, 빌리가 숨을 곳도 없었다. 민트색 욕실 설비들도 그대로 공개되어 있었다. 빌리는 안락의자에서 일어나, 욕실로 들어가 오줌을 누었다. 군중이 환호했다.

***

빌리는 트랄파마도어에서 이를 닦고, 부분 틀니를 집어넣고, 부엌으로 갔다. 프로판가스 레인지와 냉장고와 식기세척기도 민트색이었다. 냉장고 문에는 그림이 한 장 붙어 있었다. 처음부터 붙어 있던 것이었다. 2인용 자전거를 탄 '화려한 90년대'* 커플을 그린 그림이었다.

빌리는 그림을 보면서 그 커플에 관해 뭔가 생각해보려 했다. 그러나 아무것도 떠오르지 않았다. 그 두 사람에 관해서는 생각할 것이 아무

---

* 1890년대를 가리키는 말. 도시화, 산업화의 영향으로 엄격한 도덕 원칙과 전통적 생활 방식이 무너지면서 성적으로 자유로운 분위기가 팽배해진 시기였다.

것도 없는 듯했다.

***

빌리는 통조림으로 훌륭한 아침식사를 했다. 컵과 접시와 나이프와 포크와 숟가락과 냄비를 설거지하고 치웠다. 그런 다음 군대에서 배운 체조를 했다―다리 벌려 뛰기, 쪼그려 앉았다 일어서기, 윗몸 일으키기, 팔 굽혀 펴기. 트랄파마도어인은 대부분 빌리의 몸과 얼굴이 아름답지 않다는 것을 알 도리가 없었다. 그들은 빌리가 훌륭한 표본이라고 생각했다. 이것이 기분좋은 영향을 주어, 빌리는 처음으로 자신의 몸을 즐기기 시작했다.

그는 운동 뒤에 샤워를 하고 발톱을 깎았다. 면도를 하고 겨드랑이에 탈취제를 뿌렸다. 그러는 동안 바깥 단상에서 동물원 가이드가 빌리가 무엇을 하는지―그리고 왜 하는지 설명했다. 가이드는 텔레파시로 강연을 했다. 그냥 서서 군중에게 생각의 파동을 내보냈다. 단상에는 작은 키보드 도구가 있어, 가이드는 그것으로 군중이 하는 질문을 빌리에게 전달해주었다.

첫 질문이 나왔다―텔레비전의 스피커에서 소리가 나왔다. "여기서 행복한가요?"

"지구에 있을 때와 비슷하게 행복합니다." 빌리 필그림은 그렇게 말했는데, 이것은 사실이었다.

*＊＊

　트랄파마도어에는 다섯 가지 성性이 있어, 각각 새로운 개체의 창조에 필요한 단계를 이행했다. 그러나 빌리에게는 똑같아 보였다―그들의 성적인 차이는 모두 4차원에 있었기 때문이다.

　트랄파마도어인이 빌리에게 건네준 가장 큰 도덕적 충격 발언 한 가지 또한 공교롭게도 지구상의 섹스와 관련된 것이었다. 그들은 비행접시 승무원들이 지구상에서 무려 일곱 가지 성을 파악해냈으며, 이들 각각이 생식에 필수적이라고 말했다. 이번에도 빌리는 그 일곱 가지 성 가운데 둘을 뺀 나머지 다섯 가지가 아기를 만드는 것과 무슨 관계가 있는지 도무지 상상할 수 없었다. 그것들은 4차원에서만 성적으로 활성화되었기 때문이다.

　트랄파마도어인은 빌리가 보이지 않는 차원의 섹스를 상상하는 데 도움을 줄 실마리를 제공하려 했다. 그들은 남성 동성애자들이 없으면 지구인 아기도 있을 수 없다고 말해주었다. 여성 동성애자들은 없어도 아기가 생길 수 있었다. 예순다섯 살이 넘은 여자가 없으면 아기는 생길 수 없었다. 예순다섯이 넘은 남자는 없어도 아기가 생길 수 있었다. 태어나서 한 시간도 채 살지 못한 다른 아기들이 없으면 아기는 생길 수 없었다. 또 기타 등등.

　빌리로서는 뭐가 뭔지 알 수 없는 소리였다.

***

빌리가 하는 말 역시 대부분 트랄파마도어인에게는 뭐가 뭔지 알 수 없는 소리였다. 그들은 시간이 빌리에게 어떻게 보이는지 상상할 수 없었다. 빌리는 설명을 포기했다. 바깥의 가이드는 자기 나름으로 최선을 다해 설명할 수밖에 없었다.

가이드는 군중에게 반짝거릴 듯이 밝고 맑은 날에 사막 건너 산맥을 보고 있다는 상상을 해보라고 권했다. 그들은 산봉우리나 새나 구름을, 그들 바로 앞의 돌을, 심지어 그들 뒤의 협곡을 내려다볼 수도 있었다. 그러나 그들 한가운데 이 가엾은 지구인이 있었다. 그의 머리에는 절대 벗을 수 없는 강철 공이 씌워져 있었다. 내다볼 수 있는 눈구멍은 하나뿐이었고, 그 눈구멍에 2미터 길이의 관이 용접되어 있었다.

빌리의 비참한 상태를 설명하는 비유는 아직 시작에 불과했다. 그는 또 강철 격자에 묶여 있었고, 이 격자는 또 철로를 달리는 무개화차에 나사로 연결되어 있었다. 그는 고개를 돌릴 수도 없고 관을 만질 수도 없었다. 관의 반대편 끝은 다리가 두 개 달린 받침대 위에 놓여 있었는데, 이 받침대도 무개화차에 나사로 연결되어 있었다. 빌리가 볼 수 있는 것은 관 끝에 있는 작은 점뿐이었다. 그는 자신이 무개화차를 타고 있다는 것도 몰랐고, 자신의 상황에 뭔가 이상한 점이 있다는 것도 몰랐다.

이 무개화차는 가끔 느릿느릿 기어가기도 하고, 가끔 엄청나게 빨리 달리기도 하고, 종종 멈추기도 했다—비탈을 올라가기도 하고, 내려가기도 하고, 굽은 곳을 돌기도 하고, 직선 길을 따라가기도 했다. 가엾은 빌리는 이 파이프를 통해 무엇을 보든 "이게 삶이야" 하고 혼잣말을 할 수밖에 없었다.

*　*　*

빌리는 트랄파마도어인이 지구상에서 벌어지는 모든 전쟁과 여러 형태의 살인에 당황하고 놀랄 것이라고 생각했다. 지구인이 잔혹한 방식으로 깜짝 놀랄 만한 무기를 사용하는 것이 결국 순수한 우주의 일부, 아니, 어쩌면 전부를 파괴할지도 모른다고 두려워할 거라 생각했다. 과학소설을 읽다보니 그렇게 생각하게 되었다.

그러나 빌리 자신이 꺼내기 전에는 전쟁이라는 주제가 등장한 적도 없었다. 동물원 군중 가운데 누군가가 빌리에게 지금까지 트랄파마도어에서 배운 가장 귀중한 것이 무엇이냐고 물었을 때 빌리는 대답했다. "행성 전체의 거주민이 평화롭게 살 수 있다는 것입니다! 알다시피 나는 시초부터 무의미한 학살에 가담해온 행성 출신입니다. 나 자신도 내 동포가 급수탑에서 산 채로 삶아 죽인 여학생들의 주검을 보았는데, 당시에 내 동포는 순수한 악과 싸우고 있다고 자랑했습니다." 이것은 사실이었다. 빌리는 드레스덴에서 삶아 죽인 주검들을 보았다. "그리고 수용소에 있을 때는 밤이 되면 그렇게 끓는 물에 죽은 여학생들의 오빠나 아버지가 도륙한 인간의 지방으로 만든 초를 켜 어둠을 밝혔습니다. 지구인은 우주에서 가공할 존재가 틀림없습니다! 아직까지는 다른 행성들이 지구 때문에 위험에 처하는 일이 생기지 않았다 해도, 곧 그렇게 될 것입니다. 그러니 비결을 말해주세요. 그걸 들고 지구로 돌아가 모두 구할 수 있도록 말입니다. 어떻게 한 행성이 평화롭게 살 수 있는 겁니까?"

빌리는 자신의 목소리가 점점 높아지는 걸 느꼈다. 트랄파마도어인들이 작은 손의 눈을 감는 것을 보고 당황했다. 과거의 경험을 볼 때 이것이 무슨 의미인지 알고 있었다. 자신이 멍청한 짓을 하고 있다는 뜻이었다.

***

"혹시—혹시 이야기를 좀 해줄 수 있나요—" 그는 의기소침하여 가이드에게 말했다. "내 행동에서 뭐가 그렇게 멍청했던 겁니까?"

"우리는 우주가 어떻게 끝날지 알고 있어요—" 가이드가 말했다. "거기에 지구는 아무런 관계가 없지요. 지구도 사라져버린다는 것 말고는."

"어떻게—도대체 우주가 어떻게 끝납니까?" 빌리가 말했다.

"우리가 터뜨려버리죠. 우리 비행접시의 새 연료 실험을 하다가요. 트랄파마도어의 어떤 시험 비행사가 시동 단추를 누르고, 그 순간 우주 전체가 사라집니다." 뭐 그런 거지.

***

빌리가 말했다. "그걸 안다면 그걸 막을 수 있는 방법이 있지 않을까요? 그 조종사가 단추를 누르는 걸 막을 수 없나요?"

"그 조종사는 늘 그걸 눌렀고, 앞으로도 늘 누를 겁니다. 우리는 늘 누르게 놔두었고 앞으로도 늘 놔둘 겁니다. 그 순간은 그렇게 구조화되어 있습니다."

***

"그렇다면—" 빌리가 더듬듯이 말했다. "지구상의 전쟁을 막는다는 생각도 멍청한 거겠네요."

"물론이죠."

"하지만 이곳이 평화로운 행성이란 건 사실 아닙니까."

"오늘은 그렇죠. 하지만 다른 날에는 당신이 보거나 읽었던 어느 전쟁 못지않게 끔찍한 전쟁을 치르고 있습니다. 그건 우리도 어쩔 도리가 없기 때문에 그냥 안 보고 말지요. 무시해버립니다. 우리는 기분좋은 순간들을 보면서 영원한 시간을 보냅니다—동물원의 오늘처럼 말입니다. 지금은 멋진 순간 아닌가요?"

"그렇죠."

"그게 지구인이 배울 수도 있는 점 한 가지입니다. 열심히 노력한다면요. 끔찍한 시간은 무시해라. 좋은 시간에 집중해라."

"음."

빌리는 그날 밤 잠이 들자마자 아주 좋은 순간으로 시간 여행을 했다. 결혼 전에 발렌시아 머블이라는 이름을 가졌던 여자와 결혼하던 날 밤이었다. 보훈병원을 나온 지는 6개월이 되었다. 아주 건강했다. 일리엄 검안학교는 졸업했다—졸업생 47명 가운데 3등이었다.

그는 매사추세츠 주 케이프 앤의 부두 끝에 지은 쾌적한 스튜디오 아파트에서 발렌시아 머블과 침대에 들어가 있었다. 물 건너로 글로스터 시의 불빛이 보였다. 빌리는 발렌시아의 몸 위에 올라가 그녀와 사랑을 나누고 있었다. 이 행동의 한 가지 결과가 로버트 필그림의 출생이었는데, 그는 고등학교에서는 문제아가 되지만, 마음을 잡고 유명한 그린베레의 일원이 된다.

발렌시아는 시간여행자는 아니었지만, 상상력이 왕성했다. 빌리가 그녀와 사랑을 나누는 동안 그녀는 자신이 역사상 유명한 여자라고 상상했다. 그녀는 잉글랜드의 엘리자베스 1세 여왕이었고, 빌리는 아마도 크리스토퍼 콜럼버스일 터였다.

* * *

빌리는 녹슨 작은 경첩 같은 소리를 냈다. 방금 정낭精囊을 비웠고, 그럼으로써 그린베레를 위해 자기 몫의 기여를 했다. 물론 트랄파마도어인에 따르면 그 그린베레 대원은 모두 일곱 부모를 두게 되는 셈이지만.

그는 거대한 아내에게서 몸을 굴려 떨어져 나왔다. 그가 떨어져 나와도 그녀의 환희에 찬 표정은 바뀌지 않았다. 그는 척추의 튀어나온 마디들을 매트리스 가장자리에 맞추고 누워 두 손을 머리 뒤로 돌려 깍지를 꼈다. 이제 그는 부자였다. 제정신을 가진 사람이라면 결혼하지 않을 여자와 결혼한 보답을 받았다. 장인은 그에게 새 뷰익 로드마스터, 전기 설비를 완비한 집을 주었으며, 가장 번창하는 일리엄 지점의 관리인 자리를 주었고, 빌리는 거기에서 일 년에 적어도 3만 달러 정도 수입을 예상하고 있었다. 잘된 일이었다. 빌리의 아버지는 이발사에 불과했으니까.

그의 어머니 말대로, "필그림 집안이 출세하고 있네".

***

신혼여행은 뉴잉글랜드로 가 인디언 서머*의 달콤쌉쌀하고 신비한 분위기 속에서 보냈다. 신혼부부의 아파트에는 유리문으로만 꾸민 로맨틱한 벽이 있었다. 유리문은 발코니와 그 너머 기름이 덮인 항구를 향해 열려 있었다.

밤이라 검은색으로 보이는, 녹색과 주황색이 섞인 예인선이 그들의 발코니를 지나쳐가며 툴툴거리고 쿵쿵거렸다. 그들의 신혼 침대에서 불과 10미터 거리였다. 야간 항해등만 켜고 바다로 가고 있었다. 텅 빈 선창들에 소리가 메아리쳐, 엔진의 노래가 크고 풍부하게 들렸다. 부두도 같은 노래를 부르기 시작했고, 이어 신혼부부의 침대 머리판도 노래했다. 예인선이 사라지고 난 뒤에도 오랫동안 계속 노래를 했다.

"고마워." 마침내 발렌시아가 말했다. 침대 머리판은 모기처럼 노래를 부르고 있었다.

"천만에."

"좋았어."

---

* 봄날처럼 화창한 늦가을 날씨.

그러더니 그녀는 울기 시작했다.

"왜 그래?"

"너무 행복해서."

"잘됐네."

"아무도 나하고 결혼하지 않을 줄 알았어."

"음." 빌리 필그림이 얼버무렸다.

***

"당신을 위해서 살을 뺄 거야." 그녀가 말했다.

"뭐?"

"다이어트를 할 거라고. 당신을 위해 아름다워질 거야."

"나는 그냥 지금 그대로의 당신이 좋아."

"정말이야?"

"정말이야." 빌리 필그림이 말했다. 그는 시간 여행 덕분에 그들의 결혼생활을 이미 여러 번 보았고, 내내 그럭저럭 견딜 만하다는 것을 알고 있었다.

***

셰에라자드라는 이름의 커다란 모터 요트가 신혼 침대를 빠르게 지나갔다. 그 엔진은 아주 낮은 오르간 음으로 노래했다. 요트는 불을 모두 켜고 있었다.

아름다운 두 사람, 야회복을 입은 젊은 남자와 젊은 여자가 고물 난간에 서서 서로를, 자신들의 꿈을, 호수를 사랑하고 있었다. 그들도 신혼여행중이었다. 로드아일랜드 주 뉴포트의 랜스 럼포드와 매사추세츠 주 하이애니스 포트 출신으로 결혼하기 전 이름이 신시아 랜드리였던 여자였다. 신시아는 어린 시절 존 F. 케네디의 연인이었다.

여기에는 약간의 우연의 일치가 있었다. 빌리 필그림은 나중에 럼포드의 삼촌으로 미국 공군의 공식 역사가인 하버드의 버트럼 코플랜드 럼포드 교수와 같은 병실을 쓰게 된다.

***

아름다운 한 쌍이 지나가자 발렌시아는 우스꽝스럽게 생긴 남편에게 전쟁에 관해서 물었다. 지구인 여성이 그렇게 하는 것, 그렇게 섹스와 전쟁의 영광을 연결시키는 것은 우둔한 짓이었다.

"전쟁 생각을 하기는 해?" 그녀가 말하며 손을 그의 허벅지에 얹었다.

"가끔." 빌리 필그림이 말했다.

***

"가끔 당신을 보면, 비밀로 가득찬 것 같다는 이상한 느낌이 들어." 발렌시아가 말했다.

"그렇지 않아." 빌리가 말했다. 이것은 물론 거짓말이었다. 그는 자신이 한 그 모든 시간 여행에 관하여, 트랄파마도어 등등에 관하여 누구에게도 말한 적이 없었다.

"전쟁과 관련된 비밀이 있는 게 틀림없어. 아니면, 비밀은 아니더라도, 아마도 당신이 이야기하고 싶어하지 않는 것."

"없어."

"나는 당신이 군인이었다는 게 자랑스러워. 그건 알아?"

"잘됐네."

"끔찍했어?"

"가끔은." 갑자기 빌리에게 터무니없는 생각이 떠올랐다. 그는 그 생각의 진실성에 깜짝 놀랐다. 그거면 빌리 필그림에게 좋은 묘비명이 될 것 같았다―또 나에게도.

"내가 해달라고 하면 전쟁 이야기를 해줄 거야?" 발렌시아가 말했다. 그녀는 커다란 몸의 아주 작은 공동 속에 그린베레 부대원을 위한 재료를 모으고 있었다.

"꿈처럼 들릴걸." 빌리가 말했다. "다른 사람들의 꿈은 별로 재미없어, 대개는."

"당신이 언젠가 아버지한테 독일 총살대 이야기를 하는 걸 들었어." 그녀는 가엾은 늙은 에드거 더비의 처형 이야기를 하고 있었다.

"음."

"당신이 그 사람을 묻어주어야 했어?"

"응."

"그 사람이 총살당하기 전에 당신이 삽을 들고 있는 걸 봤어?"

"응."

"그 사람이 말을 했어?"

EVERYTHING
WAS
BEAUTIFUL,
AND
NOTHING
HURT

모든 것이 아름다웠고,
어떤 것도 아프지 않았다

"아니."

"그 사람이 겁을 먹었어?"

"약을 먹었어. 눈이 흐리멍덩했지."

"그 사람한테 과녁을 붙였어?"

"종잇조각을 붙였지." 빌리가 말했다. 그는 "잠깐만" 하고 말하며 침대에서 일어나 욕실의 어둠으로 들어가서 오줌을 누었다. 그는 전등을 찾아 더듬거리다가, 거친 벽을 느끼고 1944년으로, 다시 수용소 병원으로 돌아왔다는 것을 깨달았다.

***

병원의 촛불은 꺼져 있었다. 가엾은 늙은 에드거 더비는 빌리 옆의 간이침대에서 잠이 들었다. 빌리는 침대에서 나와 벽을 더듬었다. 밖으로 나가는 길을 찾으려는 것이었다. 오줌이 몹시 마려웠기 때문이다.

갑자기 문이 손에 잡혔고, 빌리는 문을 열고는 휘청거리며 수용소의 밤 속으로 나갔다. 빌리는 시간 여행과 모르핀 때문에 제정신이 아니었다. 그는 철조망 담장까지 다가갔고, 몸의 여남은 데가 철조망에 걸렸다. 철조망에서 물러나려 했으나 가시가 놓아주지 않았다. 그렇게 빌리는 한 걸음 이쪽으로, 한 걸음 저쪽으로, 그러다 다시 출발점으로 돌아오면서 잠시 담장과 우스꽝스러운 춤을 추었다.

빌리와 마찬가지로 오줌을 누러 밤 속으로 나온 러시아인 한 명이 빌리가 춤을 추는 것을 보았다―담장 건너편이었다. 그는 이 묘한 허수아비에게 다가와, 부드럽게 이야기를 나누어보려 했다. 어느 나라에서 왔는지 물었다. 허수아비는 그의 말에는 아랑곳하지 않고 계속 춤을 추었다. 러시아인은 걸린 부분을 하나씩 풀어주었고, 허수아비는 고맙다는 말도 없이 다시 춤을 추며 밤 속으로 멀어져 갔다.

러시아인은 손을 흔들면서 그의 등에 대고 러시아어로 소리쳤다. "잘 가."

***

빌리는 고추를 꺼내, 거기 수용소의 밤 속에서 땅에 대고 오래오래 오줌을 누었다. 그런 다음 다시 고추를 대강 집어넣었을 때 새로운 문제와 마주쳤다. 그는 어디서 왔고, 이제 어디로 가야 하는가?

밤 어딘가에서 비통한 외침들이 터져나왔다. 달리 할 일이 없었기 때문에 빌리는 그 방향으로 발을 질질 끌며 걸어갔다. 도대체 무슨 비극과 마주쳤기에 그렇게 많은 사람들이 문밖에 나와 그렇게 슬퍼하는지 궁금했다.

빌리는 자기도 모르는 새에 변소 뒤쪽으로 다가가고 있었다. 변소라고 해봐야 가로장 한 줄짜리 담과 그 밑에 놓인 들통 열두 개였다. 자투리 목재와 납작하게 누른 깡통으로 만든 칸막이가 담의 삼면을 둘러싸고 있었다. 열린 한 면은 잔치가 열렸던 막사의 타르지를 바른 검은 벽을 마주보고 있었다.

빌리는 칸막이를 따라 걸어가다가 타르지 벽에 페인트로 새로 쓴 글귀가 보이는 데에 이르렀다. 글귀는 〈신데렐라〉의 세트를 환하게 밝혔던 분홍색 페인트로 썼다. 인지 능력이 워낙 신통치 않아, 빌리에게는 그 말이 허공에 걸린 것처럼 보였다. 마치 투명한 커튼에 페인트로 써놓은 것 같았다. 커튼에는 예쁜 은색 점들이 있었다. 사실 그것은 막사에 타르지를 고정시킨 못 머리였다. 빌리는 도대체 어떻게 허공에 커튼이 걸려 있는지 상상할 수 없었다. 그는 마법의 커튼과 극적인 슬픔이 그가 전혀 알지 못하는 어떤 종교 의식의 한 부분이라고 생각했다.

글귀의 내용은 이런 것이었다.

PLEASE LEAVE
THIS LATRINE AS
TIDY AS YOU
FOUND IT!

들어갔을 때와 똑같도록
변소를 깨끗이 쓰고 나오세요!

빌리는 변소 안을 보았다. 울부짖음은 그곳에서 나오고 있었다. 그곳에는 바지를 내린 미국인들이 빽빽하게 들어차 있었다. 환영 잔치 때문에 그들은 화산처럼 속이 부글거렸다. 들통은 꽉 찼거나 채어 넘어져 있었다.

빌리 옆의 한 미국인은 뇌만 빼고 전부 배설해버렸다고 울부짖었다. 잠시 후 그가 말했다. "그것도 나가네, 그것마저 나가." 뇌 이야기였다.

그렇게 울부짖은 게 나였다. 바로 나. 이 책의 저자.

빌리는 이 지옥의 풍경으로부터 비실비실 멀어졌다. 멀찌감치 떨어져 배설의 축제를 지켜보고 있는 영국인 세 사람을 지나쳤다. 그들은 혐오감 때문에 긴장증 증상을 보이고 있었다.

"바지 단추를 채워!" 빌리가 지나갈 때 한 영국인이 말했다.

빌리는 바지 단추를 채웠다. 그는 어쩌다 보니 작은 병원 문으로 돌아가 있었다. 문을 통과하자 다시 신혼여행지인 케이프 앤이었다. 욕실에서 신부가 있는 침대로 돌아가고 있었다.

"보고 싶었어." 발렌시아가 말했다.

"보고 싶었어." 빌리 필그림이 말했다.

* * *

빌리와 발렌시아는 숟가락 두 개처럼 겹쳐 누워 잠이 들었고, 빌리는 시간 여행을 해 1944년에 탄 기차로 갔다―사우스캐롤라이나의 작전에 참여했다가 아버지 장례식 때문에 일리엄으로 가는 길이었다. 유럽이나 전투는 보지 못했다. 아직 증기기관차가 다니던 시절이었다.

빌리는 기차를 여러 번 갈아타야 했다. 기차는 모두 느렸다. 객차에는 석탄이 타는 냄새, 배급받은 담배 냄새, 배급받은 술 냄새, 전시 식량을 먹은 사람들의 방귀 냄새가 지독했다. 쇠의자의 덮개는 털이 너무 뻣뻣하여 빌리는 잠을 제대로 자지 못했다. 일리엄을 세 시간 남겨 두었을 때에야 혼잡한 식당칸 입구를 향해 두 다리를 벌린 채 깊이 잠이 들었다.

기차가 일리엄에 도착하자 사환이 깨웠다. 빌리는 더플백을 들고 비틀비틀 기차에서 내려, 플랫폼의 사환 옆에 서서 잠을 깨려고 애를 썼다.

"푹 주무셨나봅니다, 네?" 사환이 말했다.

"네." 빌리가 말했다.

"이야," 사환이 말했다. "물건이 아주 딱딱하게 섰네요."

**

빌리가 수용소에서 모르핀을 맞고 있던 날 새벽 세시에 튼튼한 영국인 두 명이 새 환자를 병원으로 데려왔다. 몸집이 아주 작았다. 몸에 물방울무늬가 찍힌, 일리노이 주 시서로 출신의 자동차 도둑 폴 라자로였다. 그는 영국인의 베개 밑에서 담배를 훔치다 걸렸다. 영국인은 비몽사몽간에 라자로의 오른팔을 부러뜨리고 정신을 잃을 때까지 두들겨 팼다.

그렇게 팼던 영국인은 이제 라자로를 병원으로 나르는 것을 돕고 있었다. 머리카락은 불이 붙은 듯 붉은색이었으며 눈썹이 없었다. 연극에서는 신데렐라의 파란 요정 대모를 맡았다. 이제 그는 한 손으로 자신이 맡은 라자로의 반쪽을 지탱하면서 다른 손으로 문을 닫았다. "무게가 닭만큼도 안 나가네요." 그가 말했다.

라자로의 발을 든 영국인은 빌리에게 정신을 잃는 주사를 놓아준 대령이었다.

파란 요정 대모는 창피하기도 하고 화가 나기도 했다. "닭과 싸우는 줄 알았다면 그렇게 열심히 싸우지 않았을 텐데."

"음."

파란 요정 대모는 미국인이 모두 얼마나 역겨운지 솔직하게 털어놓았다. "허약하고, 냄새나고, 자기 연민에 빠져 있다니까요—질질 짜기나 하고, 더럽고, 도둑질이나 하는 새끼들 무리입니다." 그가 말했다. "끔찍한 러시아인보다도 못해요."

"정말 지저분한 무리지." 대령이 맞장구를 쳤다.

그때 독일군 소령이 들어왔다. 그는 영국인들을 가까운 친구로 생각했다. 거의 매일 찾아와 게임도 같이 하고, 독일 역사 강연도 하고, 피아노도 연주하고, 독일어 회화도 가르쳐주었다. 종종 이 교양 있는 사람들과 함께 있지 않았다면 미쳐버렸을 거라고 말하곤 했다. 그의 영어는 훌륭했다.

그는 영국인들이 미국인 징집병들을 견뎌야 하는 상황을 미안해했다. 이런 불편도 하루이틀 정도면 끝날 것이라고, 미국인들은 곧 계약 노동자로 드레스덴으로 보낼 것이라고 약속했다. 그는 독일 감옥 관리자 협회에서 간행한 논문을 갖고 있었다. 독일에서 미국 징집병이 전쟁 포로로서 보여준 행동에 관한 보고서였다. 미국인 출신으로 독일 선전부에서 출세한 사람이 쓴 것이었다. 그의 이름은 하워드 W. 캠벨 주니어였다. 그는 나중에 전범으로 재판을 기다리던 중 목을 매어 자살한다.

뭐 그런 거지.

***

영국인 대령이 라자로의 부러진 팔을 맞추고 깁스를 해주기 위해 석고를 섞는 동안, 독일 소령이 큰 소리로 하워드 W. 캠벨 주니어의 논문에 나오는 구절을 번역해 읽어주었다. 캠벨은 한때 꽤 잘나가던 극작가였다. 논문의 서두는 이렇게 시작되었다.

미국은 지구상에서 가장 부유한 나라지만 그 국민은 대체로 가난하며, 가난한 미국인은 자신을 미워하라고 종용받는다. 미국의 유머 작가 킨 허버드의 말을 인용하자면, "가난하다는 것은 창피한 일이 아니지만, 차라리 창피한 게 나을 것이다". 사실 미국은 가난한 자들의 나라인데도, 미국인이 가난한 것은 범죄다. 다른 모든 나라에는 비록 가난하지만 매우 지혜롭고 덕이 높아 권력과 금력이 있는 누구보다도 존경받는 사람들에 관한 민간전승이 있다. 미국의 가난한 사람들은 그런 이야기를 하지 않는다. 그들은 자신을 조롱하고, 자기보다 나은 사람을 찬양한다. 식당이나 술집 가운데도 가장 초라한 곳—보통 가난한 사람이 직접 운영하는 경우가 많은데—에는 벽에 이런 잔혹한 질문이 걸려 있을 가능성이 아주 높다. "네가 그렇게 똑똑하면 왜 부자가 아닌가?" 또 아이 손바닥만한 성조기도 있을 텐데, 이것은 막대사탕의 막대에 달려 금전등록기 위에서 나부끼고 있을 것이다.

***

뉴욕 주 스키넥터디 토박이인 이 논문의 저자는 어떤 사람들 말에 따르면 교수형으로 죽음과 마주하게 된, 뭐 그런 거지, 모든 전범 가운데 IQ가 가장 높았다.

미국인은 다른 모든 곳의 인간과 마찬가지로 명백히 사실이 아닌 많은 것을 믿고 있다. 논문은 계속해서 말한다. 가장 파괴적인 거짓은 미국인이 돈을 벌기가 아주 쉽다는 것이다. 그들은 실제로는 돈을 버는 것이 매우 어렵다는 것을 인정하지 않으려 하며, 그래서 돈이 없는 사람들은 자신을 탓하고 탓하고 또 탓한다. 이런 내적인 비난은 부유하고 강한 자들에게는 보물이 되어왔다. 그 덕분에 그들은 예를 들어 나폴레옹 시대 이후 다른 어떤 지배계급보다도 가난한 사람들을 위해 공적으로나 사적으로 해야 할 일이 적었다.

많은 새로운 것이 미국에서 나왔다. 이 가운데 가장 놀라운 것, 선례가 없는 것은 위엄을 잃은 가난한 사람들의 무리다. 그들은 자신을 사랑하지 않기 때문에 서로 사랑하지 않는다. 이 점을 이해하면 독일 수용소에 수용된 미국 징집병들이 하는 불쾌한 행동의 수수께끼가 풀린다.

* * *

하워드 W. 캠벨 주니어는 이제 제2차세계대전에 징집된 미군의 군복을 이야기한다. 역사상 다른 모든 군대는 부유하건 아니건 가장 계급 낮은 병사들까지도 술을 마시거나 교접을 하거나 약탈을 하거나 갑자기 죽을 때 자신에게나 다른 사람들에게 세련된 전문가로 보이도록 옷을 입혀왔다. 그러나 미군은 다른 사람 입으라고 만든 걸 뜯어고친 게 분명한 양복을 입고 싸우다 죽게 내보낸다. 이것은 냄새 때문에 코를 틀어쥐고 슬럼가의 주정뱅이에게 옷가지를 나누어주는 자선단체의 선물, 소독은 했지만 다림질은 하지 않은 선물이 분명하다.

멋지게 차려입은 장교는 그런 추레한 차림의 부랑자에게 말할 때 그를 꾸짖는다. 어느 군대의 장교라도 그렇게 할 수밖에 없을 것이다. 그러나 미군 장교의 경멸은 다른 군대의 경우와는 달리 큰아버지가 짐짓 연극을 하는 모습이 아니다. 그것은 가난한 자들, 자신의 비참함을 두고 자신 외에 누구도 탓할 수 없는 자들에 대한 증오를 진심으로 표현하는 것이다.

포로가 된 미군 징집병을 처음 다루는 수용소 행정관들은 주의해야 한다. 심지어 형제들 사이에서도 형제애는 기대하지 마라. 개인 사이에 응집력은 전혀 없을 것이다. 모두가 차라리 죽기를 바라는 침울한 아이처럼 구는 경우도 많을 것이다.

캠벨은 독일인이 포로가 된 미군 징집병들을 만나 어떤 경험을 했는지 이야기한다. 이들은 어디에서나 전쟁 포로들 가운데 가장 자기 연민이 심하고, 우애가 가장 부족하고, 가장 더럽다고 알려져 있다, 캠벨은 그렇게 말한다. 그들은 서로 도울 능력이 없으며 이는 결국 자신에게도 아무런 도움이 되지 않는다. 그들은 그들 가운데서 나온 지도자를 경멸하고, 그를 따르려 하지도, 심지어 그의 말에 귀를 기울이려 하지도 않는다. 그가 자신들보다 나을 것이 없고, 따라서 허세를 부리지 말라는 것이다.

그리고 기타 등등. 빌리 필그림은 잠이 들었다가 일리엄의 텅 빈 집에서 홀아비로 잠을 깼다. 그의 딸 바버러는 신문에 우스꽝스러운 편지를 쓴다고 그를 책망하고 있었다.

***

"제가 한 말 들었어요?" 바버러가 물었다. 다시 1968년이었다.

"그럼." 그는 졸고 있었다.

"애처럼 행동하실 거면 우리도 아버지를 그냥 애처럼 대해야겠어요."

"그게 이다음에 일어나는 일이 아닌데." 빌리가 말했다.

"이다음에 일어나는 일이 뭔지 두고 보자고요." 커다란 바버러는 이제 두 팔로 자신을 끌어안고 있었다. "여기는 끔찍하게 춥네요. 열 올리지 않았어요?"

"열?"

"보일러 말이에요―지하실에 있는 거, 이 통풍장치에서 뜨거운 공기가 나오게 하는 거. 돌아가고 있는 것 같지 않은데요."

"안 돌고 있을걸."

"춥지 않아요?"

"몰랐어."

"맙소사, 정말 어린애군요. 아버지를 여기 혼자 내버려두면 얼어죽고 말 거예요. 굶어죽을 거라고요." 그리고 기타 등등. 그게 바버러에게는 아주 재미있는 일이었다. 사랑이라는 이름으로 그의 존엄을 빼앗아버리는 것이.

***

바버러는 기름 보일러 고치는 사람에게 연락을 하고, 빌리를 침대로 보내며 난방이 들어올 때까지 전기담요 밑에서 나오지 않겠다는 다짐을 받아냈다. 그녀가 담요의 눈금을 가장 높은 곳까지 올려놓자 빌리의 침대는 곧 빵이라도 구울 수 있을 만큼 뜨거워졌다.

바버러가 나가며 문을 쾅 닫는 순간 빌리는 시간 여행을 하여 다시 트랄파마도어의 동물원으로 갔다. 그곳에는 지구에서 막 데려온 짝이 있었다. 영화배우인 몬태나 와일드핵이었다.

*　*　*

몬태나는 진정제를 잔뜩 맞은 상태였다. 방독면을 쓴 트랄파마도어 인들이 그녀를 데리고 들어와, 빌리의 노란 안락의자에 앉혀놓고, 기밀 실을 거쳐 밖으로 나갔다. 밖의 거대한 군중은 기뻐했다. 동물원의 관 객 동원 기록이 깨졌다. 이 행성의 모두가 지구인이 짝짓기하는 것을 보고 싶어했기 때문이다.

몬태나는 벌거벗고 있었고, 물론 빌리도 마찬가지였다. 이제 와서 얘 기지만, 빌리는 자지가 엄청나게 컸다. 누구한테 그런 자지가 달리는지 는 아무도 모르는 일이다.

*　*　*

그녀는 눈까풀을 깜빡거렸다. 속눈썹이 말채찍 같았다. "여기가 대체 어디죠?" 그녀가 말했다.

"괜찮습니다." 빌리가 상냥하게 말했다. "걱정하지 마세요."

몬태나는 지구에서 오는 동안 의식을 잃고 있었다. 트랄파마도어인 은 그녀와 이야기를 나누지 않았고, 그녀에게 자신들의 모습을 드러내 지도 않았다. 그녀가 마지막으로 기억하는 것은 자신이 캘리포니아 주 팜스프링스의 수영장 가에서 일광욕을 하고 있었다는 것이다. 몬태나 는 이제 겨우 스무 살이었다. 목에는 은줄이 걸려 있었고, 거기에 하트 모양 로켓이 매달려 있었다—로켓은 두 젖가슴 사이로 늘어져 있었다.

그녀는 고개를 돌려 돔을 둘러싼 수많은 트랄파마도어인을 보았다. 작은 녹색 손을 빠르게 쥐었다 펴면서 그녀에게 갈채를 보내고 있었다.

몬태나는 비명에 또 비명을 질러댔다.

***

작은 녹색 손들이 꽉 닫혔다. 몬태나의 공포를 보는 것이 너무 불쾌한 일이었기 때문이다. 동물원장은 옆에서 대기하고 있던 크레인 운전수에게 돔 위로 군청색 지붕을 늘어뜨리라고 명령했다. 돔 안을 지구의 밤과 비슷하게 만들려는 것이었다. 동물원에 진짜 밤이 찾아오는 것은 지구 시간으로 예순두 시간마다 한 시간뿐이었다.

빌리는 바닥에 세워놓은 램프의 스위치를 켰다. 하나뿐인 조명을 받자 몬태나의 몸의 바로크적인 세부가 돋을새김으로 선명하게 부각되었다. 빌리는 폭격을 당하기 전 드레스덴의 환상적인 건축물들을 떠올렸다.

***

시간이 지나면서 몬태나는 빌리 필그림을 사랑하고 신뢰하게 되었다. 그는 그녀가 바란다는 것을 분명히 밝히기 전에는 그녀의 몸에 손을 대지 않았다. 그녀는 트랄파마도어에 오고 나서 지구인 시간으로 일주일 정도가 지나자, 수줍은 표정으로 같이 자주겠느냐고 물었다. 그는 그렇게 했다. 천국에 온 것 같았다.

　빌리는 그 기분좋은 침대로부터 시간 여행을 하여 1968년의 침대로 갔다. 일리엄에 있는 그의 침대였고, 전기담요는 높은 온도에 맞춰져 있었다. 그는 땀에 흠뻑 젖어 기진맥진한 상태에서, 딸이 그를 침대에 누이며 기름 보일러를 수리할 때까지 그대로 있으라고 말했던 것을 기억했다.

　누가 그의 방문을 두드렸다.

"네?" 빌리가 말했다.

"보일러 수리하러 온 사람인데요."

"네?"

"이제 잘 돌아갑니다. 열이 올라오고 있어요."

"잘됐네요."

"쥐가 온도조절장치에서 나오는 전선을 갉아먹었더군요."

"그럴 수가."

　빌리는 코를 킁킁거렸다. 뜨거운 침대에서 지하 버섯 재배실 같은 냄새가 났다. 몬태나 와일드핵 꿈을 꾸다 몽정을 한 것이다.

*　*　*

　몽정 다음날 아침 빌리는 쇼핑센터에 있는 진료실로 다시 출근하기로 했다. 사업은 평소처럼 번창하고 있었다. 조수들이 잘 유지하고 있었다. 그들은 빌리를 보고 놀랐다. 그의 딸에게서 그가 앞으로 다시 일을 하지 않을지도 모른다는 이야기를 들었기 때문이다.

그러나 빌리는 활달한 걸음으로 검안실로 들어가 첫번째 환자를 들여보내라고 말했다. 조수들은 환자를 한 명 들여보냈다—홀어머니와 함께 온 열두 살 난 남자 아이였다. 빌리에게는 낯선 얼굴들이었다. 새로 이사 온 사람들이었기 때문이다. 빌리는 그들에게 신상과 관련된 것을 조금 묻다가 아이 아버지가 베트남에서 전사한 것을 알게 되었다—닥또 근처 875고지를 차지하기 위한 유명한 5일 전투에서였다. 뭐 그런 거지.

＊＊＊

　빌리는 아이를 검안하다 사무적인 이야기를 하듯이 트랄파마도어 모험 이야기를 했고, 아버지 없는 아이에게 아버지는 아이가 계속 다시 보게 될 순간들 속에 여전히 잘 살아 있다고 장담했다.
　"좀 위로가 되니?" 빌리가 물었다.
　그러자 진료실 안 어딘가에 있던 아이 어머니가 밖으로 나가 접수처 직원에게 빌리가 미친 게 분명하다고 말했다. 사람들이 빌리를 집으로 데려갔다. 딸은 다시 물었다. "아버지, 아버지, 아버지—우리가 아버지를 도대체 어떻게 해야 하는 거예요?"

6

들어보라.

빌리 필그림은 러시아 전쟁 포로들을 가두는 죽음의 수용소 한가운데 있는 영국인 단지에서 모르핀을 맞고 밤을 보낸 다음날 독일의 드레스덴으로 갔다고 말한다. 빌리는 1월의 그날 새벽에 잠을 깼다. 작은 병원에는 창이 없었고, 유령 같은 촛불은 꺼진 뒤였다. 따라서 벽에 바늘로 찌른 듯한 작은 구멍들, 그리고 딱 맞지 않아 대충 직사각형 모양으로 문의 윤곽을 드러내며 흘러나오는 빛이 유일했다. 팔이 부러진 폴라자로는 침대에서 코를 골고 있었다. 결국 총살을 당하는 고등학교 교사 에드거 더비는 다른 침대에서 코를 골고 있었다.

빌리는 침대에 일어나 앉았다. 몇 년인지, 어느 행성인지 전혀 알 수 없었다. 행성의 이름이 무엇이든 추웠다. 하지만 빌리가 잠에서 깬 것은 추위 때문이 아니었다. 몸이 떨리고 근질거리는 것은 동물 자력 때문이었다. 열심히 운동을 하고 있었던 것처럼 근육조직 깊은 곳에서 통증이 느껴졌다.

동물 자력은 뒤쪽에서 오고 있었다. 어디에서 오는 것인지 추측을 해보라고 누가 말했다면, 뒤쪽 벽에 흡혈박쥐가 거꾸로 매달려 있다고 답했을 것이다.

빌리는 고개를 돌려 거기에 무엇이 있는지 보기 전에 먼저 간이침대 발치로 내려갔다. 그 동물이 자신의 얼굴로 떨어져, 눈을 발톱으로 파내거나 커다란 코를 물어뜯는 건 원치 않았기 때문이다. 이윽고 뒤로 고개를 돌렸다. 자력을 뿜어내는 것은 실제로 박쥐를 닮았다. 하지만 박쥐가 아니라 모피 칼라가 달린 빌리의 공연단장 외투였다. 벽의 못에 걸려 있었다.

빌리는 어깨 너머로 외투를 보며 뒤쪽으로 움직여 외투를 향해 다가갔다. 자력이 증가하는 것이 느껴졌다. 이윽고 외투를 마주보고, 침대에서 무릎을 꿇고, 용기를 내어 여기저기 만져보았다. 자력이 뿜어져 나오는 정확한 출처를 찾고 있었다.

그는 작은 출처 두 곳을 찾아냈다. 안감 안에 감춰진 채 서로 2센티미터쯤 떨어져 있는 덩어리 두 개였다. 하나는 콩처럼 생겼다. 또하나는 작은 말굽처럼 생겼다. 빌리는 자력이 전하는 메시지를 받았다. 그 덩어리들이 무엇인지 알려고 하지 말라는 이야기를 들었다. 그 본성을 알려고 하지만 않으면 덩어리들이 그를 위해 기적을 일으킬 것이니, 빌리는 그 사실을 아는 것만으로 만족하라는 조언을 들었다. 빌리 필그림은 그것만으로 좋았다. 고마웠다. 기뻤다.

***

빌리는 졸다가 다시 수용소 병원에서 잠을 깼다. 해는 높이 솟아 있었다. 밖에서는 힘센 남자들이 목재들을 세우느라 단단하고 단단한 땅에 구멍을 파고 있어서 골고다* 같은 소리가 들렸다. 영국인들이 새 변소를 짓고 있었다. 그들은 낡은 변소를 미국인들에게 넘겼다—극장, 그러니까 잔치가 열렸던 곳도.

영국인 여섯 명이 매트리스를 여러 장 포개 쌓은 당구대를 들고 비틀거리며 병원을 통과했다. 병원에 붙은 숙소로 옮기고 있었다. 다트 판을 들고 자신의 매트리스를 질질 끄는 영국인이 그 뒤를 따랐다.

다트 판을 든 남자는 꼬마 폴 라자로를 두들겨 팼던 파란 요정 대모였다. 그는 병상 옆에서 발을 멈추고 라자로에게 어떠냐고 물었다.

라자로는 전쟁이 끝나면 사람을 시켜 그를 죽이겠다고 대꾸했다.

"그래?"

"너 큰 실수 한 거야." 라자로가 말했다. "누구든 나를 건드릴 거면 아예 죽이는 게 나아. 아니면 내가 그 새끼를 죽일 거니까."

파란 요정 대모는 죽이는 일에 관해서라면 아는 게 좀 있었다. 그는 라자로를 보며 의미심장하게 웃음을 지었다. "내가 너를 죽일 시간은 아직 충분해." 그가 말했다. "그렇게 하는 게 뒤탈 없는 일이라고 네가 정말로 나를 설득한다면 말이지."

"좆 까고 자빠졌네."

---

* 예수를 십자가에 못박은 곳.

"안 까본 줄 알아?" 파란 요정 대모가 대꾸했다.

***

파란 요정 대모는 잘난 척하며 즐거운 표정으로 자리를 떴다. 그가 사라지자 라자로는 반드시 복수를 하겠다고 빌리와 가엾은 늙은 에드 거 더비에게 다짐하며, 복수는 달콤한 것이라고 덧붙였다.

"그게 세상에서 가장 달콤한 거야." 라자로가 말했다. "나한테 좆같이 군 인간들, 정말이지 그 인간들은 좆나게 후회하게 될 거야. 나는 좋아라 웃음을 터뜨리고 말이야. 남자든 여자든 상관없어. 미합중국 대통령이라고 해도 나한테 좆같이 굴면 나는 제대로 손을 봐버려. 내가 어떤 개한테 한 짓을 봤어야 하는데."

"개?" 빌리가 말했다.

"개새끼가 나를 물었거든. 그래서 스테이크를 좀 구하고, 시계에서 스프링을 빼냈지. 그 스프링을 잘게 잘랐어. 그리고 조각마다 끝을 뾰족하게 갈았지. 면도날처럼 예리해지더군. 그걸 스테이크에 쑤셔넣었어─아주 깊이. 그런 다음에 개를 묶어둔 곳을 지나갔지. 그 새끼가 나를 다시 물려고 하는 거야. 내가 그 새끼한테 말했지. '이봐, 멍멍아─우리 잘 지내보자고. 원수처럼 지내는 건 그만두자고. 나는 미친놈이 아니거든.' 그랬더니 그 새끼가 믿더라고."

"그래?"

"그래서 그 새끼한테 스테이크를 던져줬지. 그 새끼는 입을 크게 벌리더니 한번에 덥석 삼켰어. 나는 십 분 동안 그 주위를 어슬렁거렸지."

이제 라자로의 눈이 반짝거리고 있었다. "그 새끼 입에서 피가 흐르기 시작했어. 깽깽거리기 시작하더니 바닥을 뒹굴더라고, 안이 아니라 밖에서 칼에 찔린 것처럼 말이야. 그러더니 제 속을 물어뜯으려고 난리를 치는 거야. 나는 막 웃으면서 그 새끼한테 말했어. '이제 정신이 제대로 돌아오냐. 그렇게 창자를 다 찢어발겨 내뱉으며 처울어라, 새꺄. 안에서 칼로 쑤셔대고 있는 게 바로 나다.'" 뭐 그런 거지.

"누가 인생에서 가장 달콤한 게 뭐냐고 물어본다면—" 라자로가 말했다. "그건 복수야."

**

그러나 나중에 드레스덴이 파괴되었을 때 라자로는 기뻐 날뛰지 않았다. 독일인에게는 아무런 반감이 없다, 그게 그의 말이었다. 게다가, 그는 적을 한 번에 하나씩 처리하고 싶다고 말했다. 그는 무고한 구경꾼을 한 번도 해치지 않은 것에 자부심을 느끼고 있었다. "아무도 라자로한테 그런 일을 당한 적은 없어." 그가 말했다. "당할 짓을 한 놈이 아니라면."

**

고등학교 교사인 가엾은 늙은 에드거 더비가 대화에 끼어들었다. 그는 라자로에게 파란 요정 대모에게도 시계 스프링과 스테이크를 먹일 계획이냐고 물었다.

"젠장." 라자로가 말했다.

"그 친구 덩치가 아주 크던데." 더비가 말했다. 물론 더비 자신도 덩치가 아주 컸다.

"덩치는 아무런 의미 없어."

"총으로 쏘려고?"

"총에 맞게 만들 거야." 라자로가 말했다. "저 새끼는 전쟁이 끝나면 집에 갈 거야. 엄청난 영웅이 되어 있겠지. 여자들도 달려들어 깍깍거릴 거고. 그러다 정착을 하겠지. 그렇게 두어 해가 지날 거야. 그러다가 어느 날 문을 두드리는 소리가 들려. 저 새끼가 문을 열면, 처음 보는 사람이 서 있을 거야. 처음 보는 사람은 저 새끼한테 누구누구가 맞느냐고 묻겠지. 저 새끼가 맞다고 하면 처음 보는 사람은 이렇게 말할 거야. '폴 라자로가 보냈다.' 그러면서 총을 꺼내 저 새끼 자지를 쏴버리는 거야. 낯선 사람은 잠시 여유를 줘. 그동안 폴 라자로가 누구인지, 자지 없는 인생이 어떨지 생각하라는 거지. 그런 다음에 배에 한 방을 먹이고 떠나버리는 거야." 뭐 그런 거지.

***

라자로는 천 달러에 출장 경비만 주면 세상 누구라도 죽일 수 있다고 말했다. 머릿속에 명단이 들어 있다, 그는 그렇게 말했다.

더비가 명단에 있는 게 도대체 다 누구냐고 묻자 라자로가 대답했다. "너나 명단에 안 올라가게 조심해, 씨발. 그냥 나를 배신하지만 마, 그럼 돼." 정적이 흘렀고, 곧 그가 덧붙였다. "또 내 친구들만 배신하지 말고."

"너한테 친구가 있어?" 더비가 알고 싶어했다.

"전쟁터에서?" 라자로가 말했다. "그럼―전쟁터에서 만난 친구가 있었지. 지금은 죽었어." 뭐 그런 거지.

"그거 안됐구먼."

라자로의 눈이 다시 반짝였다. "그래. 유개화차에서 어울린 친구였지. 이름이 롤런드 위어리였어. 내 품에서 죽었어." 그러면서 그는 움직일 수 있는 한쪽 손으로 빌리를 가리켰다. "그 친구는 여기 이 멍청한 좆빨이 때문에 죽었어. 그래서 이 멍청한 좆빨이가 전쟁 후에 총에 맞아 죽게 해주겠다고 약속했지."

빌리 필그림이 무슨 말을 하려 했지만 라자로가 손을 저어 지워버렸다. "그냥 잊어버려, 꼬마야." 그가 말했다. "그냥 즐길 수 있을 때 인생을 즐겨. 어쩌면 5년, 10년, 15년, 20년 동안 아무 일이 일어나지 않을지도 몰라. 하지만 한 가지만 충고하지. 초인종이 울릴 때는 반드시 다른 사람한테 가서 문을 열라고 해."

***

이제 빌리 필그림도 자신이 정말 그런 식으로 죽게 될 것이라고 말한다. 그는 시간여행자로서 자신의 죽음을 여러 번 봤고, 녹음기를 틀어놓고 그것을 묘사하기도 했다. 이 테이프는 그의 유언장, 다른 귀중품 몇 가지와 함께 일리엄 상업신탁은행의 안전금고에 넣고 잠가놓았다, 그는 그렇게 말한다.

나, 빌리 필그림은 1976년 2월 13일에 죽을 것이고, 죽었고, 늘 죽을 것이다. 테이프는 그렇게 시작한다.

죽을 때 그는 시카고에서 많은 군중을 앞에 두고 비행접시와 시간의 진정한 본질이라는 주제로 연설을 하고 있을 것이다, 빌리는 그렇게 말한다. 그의 고향은 여전히 일리엄이다. 그는 시카고에 오려고 국경을 세 개나 넘어야 했다. 미합중국은 소국들로 분열되어 있다. 작은 나라 스무 개로 분할되어 있어, 다시는 세계 평화에 위협이 되지 않을 것이다. 시카고는 성난 중국인들의 수소폭탄 공격을 받은 적이 있다. 뭐 그런 거지. 그래서 완전히 새롭게 바뀌었다.

빌리는 지오데식 돔으로 덮인 야구장에 가득찬 청중 앞에서 연설을 하고 있다. 국기가 뒤에 있다. 녹색 들판에 헤리퍼드종 소가 그려진 국기다. 빌리는 자기가 한 시간 안에 죽는다고 예언한다. 그러면서 웃음을 터뜨리고, 청중도 함께 웃자고 권한다. "지금이 내가 죽기 가장 좋을 때입니다." 그는 말한다. "오래전에 어떤 사람이 손을 써서 나를 죽이겠다고 다짐했습니다. 그 사람은 이제 늙었는데, 여기서 멀지 않은 곳에 살고 있지요. 그 사람은 내가 여러분의 아름다운 도시에 나타날 거라고 알리는 홍보물을 모두 읽었습니다. 지금 그 사람은 제정신이 아닙니다. 오늘밤에 그 사람은 자신이 한 말을 지킬 겁니다."

청중석에서 그래서는 안 된다는 외침이 나왔다.

빌리 필그림은 그들을 꾸짖었다. "여러분이 그래서는 안 된다고 말한다면, 죽음이 끔찍한 거라고 생각한다면, 여러분은 내가 한 말을 한마디도 이해하지 못한 겁니다." 그는 자신의 모든 연설을 마무리하는 말로 이번 연설도 마무리한다―이런 말이다. "안녕히 계세요, 안녕하세요, 안녕히 계세요, 안녕하세요."

무대를 떠나는 그를 경찰이 둘러싸고 있다. 몰려드는 사람들로부터 그를 보호해주려는 것이다. 그러나 그는 1945년 이래 생명의 위협을 느껴본 적이 없다. 경찰은 계속 그의 곁에 있어주겠다고 말한다. 밤새 그의 주위에 원을 그리고 서 있는 건 일도 아니라는 표정이다. 불그레해진 얼굴로 광선총을 꺼내들고 있다.

"아니, 아닙니다." 빌리가 차분하게 말한다. "여러분은 처자식이 있는 집에 갈 때이고, 나는 잠시 죽을 때입니다—그랬다가 또다시 살아가지요." 그 순간 빌리의 튀어나온 이마가 고출력 레이저 총의 십자형 조준선에 들어온다. 어두워진 기자석에서 그를 향해 겨눈 총이다. 다음 순간 빌리 필그림은 죽는다. 뭐 그런 거지.

이렇게 빌리는 죽음을 잠시 경험한다. 그냥 보라색 빛, 그리고 콧노래를 부르는 듯한 소리뿐이다. 그곳에는 다른 누구도 없다. 심지어 빌리 필그림도 없다.

**

이윽고 그는 그네가 다시 돌아오듯 삶으로 들어온다. 라자로가 그를 죽이겠다고 위협하고 나서 한 시간 뒤까지 쭉 들어온다—1945년이다. 병상에서 나가 옷을 입어도 좋다는, 이제 괜찮다는 말을 들은 참이다. 그와 라자로와 가엾은 늙은 에드거 더비는 극장에 있는 동료들과 합류할 것이다. 그곳에서 자유선거를 치러 비밀투표로 그들의 지도자를 선택할 것이다.

***

　빌리와 라자로와 가엾은 늙은 에드거 더비는 수용소 뜰을 가로질러 극장으로 갔다. 빌리는 작은 외투를 여자들의 방한용 토시처럼 들고 갔다. 외투로 두 손을 친친 감싼 것이다. 그는 저 유명한 유화 〈76년의 정신〉*을 의도치 않게 어설피 흉내낸 장면에서 한가운데 선 어릿광대였다.

　에드거 더비는 머릿속에서 집에 편지를 쓰고 있었다. 아내에게 자신은 살아 있고 건강하다고, 걱정하지 말라고, 전쟁은 거의 끝났다고, 곧 집에 갈 거라고 말하고 있었다.

　라자로는 전쟁이 끝나고 그가 손을 써서 죽일 사람들, 그가 할 나쁜 짓들, 손을 써서 원하든 원하지 않든 자신과 씹을 하게 할 여자들에 관해 혼잣말을 하고 있었다. 만일 그가 도시의 개였다면 경찰관이 그를 쏜 다음 광견병이 있는지 보려고 머리를 실험실에 보냈을 것이다. 뭐 그런 거지.

　그들은 극장으로 가다가 장화 뒤축으로 땅에 길게 홈을 파고 있는 영국인을 만났다. 그는 수용소의 미국인 구역과 영국인 구역 사이의 경계를 표시하고 있었다. 빌리와 라자로와 더비는 그 금이 무엇을 뜻하는지 물어볼 필요가 없었다. 그것은 어릴 때부터 익숙한 상징이었다.

＊ 화가 아치볼드 윌러드의 작품. 남자 세 명이 악기를 연주하며 걷는 그림으로, 미국독립선언(1776) 백 주년을 기념하기 위해 그렸다.

제5도살장　181

* * *

극장은 숟가락처럼 겹쳐 누워 있는 미국인의 몸으로 빈틈없이 덮여 있었다. 대부분 혼수상태거나 잠이 들어 있었다. 창자가 바싹 말라 퍼덕거리고 있었다.

"씨발 문 좀 닫아." 누군가 빌리에게 말했다. "너는 헛간에서 태어났나?"

* * *

빌리는 문을 닫고, 토시에서 손을 빼고, 난로를 만졌다. 얼음처럼 차가웠다. 무대는 여전히 〈신데렐라〉를 공연하려고 꾸며놓은 그대로였다. 소름 끼치는 분홍색 아치들에 하늘색 커튼이 걸려 있었다. 황금 왕좌 몇 개와 모형 시계가 있었는데, 시곗바늘은 자정에 고정되어 있었다. 조종사 장화에 은색을 칠한 신데렐라의 신발은 뒤집힌 채 한 황금 왕좌 밑에 놓여 있었다.

빌리와 가엾은 늙은 에드거 더비와 라자로는 영국인들이 담요와 매트리스를 나누어줄 때 병원에 있었기 때문에 아무것도 받지 못했다. 임시변통으로 쓸 것을 만들어야 했다. 빈 공간은 무대 위뿐이었기 때문에, 그들은 그곳으로 올라가 하늘색 커튼을 끌어내려 잠자리를 만들었다.

하늘색 잠자리에 몸을 웅크린 빌리는 무심코 왕좌 밑에 놓인 신데렐라의 신발을 빤히 바라보고 있었다. 그 순간 자신의 구두가 망가졌다는 것, 자신에게 장화가 필요하다는 것이 기억났다. 잠자리에서 나오고 싶지는 않았지만, 억지로 몸을 빼냈다. 그는 네 발로 기어가 장화를 신어보았다.

장화는 완벽하게 맞았다. 빌리 필그림은 신데렐라였고, 신데렐라는 빌리 필그림이었다.

***

그곳 어딘가에서 영국인 대표가 개인위생에 관하여 강연을 했고, 이어 자유선거가 거행되었다. 미국인 가운데 적어도 반은 그런 일이 벌어지는 동안 내내 졸았다. 영국인 대표는 무대에 올라가, 멋으로 들고 다니는 짧은 지팡이로 왕좌의 팔걸이를 두드리며 소리쳤다. "친구들, 친구들, 친구들―주목 좀 해주시겠습니까, 네?" 계속 그렇게 그렇게.

***

영국인 대표는 생존에 관하여 이렇게 말했다. "외모에 대한 자부심을 포기하면 곧 죽게 됩니다." 그는 그래서 죽은 사람을 여러 명 보았다고 말했다. "허리를 펴고 똑바로 서는 걸 포기하더니, 면도하거나 세수하는 걸 포기하더니, 침대에서 나오는 걸 포기하더니, 말하는 걸 포기하더니, 죽더라고요. 그 점에 대하여 이거 한마디는 할 수 있겠습니다. 그게 아주 쉽게 고통 없이 가는 방법인 건 분명하다." 뭐 그런 거지.

***

　이 영국인은 포로가 되었을 때 스스로 다음과 같은 서약을 하고 지켰다고 말했다. 하루에 두 번 이를 닦고, 하루에 한 번 면도를 하고, 매번 식사를 하기 전과 변소에 갔다 온 뒤에 세수를 하고, 하루에 한 번 구두를 닦고, 매일 아침 적어도 삼십 분 운동을 하고 나서 변을 보고, 자주 거울을 보고, 자신의 겉모습, 특히 자세를 솔직하게 평가한다.

　빌리 필그림은 자리에 누운 채 이 이야기를 다 들었다. 그는 영국인의 얼굴이 아니라 발목을 보고 있었다.

　"친구들, 여러분이 부럽습니다." 영국인이 말했다.

　누군가 웃음을 터뜨렸다. 빌리는 그게 왜 웃긴지 궁금했다.

　"친구들, 여러분은 오늘 오후에 드레스덴으로 떠납니다—아름다운 도시라고 들었습니다. 여러분은 우리처럼 갇혀 있지 않겠지요. 여러분은 삶이 있는 곳으로 나가게 될 거고, 식량도 틀림없이 여기보다 풍부할 겁니다. 개인적인 이야기를 하나 끼워넣어도 된다면, 나는 나무나 꽃이나 여자나 아이를 못 본 지 이제 5년이 되었습니다—또 개나 고양이나 즐거운 장소나 무엇이든 쓸모 있는 일을 하는 인간을 본 지도.

　아, 여러분은 폭탄 걱정은 할 필요가 없을 겁니다. 드레스덴은 국제법으로 보호받는 비무장 도시거든요. 방비를 하지도 않고, 군수산업도 없고, 이렇다 할 규모의 병력이 모여 있지도 않습니다."

***

　그곳 어딘가에서 늙은 에드거 더비가 미국인 대표로 선출되었다. 영국인 대표는 참가자들더러 추천해달라 요청했지만, 아무도 입을 열지 않았다. 그래서 영국인은 더비를 추천하면서, 그의 성숙함과 오랜 기간 사람을 다루어본 경험을 장점으로 꼽았다. 더 추천이 없었기 때문에 추천은 그것으로 마감되었다.

　"모두 찬성인가요?"

　두세 명이 말했다. "찬성이오."

　그러자 가엾은 늙은 더비가 연설을 했다. 영국인 대표의 훌륭한 조언에 감사했고, 그것을 그대로 따를 생각이라고 말했다. 다른 모든 미국인도 그렇게 할 거라 확신한다고 말했다. 이제 자신의 첫번째 책임은 정말이지 모두가 반드시 안전하게 고향에 가게 해주는 것이라고 말했다.

　"가서 굴러다니는 도넛하고 떡이나 쳐라." 폴 라자로가 하늘색 잠자리에 누운 채 중얼거렸다. "가서 달하고 떡이나 치라고."

***

　그날은 기온이 엄청나게 올라가, 정오에는 훈훈해졌다. 독일인들은 바퀴 두 개 달린 수레에 수프와 빵을 실어 러시아인더러 끌고 오게 했다. 영국인은 진짜 커피와 설탕과 마멀레이드와 담배와 시가를 보내주었다. 극장 문을 열어두어 온기가 안으로 들어올 수 있었다.

미국인들은 기분이 훨씬 나아졌다. 그들은 먹을 것을 챙길 수 있었다. 이윽고 드레스덴으로 갈 시간이 되었다. 미국인들은 아주 맵시 있게 행군하여 영국인 수용소에서 나갔다. 빌리 필그림이 다시 행렬을 이끌었다. 이제 은색 장화를 신고 팔에 토시를 끼웠으며, 몸에는 토가처럼 하늘색 커튼을 두르고 있었다. 빌리는 여전히 턱수염을 기르고 있었다. 옆에 있는 가엾은 늙은 에드거 더비도 마찬가지였다. 더비는 집에 보내는 편지를 상상하고 있었다. 그의 입술이 떨리며 움직였다.

마거릿에게—우리는 오늘 드레스덴으로 떠나고 있어. 걱정 마. 그곳은 절대 폭격을 당하지 않을 거야. 그곳은 비무장 도시야. 정오에 선거가 있었는데, 어떻게 된 줄 알아? 그리고 기타 등등.

그들은 다시 수용소 철도역에 이르렀다. 올 때는 겨우 열차 두 량으로 왔다. 떠날 때는 네 량이라 훨씬 편안하게 가게 되었다. 그들은 죽은 부랑자를 다시 보았다. 철로 옆의 잡초 속에 뻣뻣하게 얼어 있었다. 태아의 자세로, 죽어서도 다른 사람들과 숟가락처럼 몸을 겹치고 있으려 했다. 그러나 다른 사람들은 없었다. 그는 희박한 공기와 재에 몸을 겹치고 있었다. 누군가 그의 장화를 벗겨갔다. 맨발은 푸르스름한 상앗빛이었다. 어쩐 일인지 괜찮았다, 그가 죽었다는 게. 뭐 그런 거지.

***

드레스덴까지 가는 길은 희희낙락했다. 겨우 두 시간밖에 안 걸렸다. 쪼그라들었던 작은 배들은 가득차 있었다. 환풍구로 햇빛과 부드러운 공기가 들어왔다. 영국인들이 준 담배도 넉넉했다.

미국인들은 오후 다섯시에 드레스덴에 도착했다. 유개화차 문이 열렸고, 열린 문간이 만든 사각형 안에 도시가 나타났다. 미국인들 대부분은 그렇게 예쁜 도시를 본 적이 없었다. 스카이라인은 복잡하고 관능적이고 매혹적이고 비현실적이었다. 빌리 필그림에게는 주일학교에서 보여주는 천국 그림처럼 보였다.

유개화차에서 그의 뒤에 있던 누군가가 "오즈*다" 하고 말했다. 그 말을 한 사람이 나였다. 바로 나. 그때까지 내가 본 유일한 다른 도시는 인디애나 주 인디애나폴리스뿐이었다.

*　*　*

독일의 다른 큰 도시는 모두 사납게 폭격을 받아 불타버렸다. 그러나 드레스덴은 유리창에 금 하나 간 곳이 없었다. 매일 사이렌이 울리기 시작하여 미친듯이 비명을 질러대면 사람들은 지하실로 내려가 그곳에서 라디오를 들었다. 그러나 비행기들은 늘 다른 곳으로 향했다―라이프치히, 켐니츠, 플라우엔, 그런 곳들로. 뭐 그런 거지.

드레스덴에서는 증기 방열기가 여전히 명랑하게 휘파람을 불어댔다. 노면전차들이 뗑그렁 소리를 내며 달렸다. 전화벨이 울리고 사람들이 전화를 받았다. 스위치를 올리거나 내리면 불이 켜지고 꺼졌다. 극장과 레스토랑이 있었다. 동물원이 있었다. 도시의 주요 산업은 제약과 식품 가공과 담배 제조였다.

---

*『오즈의 마법사』에 나오는 환상의 세계.

늦은 오후가 되어 사람들이 퇴근을 하고 있었다. 다들 피곤했다.

***

드레스덴 사람 여덟 명이 기차역의 스파게티처럼 뻗은 강철을 건너왔다. 새 군복을 입고 있었다. 전날 입대한 사람들이었다. 소년들과 중년을 넘긴 남자들, 그리고 러시아에서 총을 맞아 몸이 박살났던 고참병두 명이었다. 그들의 임무는 미국인 전쟁 포로 백 명을 관리하는 것이었는데, 이 포로들은 도급 노동을 할 예정이었다. 이 경비대에는 할아버지와 손자도 있었다. 할아버지는 건축가였다.

경비병 여덟 명은 감시해야 할 사람들을 실은 유개화차로 다가가면서 모질어졌다. 자신들이 얼마나 병약하고 어리석은 병사로 보일지 잘 알고 있었다. 실제로 한 명은 의족을 달고, 장전된 총만이 아니라 지팡이도 들고 있었다. 그럼에도—그들은 전선의 살인 현장에서 막 빠져나온 크고 건방지고 흉악한 미군 보병들로부터 복종과 존중을 얻어내야할 입장이었다.

그들은 파란 토가를 두르고 은색 장화를 신고 두 손을 토시에 끼우고 턱수염을 기른 빌리 필그림을 보았다. 적어도 예순 살은 되어 보였다. 빌리 옆에는 팔이 부러진 꼬마 폴 라자로가 있었다. 그는 광견병에 걸린 것처럼 쉬익쉬익 거품을 뿜고 있었다. 라자로 옆에는 가엾은 늙은 고등학교 교사 에드거 더비가 애처롭게도 애국심과 중년의 나이와 현실에는 존재하지 않는 지혜를 잔뜩 품고 있었다. 그리고 기타 등등.

우스꽝스러운 드레스덴인 여덟 명은 이 우스꽝스러운 인간 백 명이 정말로 전선에서 막 잡혀온 미군 전투 부대원이라는 사실을 확인했다. 그들은 미소를 지었고, 이어 웃음을 터뜨렸다. 공포는 증발해버렸다. 두려워할 필요가 없었다. 여기에는 그들처럼 장애인이 된 사람, 그들 같은 바보가 더 많았던 것이다. 한 편의 경가극輕歌劇이었다.

*　*　*

　그렇게 경가극은 철도역 정문에서 나와 드레스덴 거리로 행군해 갔다. 빌리 필그림은 스타였다. 행렬을 이끌었다. 보도에는 수많은 사람들이 있었다. 다들 퇴근하는 길이었다. 다들 축축했고 퍼티 같은 색깔이었다. 지난 2년 동안 거의 감자만 먹었다. 따뜻한 하루를 보내는 것 이상의 축복을 기대한 적이 없었다. 그런데 갑자기—여기 재미있는 일이 생긴 것이다.

　빌리는 자신을 그렇게 재미있게 여기는 눈길을 별로 눈치채지 못했다. 도시의 건축물에 매혹되어 있었기 때문이다. 명랑한 큐피드가 창위에서 화환을 엮고 있었다. 짓궂은 목신과 벌거벗은 님프가 꽃줄로 장식된 배내기에서 아래쪽의 빌리를 엿보고 있었다. 돌 원숭이들이 소용돌이와 대나무 사이를 뛰어 돌아다니고 있었다.

　빌리는 미래의 기억 때문에 이 도시가 작은 파편들로 박살이 난 뒤 불에 타리라는 것을 알았다—한 30일 남짓 지나면. 또 그를 지켜보고 있는 사람들 대부분이 죽을 것이라는 사실도 알았다. 뭐 그런 거지.

　빌리는 행군하면서 토시 안에서 두 손을 움직였다. 토시의 뜨거운 어둠 속에서 움직이는 손가락들은 작은 공연단장의 외투 안감에 담긴 덩어리 두 개가 무엇인지 알고 싶어했다. 손가락들은 안감 안으로 들어 갔다. 손가락들은 덩어리, 콩 모양으로 생긴 것과 말발굽 모양으로 생긴 것을 만져보았다. 행렬은 혼잡한 모퉁이에서 멈춰야 했다. 신호등이 빨간색이었기 때문이다.

***

모퉁이에, 보행인들 앞줄에, 하루종일 수술을 하고 나온 외과의가 있었다. 그는 민간인이었지만, 자세는 군인 같았다. 그는 두 번의 세계대전에 참전했다. 그에게는 빌리의 모습이 거슬렸다. 경비병들로부터 빌리가 미국인이라는 것을 알게 된 뒤라 더 그랬다. 그가 보기에 빌리의 취향은 혐오스러웠다. 그는 빌리가 그런 식으로 의상을 갖추려고 쓸데없이 수고를 많이 했다고 생각했다.

외과의는 영어를 할 줄 알았기 때문에 빌리에게 말했다. "내가 보니 당신은 전쟁이 아주 희극적이라고 생각하는 것 같군."

빌리는 멍한 눈으로 그를 보았다. 순간적으로 여기가 어디인지, 어쩌다 여기에 오게 되었는지 잊어버렸다. 그는 사람들 눈에 자신이 어릿광대짓을 하는 양 비치고 있다는 사실을 전혀 모르고 있었다. 물론 그에게 그런 의상을 입힌 것은 운명의 여신이었다―운명의 여신, 그리고 살아남고자 하는 약한 의지.

"당신은 우리가 웃기를 기대한 건가?" 의사가 빌리에게 물었다.

의사는 어떤 만족을 요구하고 있었다. 빌리는 어리둥절했다. 빌리는 할 수만 있다면 친근하게 굴고 싶었고 돕고 싶었지만, 자원이 빈약했다. 이제 손가락들은 외투 안감에 있는 두 물체를 쥐고 있었다. 빌리는 의사에게 그것이 무엇인지 보여주기로 마음먹었다.

"당신은 우리가 조롱당하고도 좋아할 거라고 생각했나?" 의사가 말했다. "그리고 그런 식으로 미국을 대표하는 게 자랑스러운가?"

빌리는 토시에서 손을 빼내 의사의 코밑까지 들어올렸다. 손바닥에는 2캐럿짜리 다이아몬드와 틀니 조각이 있었다. 틀니는 작고 외설적인 물건이었다—은색과 진주색과 귤색이 섞여 있었다. 빌리는 웃음을 지었다.

* * *

행렬은 껑충거리며, 비틀거리며, 휘청거리며 드레스덴 도살장 정문으로 가, 그 안으로 들어갔다. 도살장은 이제 혼잡한 곳이 아니었다. 독일의 발굽 달린 동물은 거의 모두 인간들, 그 가운데서도 주로 군인들이 죽이고 먹고 배설했다. 뭐 그런 거지.

미국인들은 정문 안의 다섯번째 건물로 이끌려갔다. 시멘트벽돌로 지은 네모난 단층 건물로, 앞뒤에 미닫이문이 달려 있었다. 곧 도살당할 돼지들을 가두어두려고 지은 건물이었다. 이제는 미군 전쟁 포로 백 명을 위한, 집에서 멀리 떨어진 집 역할을 할 것이었다. 안에는 침상들, 배불뚝이 난로 두 개, 수도꼭지 하나가 있었다. 건물 뒤는 변소였는데, 가로장 하나짜리 담 밑에 들통들이 놓여 있었다.

건물 문에는 커다랗게 번호가 적혀 있었다. 5였다. 미국인들이 안에 들어가기 전에 유일하게 영어를 하는 경비병이 큰 도시에서 길을 잃어버릴 경우에 대비해 간단한 주소를 외우라고 말했다. 그들의 주소는 '슐라흐토프 – 퓐프Schlachthof-fünf'였다. 슐라흐토프는 도살장이란 뜻이었다. 퓐프는 너무나도 친근한 5였다.

7

그로부터 25년 뒤 빌리 필그림은 일리엄에서 전세 비행기에 올라탔다. 이 비행기가 추락할 건 알았지만 그런 말을 해서 바보 취급을 당하고 싶지 않았다. 비행기는 빌리와 다른 검안사 스물여덟 명을 검안사 대회가 열리는 몬트리올까지 실어나를 예정이었다.

아내 발렌시아는 비행기 밖에 있었고, 장인 라이오넬 머블은 옆에 안전띠를 매고 앉아 있었다.

라이오넬 머블은 기계 같았다. 물론 트랄파마도어인은 우주의 모든 동물과 식물이 기계라고 말한다. 자신이 기계라는 말에 불쾌해하는 지구인이 그렇게 많다는 것을 재미있게 생각한다.

비행기 밖에서 발렌시아 머블 필그림이라는 기계는 피터 폴 마운드 바를 먹으며 손을 흔들고 있었다.

***

    비행기는 무사히 이륙했다. 이 순간은 그렇게 구조화되어 있었다. 비행기에는 남성 사중창단이 타고 있었다. 그들도 검안사들이었다. 이들은 스스로 '페브스Febs'라고 불렀는데, 이것은 '눈이 네 개인 새끼들Four-eyed Bastards'의 머리글자를 따서 만든 이름이었다.

    비행기가 안전하게 공중에 뜨자 빌리의 장인 기계는 사중창단에게 그가 가장 좋아하는 노래를 불러달라고 했다. 그들은 그가 무슨 노래를 말하는지 알았기에 그 노래를 불렀다. 이런 노래였다.

    나는 감방에 앉아 있다네,
    바지는 똥으로 가득하지,
    불알은 바닥에 부딪혀 톡톡 튀고.
    그년이 불알주머니를 물었을 때
    빨갛게 째진 상처가 보이네.
    오, 다시는 폴란드년하고 떡을 치나봐라.

    빌리의 장인은 그 노래에 웃음을 터뜨리고 또 터뜨리더니, 사중창단에게 그가 무척 좋아하는 다른 폴란드 노래를 마저 불러달라고 했다. 그래서 그들은 펜실베이니아 탄광에서 나온 노래를 불러주었는데, 그것은 이렇게 시작했다.

    나하고 마이크, 우리 탄광 일해,

지랄, 우리 즐건 시간 보내.

일주일 한 번 우리 돈 바다.

지랄, 담날엔 일 안 해.

폴란드 출신 사람들 이야기가 나와서 말인데, 빌리 필그림은 드레스
덴에 오고 나서 사흘쯤 지난 뒤 폴란드인이 공개적으로 교수형을 당하
는 걸 보았다. 빌리는 동튼 직후 다른 사람들 몇 명과 함께 일을 하러
걸어가다가, 그리 많지 않은 사람에게 둘러싸인 축구장 앞 교수대에 이
르렀다. 폴란드인은 농장 노동자였고, 독일 여자와 성교를 한 죄로 목
이 매달리고 있었다. 뭐 그런 거지.

**

빌리는 비행기가 곧 추락할 것을 알았기 때문에 눈을 감았고, 다시
1944년으로 시간 여행을 했다. 다시 룩셈부르크의 숲으로 돌아가 있었
다—삼총사가 있는 곳으로. 롤런드 위어리가 그의 몸을 흔들며 머리를
나무에 두들겨대고 있었다. "나는 냅두고 그냥 가라고." 빌리 필그림이
말했다.

**

비행기의 남성 사중창단이 〈해가 빛날 때까지 기다려, 넬리〉를 부르
고 있을 때 비행기가 버몬트의 슈거부시 산 꼭대기에 부딪혔다. 빌리와

부조종사만 빼고 모두 죽었다. 뭐 그런 거지.

　추락 현장에 처음 도착한 것은 아래쪽 유명한 스키 리조트에서 온 젊은 오스트리아인 스키 강사들이었다. 그들은 주검에서 주검으로 옮겨다니면서 자기들끼리 독일어로 이야기를 했다. 눈구멍이 두 개 뚫리고 꼭대기에 빨간 방울이 달린 검은 윈드 마스크를 쓰고 있었다. 얼굴이 검은 갈리와그* 인형 같았다. 남들을 웃기려고 흑인인 척하는 백인들 같았다.

　빌리는 두개골에 골절이 있었지만 아직 의식이 있었다. 그러나 자신이 어디에 있는지는 알지 못했다. 입술이 달싹였고, 그가 유언을 남긴다고 생각한 갈리와그 하나가 귀를 가까이 갖다댔다.

　빌리는 그 갈리와그가 제2차세계대전과 어떤 관계가 있다고 생각하여 그에게 자신의 주소를 소곤거렸다. "슐라흐토프-퓐프."

＊＊＊

　빌리는 터보건**에 실려 슈거부시 산 밑으로 옮겨졌다. 갈리와그가 밧줄로 터보건을 조종하면서 길을 비키라고 아름다운 요들송을 불렀다. 산 아래가 가까워지자 길은 리프트를 지탱하는 철탑 둘레를 따라 급강하했다. 빌리가 고개를 들어 보니, 신축성이 좋은 환한 옷에 거대한 장화를 신은 고글 차림의 젊은 사람들이 눈 때문에 미칠 듯이 흥분한 채 노란 의자에 앉아 흔들리며 하늘을 가로지르고 있었다. 빌리는 이들도

＊ 얼굴이 새카맣고 머리카락이 곱슬곱슬한 인형. 흑인을 비하하는 호칭으로도 쓰였다.
＊＊ 바닥이 편평하고 긴 썰매.

제2차세계대전의 놀라운 새 단계의 일부라고 생각했다. 그는 상관없었다. 빌리에게는 모든 것이 다 상관없었다.

       ***

그는 작은 개인 병원으로 옮겨졌다. 보스턴에서 유명한 뇌 전문의가 와서 세 시간 동안 수술을 했다. 빌리는 그뒤에 이틀간 의식을 잃었고, 수많은 꿈을 꾸었는데, 그 가운데 일부는 진실이었다. 진실한 것들은 시간 여행이었다.

       ***

진실한 것들 가운데 하나는 도살장에서 보낸 첫 저녁이었다. 그와 가엾은 늙은 에드거 더비는 텅 빈 동물 우리 사이로 바퀴 두 개가 달린 빈 수레를 밀고 내려가고 있었다. 그들은 모든 사람이 먹을 저녁을 준비하는 공용취사장으로 가고 있었다. 그들의 경비병은 열여섯 살짜리 독일군 베르너 글룩이었다. 수레의 굴대에는 죽은 짐승들의 지방을 발라놓았다. 뭐 그런 거지.

해는 막 졌고, 저녁놀이 도시를 역광으로 비추고 있었다. 도시는 놀리는 가축우리를 둘러싸고 쭉 뻗은 목가적인 텅 빈 공간을 낮은 절벽처럼 감싸고 있었다. 도시는 폭격기가 올까봐 등화관제를 했다. 그래서 빌리는 해가 질 때 도시가 할 수 있는 가장 즐거운 일 가운데 하나를 드레스덴에서는 볼 수 없었다. 도시가 불을 하나씩 반짝반짝 켜는 것.

그런 불빛을 반사할 만한 커다란 강이 있어, 이 강 덕분에 밤의 반짝임은 정말 예뻤을 터였다. 그 강은 엘베 강이었다.

***

어린 경비병 베르너 글룩은 드레스덴 소년이었다. 전에 도살장에 와본 적이 없었기 때문에 취사장이 어디 있는지 잘 몰랐다. 그는 빌리처럼 키가 크고 몸이 약해, 빌리의 동생이라 해도 좋을 것 같았다. 그들은 사실 먼 친척이었는데, 둘 다 끝까지 그 사실을 알지 못했다. 글룩은 믿을 수 없을 정도로 무거운 구식 소총으로 무장하고 있었다. 박물관에나 들어가 있어야 할 단발식 총으로 8각 총신에 구멍은 매끈했다. 총검도 꽂아놓고 있었다. 긴 뜨개질바늘 같았다. 핏물 홈은 없었다.

글룩은 취사실이 있을 법한 건물로 앞장서서 걸어가, 미닫이문을 옆으로 열었다. 하지만 그곳에는 취사실이 없었다. 공용샤워장 옆에 탈의실이 있었고, 증기가 꽉 차 있었다. 증기 속에는 옷을 입지 않은 십대 소녀가 서른 명쯤 있었다. 엄청난 폭격을 당한 브레슬라우의 독일인 피란민이었다. 그들도 막 드레스덴에 도착했다. 드레스덴은 난민으로 만원이었다.

소녀들은 누구라도 볼 수 있게 은밀한 부분을 모두 드러내고 있었다. 문간에서는 글룩과 더비와 필그림이—어린아이 같은 병사와 가엾은 늙은 고등학교 교사와 토가를 두르고 은색 신발을 신은 어릿광대가—물끄러미 바라보고 있었다. 소녀들은 비명을 질렀다. 손으로 몸을 가리고 등을 돌리고 기타 등등, 그렇게 하여 완전하게 아름다워졌다.

전에 벌거벗은 여자를 본 적 없는 베르너 글룩은 문을 닫았다. 빌리도 전에 본 적이 없었다. 더비에게는 전혀 새로운 것이 아니었다.

***

세 바보가 도살장에서 일하던 노동자들을 위한 점심을 만드는 것이 주업무인 공용취사장을 발견했을 때, 취사장의 다른 사람들은 다 집에 가고 여자 혼자만 그들을 초조하게 기다리고 있었다. 그녀는 전쟁 미망인이었다. 뭐 그런 거지. 모자를 쓰고 외투까지 입고 있었다. 그녀도 집에 가고 싶었다. 가봐야 아무도 없었지만. 그녀의 하얀 장갑이 함석 조리대에 나란히 놓여 있었다.

그녀는 미국인들에게 주려고 커다란 수프 캔 두 개를 준비해두었다. 수프는 가스레인지의 약한 불 위에서 부글부글 끓고 있었다. 흑빵 덩어리도 쌓아두고 있었다.

그녀는 글룩에게 입대하기에는 너무나 어린 거 아니냐고 물었다. 그도 그렇다고 인정했다.

그녀는 에드거 더비에게 입대하기에는 너무나 늙은 거 아니냐고 물었다. 그도 그렇다고 말했다.

그녀는 빌리 필그림에게 뭘 하려는 사람이냐고 물었고, 빌리는 자기도 모르겠다고 말했다. 그는 그저 추위에 떨고 싶지 않을 뿐이었다.

"진짜 군인은 다 죽었어." 그녀가 말했다. 그것은 사실이었다. 뭐 그런 거지.

***

빌리가 버몬트에서 의식을 잃고 있는 동안 본 또하나의 진실한 것은 그와 다른 사람들이 드레스덴에서 도시가 파괴되기 전에 한 달 동안 해야 했던 일이었다. 그들은 몰트 시럽을 만드는 공장에서 창을 닦고 바닥을 쓸고 변소 청소를 하고 상자에 단지를 넣고 판지 상자를 봉했다. 시럽에는 비타민과 미네랄이 풍부했다. 이 시럽은 임산부를 위한 것이었다.

시럽은 히코리 목재 연기가 밴 묽은 꿀 맛이 났고, 공장에서 일하는 사람 모두가 하루종일 그것을 몰래 퍼먹었다. 그들은 임신을 하지 않았지만, 그들에게도 비타민과 미네랄이 필요했다. 빌리는 일하던 첫날에는 시럽을 떠먹지 않았지만, 다른 미국인들은 여럿 퍼먹었다.

빌리도 둘째 날에는 퍼먹었다. 공장 곳곳에 숟가락이 감추어져 있었다. 서까래 위에, 서랍 안에, 방열기 뒤에, 그리고 기타 등등 여러 곳에. 시럽을 떠먹던 사람들, 다른 사람이 다가오는 소리를 들은 사람들이 서둘러 감추어놓은 것이었다. 떠먹는 것은 범죄였다.

둘째 날 빌리는 방열기 뒤를 청소하다가 숟가락을 발견했다. 그의 뒤쪽에는 시럽을 담아 식히는 큰 통이 있었다. 빌리와 그 숟가락을 볼 수 있는 유일한 사람은 가엾은 늙은 에드거 더비뿐으로, 더비는 바깥에서 창을 닦고 있었다. 식사할 때 쓰는 큰 숟가락이었다. 빌리는 그것을 통에 푹 꽂아넣고 빙글빙글 돌려 끈적끈적한 롤리팝을 만들었다. 그걸 입안에 푹 꽂아넣었다.

잠시 시간이 지나자, 빌리의 모든 세포가 게걸스럽게 고맙다고 환호하며 몸을 흔들어댔다.

***

공장 창문을 수줍게 두드리는 소리가 들렸다. 더비가 밖에 있었고, 모든 것을 보고 있었다. 그도 사탕을 먹고 싶어했다.

그래서 빌리는 더비를 위해 롤리팝을 만들었다. 창문을 열었다. 롤리팝을 가엾은 늙은 더비의 벌린 입안에 쑤셔넣었다. 잠시 시간이 흘렀고, 이내 더비는 울음을 터뜨렸다. 빌리는 창문을 닫고 끈적끈적한 숟가락을 감추었다. 누가 오고 있었다.

8

도살장의 미국인들은 드레스덴이 파괴되기 이틀 전 아주 흥미로운 방문객을 맞이했다. 나치가 된 미국인 하워드 W. 캠벨 주니어였다. 미국인 전쟁 포로들의 다라운 행동에 관한 논문을 쓴 사람이었다. 이제 그는 포로에 관한 연구는 하지 않았다. '자유 미국인 부대'라는 이름의 독일 부대에 들어갈 사람들을 모집하러 도살장에 온 것이었다. 캠벨이 그 부대를 만든 사람이자 지휘관이었으며, 이 부대는 오직 러시아 전선에서만 싸울 예정이었다.

***

캠벨은 평범해 보이는 사람이었지만, 그 자신이 디자인한 화려한 군복을 입고 있었다. 철십자와 별로 장식한 하얀 카우보이모자와 검은 카우보이 장화 차림이었다. 파란색 타이츠로 몸을 감싸고 있었는데, 이 타이츠에는 겨드랑이에서 발목까지 노란 줄무늬가 있었다. 견장은 연두색 바탕에 에이브러햄 링컨의 실루엣이 박혀 있었다. 빨간색의 넓은 완장에는 하얀 원 안에 파란 철십자가 들어가 있었다.

그는 시멘트벽돌로 지은 돼지 축사에서 이 완장을 설명하고 있었다.

빌리 필그림은 속이 심하게 쓰려서 고생하고 있었다. 일터에서 하루 종일 몰트 시럽을 퍼먹었기 때문이다. 너무 아파 눈물이 나왔고, 흔들리는 짠물 렌즈 때문에 캠벨의 모습이 왜곡되어 보였다.

"파란색은 미국 하늘을 가리킨다." 캠벨이 말하고 있었다. "흰색은 대륙을 개척하고, 늪의 물을 빼고, 숲을 개간하고, 도로와 다리를 건설한 인종을 가리킨다. 빨간색은 지나간 세월 동안 미국 애국자들이 아주 기쁘게 흘린 피를 가리킨다."

***

캠벨의 청중은 졸고 있었다. 그들은 시럽 공장에서 열심히 일을 하고, 추위에 떨며 집까지 먼 길을 행군해 왔다. 그들은 여위고 눈이 푹 꺼졌다. 피부에서는 작은 종기가 꽃처럼 피어나기 시작했다. 입과 목구멍과 내장도 마찬가지였다. 그들이 공장에서 떠먹는 몰트 시럽에는 모든 지구인에게 필요한 비타민과 미네랄 가운데 몇 가지밖에 들어 있지 않았기 때문이다.

캠벨은 그들이 자유 미국인 부대에 입대할 경우 미국 음식, 스테이크와 매시트포테이토와 그레이비소스와 민스파이를 줄 것이라고 이야기하고 있었다. 그는 말을 이어갔다. "일단 러시아인을 물리치면 스위스를 통해 미국에 송환될 거다."

아무런 대답이 없었다.

"너희는 조만간 공산주의자들과 싸워야 할 거다." 캠벨이 말했다. "그러니 아예 지금 그 일을 해치우는 게 어떤가?"

***

그러나 캠벨이 결국 아무런 답도 듣지 못하고 가게 되는 쪽으로 상황이 마무리되지는 않았다. 죽을 운명인 고등학교 교사, 가엾은 늙은 더비는 무겁게 몸을 일으켜, 아마도 그의 인생에서 가장 훌륭했을 순간으로 다가갔다. 이 이야기에는 등장인물이 거의 없고, 극적인 대결도 거의 없다. 여기에 나오는 사람들은 대부분 병든데다 엄청난 힘에 휘둘리는 무기력한 노리개에 지나지 않기 때문이다. 사실 전쟁의 주된 영향 가운데 하나는 사람들이 등장인물이 되는 것을 포기한다는 점이다. 그러나 늙은 더비는 지금 등장인물이었다.

그는 얻어맞아 비틀거리는 권투선수의 자세였다. 고개는 숙였다. 두 주먹은 앞으로 뻗고 정보와 전투 계획을 기다리고 있었다. 더비는 고개를 들더니 캠벨을 뱀이라고 불렀다. 그랬다가 그 말을 고쳤다. 뱀은 어쩔 수 없이 뱀일 수밖에 없지만, 캠벨은 어쩔 수 없어 이러는 것이 아니기 때문에, 뱀이나 쥐—아니, 심지어 몸에 피가 가득한 진드기보다 훨씬 저열한 것이라고 말했다.

캠벨은 웃음을 지었다.

더비는 자유와 정의와 기회와 모두를 위한 공정한 게임을 제공하는 미국 정치 형태에 관해 감동적인 이야기를 했다. 그는 그런 이상을 위해 기꺼이 죽지 않을 사람은 없다고 말했다.

그는 미국 민중과 러시아 민중 사이의 형제애에 관해 이야기하면서, 두 나라가 전 세계를 감염시키려고 하는 나치즘이라는 병을 박살낼 것이라고 말했다.

드레스덴의 공습 사이렌이 애처롭게 울려퍼졌다.

미국인들과 경비병들과 캠벨은 도살장 아래 천연석을 파서 만든, 소리가 왕왕 울리는 고기 저장고로 피신했다. 꼭대기와 바닥에 달린 철문을 철 계단이 연결하고 있었다.

저장고 쇠갈고리에 소와 양과 돼지와 말 몇 마리가 걸려 있었다. 뭐 그런 거지. 그것 말고 빈 갈고리가 수천 개 더 있었다. 자연이 서늘한 온도를 유지해주는 곳이었다. 인공 냉장 장치는 없었다. 촛불이 밝혀져 있었다. 벽에 회반죽을 발라놓았고 페놀 냄새가 났다. 벽을 따라 긴 의자들이 놓여 있었다. 미국인들은 이곳으로 가, 회반죽 조각들을 쓸어내고 앉았다.

하워드 W. 캠벨 주니어는 경비병들과 마찬가지로 그대로 서 있었다. 그는 경비병들과 훌륭한 독일어로 이야기를 나누었다. 그는 한창때는 인기 있는 독일어 희곡과 시도 많이 썼으며, 레지 노르트라는 이름의 유명한 독일 여배우와 결혼했다. 그녀는 지금 이 세상 사람이 아니었다. 크림 반도에서 부대 위문 공연을 하다가 죽임을 당했다. 뭐 그런 거지.

***

그날 밤에는 아무 일도 없었다. 드레스덴에서 약 13만 명이 죽는 것은 다음날 밤이었다. 뭐 그런 거지. 빌리는 고기 저장고에서 잤다. 그는 다시 말 하나하나, 몸짓 하나하나까지 이 이야기의 서두에 나왔던 딸과의 말다툼으로 돌아갔다.

"아버지." 딸이 말했다. "우리가 아버지를 도대체 어떻게 해야 하는 거예요?" 그리고 기타 등등. "내가 누구를 당장이라도 죽여버릴 수 있을지 알죠?" 그녀가 물었다.

"누구를 죽여버릴 수 있는데?" 빌리가 말했다.

"그 킬고어 트라우트라는 인간이요."

킬고어 트라우트는 물론 과학소설 작가였고 지금도 그렇다. 빌리는 트라우트가 쓴 책을 수십 권 읽었을 뿐 아니라—트라우트의 친구가 되기도 했다. 물론 트라우트의 친구가 된다는 것에는 명백한 한계가 있지만. 그가 워낙 신랄한 사람이라.

***

트라우트는 일리엄에 있는 빌리의 멋진 하얀 집에서 3킬로미터 정도 떨어진 지하 셋집에서 살고 있다. 소설을 몇 권이나 썼는지는 본인도 모른다—그런 물건을 아마 일흔다섯 개는 만들었을 것이다. 그 가운데 단 하나도 돈이 되지 않았다. 그래서 트라우트는 〈일리엄 가제트〉의 보급소에서 신문 배달 소년들을 관리하며 간신히 먹고살고 있다. 꼬마들을 괴롭히고 속이고 또 그 아이들 비위를 맞추면서.

빌리는 1964년에 그를 처음 만났다. 캐딜락을 타고 일리엄의 어느 뒷골목을 내려가다 남자아이들 여남은 명이 자전거와 함께 길을 막고 있는 것을 보게 되었다. 회의가 열리고 있었다. 턱수염을 잔뜩 기른 남자가 아이들에게 장광설을 늘어놓고 있었다. 겁이 많고 위험하지만, 자신의 일에는 유능한 사람이 분명했다. 트라우트는 그때 예순두 살이었다. 그는 아이들한테 어서 무거운 엉덩이를 처들고 나가 일간지 고객들에게 좆같은 일요판도 구독하게 하라고 말하고 있었다. 그는 누구든 다음 두 달 동안 일간지 구독자를 가장 많이 모아오는 아이를 부모와 함께 좆같은 마서스비니어드*에 일주일 동안 공짜로 보내주겠다고 말했다. 모든 비용을 대주겠다고.

그리고 기타 등등.

신문 배달 소년들 가운데 한 명은 사실 신문 배달 소녀였다. 소녀는 그의 말에 몹시 흥분한 것 같았다.

트라우트의 편집증 환자 같은 얼굴은 빌리에게 끔찍하게 익숙했다. 아주 많은 책의 표지에서 보았기 때문이다. 그러나 고향의 골목길에서 갑자기 그 얼굴과 마주치게 되자, 왜 낯이 익은지 도무지 짐작할 수가 없었다. 빌리는 어쩌면 이 미친 메시아를 드레스덴 어디에서 보았던 것인지도 모른다고 생각했다.

그때 신문 배달 소녀가 손을 들었다. "트라우트 씨—" 소녀가 말했다. "제가 일등하면 여동생도 데려가도 돼요?"

---

* 미국 매사추세츠 주 남동쪽에 있는 섬. 휴양지로 유명하다.

"젠장 안 돼." 킬고어 트라우트가 말했다. "돈이 나무에서 자라는 줄 아냐?"

***

사실 트라우트는 돈 나무에 관한 책을 쓴 적이 있었다. 그 나무에는 잎 대신 20달러짜리 지폐가 달렸다. 꽃은 국채國債였다. 열매는 다이아몬드였다. 이 나무는 인간들을 끌어들였고, 이들은 뿌리 주위에서 서로 죽여 아주 좋은 거름이 되어주었다.

뭐 그런 거지.

***

빌리 필그림은 골목에 캐딜락을 세우고 회의가 끝나기를 기다렸다. 이윽고 회의는 끝났지만 트라우트는 아직도 한 소년과 이야기를 더 해야 했다. 소년은 일이 너무 힘들고 일하는 시간이 너무 길고 보수는 너무 적다며 그만두고 싶어했다. 트라우트는 걱정했다. 소년이 정말로 그만두면 다른 어리보기를 구할 때까지 소년의 구역을 자신이 직접 맡아야 했기 때문이다.

"넌 뭔데?" 트라우트는 경멸하는 표정으로 소년에게 물었다. "창자 없는 놀라운 인간*이라도 되냐?"

---

* 겁쟁이라는 뜻.

이 표현 또한 트라우트가 쓴 책 『창자 없는 놀라운 인간』의 제목에서 따온 것이었다. 구취가 심한 로봇에 관한 이야기로, 로봇은 치료를 받은 뒤에 인기가 좋아진다. 그러나 1932년에 나온 이후 이 이야기가 주목을 받은 것은, 이것이 인간에게 불타는 가솔린 젤리*를 널리 사용하게 될 것을 예측했기 때문이다.

이 폭탄은 비행기에서 인간에게 떨어졌다. 로봇이 폭탄 투하를 맡았다. 로봇에게는 양심이 없고, 지상에 있는 사람들에게 무슨 일이 벌어지고 있는지 상상하게 해줄 회로도 없었기 때문이다.

트라우트의 주인공 로봇은 인간처럼 생겼고, 말도 하고 춤도 추고 또 기타 등등을 할 수 있었고, 여자들과 데이트도 할 수 있었다. 또 그가 사람들에게 불타는 가솔린 젤리를 투하하는 것에 아무도 반감을 갖지 않았다. 하지만 그의 구취는 용서할 수 없다고 생각했다. 구취를 제거하자 그는 인류에게 환영을 받았다.

* * *

트라우트는 그만두고 싶어하는 아이와의 논쟁에서 졌다. 그는 아이한테 어린 시절 신문 배달을 했던 모든 백만장자 이야기를 했지만, 아이는 대답했다. "그래요―하지만 틀림없이 모두 일주일 만에 그만뒀을 거예요. 이건 완전히 삥이 치는 일이니까요."

아이는 트라우트의 발치에 신문이 가득 든 가방을 내려놓더니, 그

---

* 네이팜탄을 가리킨다.

위에 고객 대장을 두고 떠났다. 이제 그 신문을 배달하는 일은 트라우트의 책임이 되었다. 그는 자동차가 없었다. 심지어 자전거도 없었고, 개가 죽도록 무서웠다.

어딘가에서 큰 개가 짖어댔다.

트라우트가 침울하게 가방을 어깨에 걸칠 때 빌리 필그림이 그에게 다가갔다. "트라우트 씨―?"

"그런데요?"

"혹시―혹시 킬고어 트라우트 맞나요?"

"네." 트라우트는 빌리가 신문 배달에 불만이 있는 사람이라고 생각했다. 그는 자신을 작가라고 생각해본 적이 없었다. 세상이 그 자신을 그런 식으로 생각하는 것을 허락한 적이 없다는 간단한 이유 때문이었다.

"그―작가 맞죠?" 빌리가 말했다.

"뭐라고요?"

빌리는 실수한 것이 틀림없다고 생각했다. "킬고어 트라우트라는 이름의 작가가 있어서요."

"그런가요?" 트라우트는 멍청하고 어리둥절한 표정이었다.

"들어본 적 없나요?"

트라우트는 고개를 저었다. "누구도―누구도 들어본 적이 없지요."

***

빌리는 트라우트를 캐딜락에 태우고 집집마다 돌아다니며 신문 배달을 도왔다. 빌리가 일을 주도했다. 집을 찾고, 명단에 표시를 했다. 트라우트는 마음이 잔뜩 부풀어 있었다. 그는 전에는 팬이라고는 만나본적이 없었는데, 빌리는 아주 열렬한 팬이었던 것이다.

트라우트는 빌리에게 자신의 책이 광고가 되거나, 리뷰에 오르내리거나, 팔리는 것을 본 적이 없다고 말했다. 그는 말했다. "오랜 세월 동안 나는 줄곧 창문을 열고 세상과 사랑을 나누고 있지."

"편지는 받으셨을 거 아니에요." 빌리가 말했다. "저는 여러 번 선생님한테 편지를 쓰고 싶었는데요."

트라우트는 손가락을 하나 들어올렸다. "한 번."

"열광적이던가요?"

"제정신이 아니더군. 내가 세계 대통령이 되어야 한다는 거야."

편지를 쓴 사람은 엘리엇 로즈워터, 그러니까 레이크플래시드 근처 보훈병원에 있던 빌리의 친구라는 것이 드러났다. 빌리는 트라우트에게 로즈워터 이야기를 해주었다.

"맙소사—나는 열네 살쯤 된 아이인 줄 알았는데." 트라우트가 말했다.

"완전한 성인입니다—전쟁 때 대위였죠."

"편지는 열네 살짜리처럼 쓰던데." 킬고어 트라우트가 말했다.

***

빌리는 트라우트를 이틀밖에 남지 않은 열여덟번째 결혼기념일에 초대했다. 이제 그 파티가 진행중이었다.

트라우트는 빌리의 식당에서 카나페를 게걸스럽게 먹었다. 지금은 또 필라델피아 크림치즈와 연어알을 입안 가득 넣고서 어떤 검안사 부인과 이야기를 나누고 있었다. 파티에 온 사람들은 트라우트만 빼고는 모두 검안과 어떤 식으로든 연결되어 있었다. 또 트라우트만 안경을 쓰지 않았다. 그는 이곳에서 큰 인기를 얻고 있었다. 모두 진짜 작가가 파티에 와 있다는 데 흥분하고 있었다. 비록 그의 책을 읽은 사람은 없었지만.

트라우트는 매기 화이트와 이야기를 나누고 있었다. 치과 조수로 일하다가 검안사와 결혼하여 가정주부가 된 여자였다. 그녀는 아주 예뻤다. 그녀가 읽은 마지막 책은 『아이반호』*였다.

빌리 필그림은 근처에 서서 귀를 기울이고 있었다. 호주머니에 든 것을 손으로 만지고 있었다. 곧 아내에게 줄 선물이었다. 스타사파이어 칵테일 반지**가 들어 있는 하얀 새틴 상자였다. 8백 달러짜리였다.

* * *

비록 교양 없고 분별없는 것이기는 하나 아첨을 받게 되자 트라우트는 마치 마리화나라도 피운 양 영향을 받았다. 그는 이제 행복했고 시끄러웠고 뻔뻔스러웠다.

"걱정스러운 일이지만 저는 읽어야 할 만큼 읽지를 못해요." 매기가 말했다.

---

* 영국 작가 월터 스콧이 1819년에 출간한 책.
** 큰 보석 주위에 작은 보석들이 박힌 반지.

"우리 모두 뭔가를 걱정하고 있지요." 트라우트가 대꾸했다. "나는 암과 쥐와 도베르만을 걱정하고."

"마땅히 알아야 하지만, 알지 못하니 여쭈어볼 수밖에 없네요." 매기가 말했다. "선생님이 쓰신 것 가운데 가장 유명한 게 뭐죠?"

"위대한 프랑스 요리사의 장례식 이야기요."

"재미있을 것 같은데요."

"세계에서 가장 위대한 요리사가 다 거기 모이지. 아름다운 장례식이오." 트라우트는 말을 하면서 이야기를 꾸며내고 있었다. "관이 닫히기 직전 조객들이 고인에게 파슬리와 파프리카를 뿌리고." 뭐 그런 거지.

*　*　*

"정말로 그런 일이 있었나요?" 매기 화이트가 말했다. 그녀는 둔하기는 했지만, 어서 아기를 만들라는 선정적인 초대장이나 다름없는 여자였다. 남자들은 보는 즉시 그녀를 아기들로 가득 채우고 싶은 마음이 들었다. 하지만 그녀는 아직 아기를 하나도 낳지 않았다. 피임을 하고 있었다.

"물론 있었지." 트라우트가 그녀에게 말했다. "만일 정말로 있었던 일이 아닌 걸 써서 팔아먹으려 한다면 나는 감옥에 갈 거요. 그건 사기니까."

매기는 그의 말을 믿었다. "전에는 한 번도 그런 생각을 해본 적이 없어요."

"지금 생각해보시오."

"광고 같은 거로군요. 광고에서는 진실을 말해야 하죠. 아니면 문제가 생기잖아요."

"바로 그거요. 똑같은 법이 적용되지."

"혹시 언젠가 우리도 책에 집어넣으실 생각이 있나요?"

"나는 나한테 일어나는 모든 일을 책에 집어넣지."

"말을 조심해야 할 것 같네요."

"맞소. 게다가 나 혼자만 듣고 있는 게 아니거든. 하느님도 듣고 계시지. 그랬다가 심판의 날에 말하고 행동한 모든 것을 이야기해주지. 만일 그게 좋은 게 아니라 나쁘다는 게 드러나면 그건 참으로 안된 일이오. 그 말을 한 사람은 영원히 계속 불에 탈 테니까. 불에 타면 쉴 틈도 없이 아프거든."

가엾은 매기의 얼굴은 잿빛이 되었다. 그녀는 그 말도 믿었기 때문에 망연자실했다.

킬고어 트라우트는 시끄럽게 웃어젖혔다. 입에서 연어알 하나가 튀어나와 매기의 가슴골에 떨어졌다.

*　*　*

한 검안사가 주목해달라고 말했다. 그는 빌리와 발렌시아에게 건배를 제안했다. 오늘은 그들의 결혼기념일이었으니까. 일정대로 검안사 사중창단 '페브스'가 노래를 했고, 그동안 사람들은 술을 마시고 빌리와 발렌시아는 서로 끌어안았다. 마냥 빛나는 모습이었다. 모든 사람의 눈이 반짝이고 있었다. 노래는 〈광산의 그 늙은 패거리〉였다.

이야, 노래가 흘러갔다, 광산의 그 늙은 패거리를 볼 수 있다면 세상이라도 다 주겠네. 그렇게 그렇게. 잠시 후에는 이런 가사가 나왔다. 영원히 안녕, 오랜 동료들과 아가씨들, 영원히 안녕, 오랜 연인들과 친구들—하느님의 가호가 있기를—그렇게 그렇게.

빌리 필그림은 이 노래와 이 행사 때문에 예상치 못하게 울컥하고 말았다. 그에게는 늙은 패거리, 늙은 연인과 친구가 있어본 적이 없지만, 그래도 그리웠다. 사중창단은 고통스러울 정도로 느리게 화음을 실험하고 있었다—그들의 의도에 따라 화음이 시큼해지고, 더 시큼해지고, 견딜 수 없을 정도로 시큼해졌다가, 이어 숨막힐 정도로 달콤한 화음이 등장했다가, 다시 시큼한 화음 몇 개가 나타났다. 빌리는 변화하는 화음들에 강력한 정신 신체적인 반응을 일으켰다. 입에는 레모네이드 맛이 가득찼고, 얼굴은 괴상하게 바뀌었다. 형벌대라고 부르는 고문 기계 위에서 진짜로 몸이 늘어나고 있는 것 같았다.

***

그의 표정이 너무 기묘하여 몇 사람이 걱정스러운 얼굴로 몇 마디 했을 때 노래가 끝났다. 그들은 빌리가 심장마비를 일으키는 건지도 모른다고 걱정했다. 빌리는 그 추측을 입증하기라도 하듯 초췌한 얼굴로 의자에 가서 주저앉았다.

정적이 흘렀다.

"오 맙소사." 발렌시아가 그에게 몸을 기댔다. "빌리—괜찮아?"

"응."

"너무 안 좋아 보여."

"정말─괜찮아." 사실 괜찮았다. 다만 왜 그 노래가 그에게 그렇게 괴상한 영향을 주는지 이유를 알 수 없을 뿐이었다. 그는 오랜 세월 동안 자신에게는 자신이 모르는 비밀이 없다고 생각해왔다. 그러나 지금 이것은 그의 내부 어딘가에 크나큰 비밀이 있다는 증거였고, 그는 그것이 무엇인지 상상도 할 수가 없었다.

**

사람들은 빌리의 뺨에 핏기가 돌아오는 것을 보고, 그가 웃음을 짓는 것을 보고, 서서히 물러났다. 발렌시아는 옆에 그대로 있었고, 사람들의 무리 가장자리에 있던 킬고어 트라우트는 흥미를 느끼고 빈틈없어 보이는 얼굴로 가까이 다가왔다.

"유령이라도 본 사람 같았어." 발렌시아가 말했다.

"아니야." 빌리가 말했다. 그는 진짜로 눈앞에 있는 것 외에는 어떤 것도 보지 않았다─그것은 네 가수, 평범한 네 남자의 얼굴이었다. 노래가 달콤함에서 시큼함으로, 거기서 다시 달콤함으로 옮겨가면서, 눈을 통방울처럼 크게 뜬 채 때로는 무심해지고 때로는 번민에 사로잡히는 얼굴.

"내가 추측을 해볼까?" 킬고어 트라우트가 말했다. "자넨 시간의 창 너머를 본 거야."

"뭐라고요?" 발렌시아가 물었다.

"이 친구는 갑자기 과거나 미래를 본 겁니다. 내 말이 맞지?"

"아니요." 빌리 필그림이 말했다. 그는 일어서서 손을 호주머니에 집어넣어 반지가 든 상자를 잡았다. 상자를 꺼내 멍한 표정으로 발렌시아에게 주었다. 원래는 노래가 끝나고, 모두가 지켜보고 있을 때 줄 생각이었다. 그러나 지금은 킬고어 트라우트만 보고 있었다.

"나한테 주는 거야?" 발렌시아가 말했다.

"응."

"오, 이럴 수가." 그녀가 말했다. 이어 더 큰 소리로 되풀이했기 때문에 다른 사람들도 그 소리를 들었다. 그들은 주위에 모여들었고, 그녀는 상자를 열었다. 그녀는 별이 든 사파이어를 보는 순간 비명을 지르다시피 했다. "오, 이럴 수가." 그녀가 말했다. 그녀는 빌리에게 화끈한 키스를 해주었다. 그녀가 말했다. "고마워, 고마워, 고마워."

***

빌리가 오랜 세월에 걸쳐 발렌시아에게 사준 멋진 장신구들을 놓고 많은 이야기가 오갔다. "이야—" 매기 화이트가 말했다. "발렌시아는 내가 영화가 아닌 데서 본 가장 큰 다이아몬드도 받았는데." 매기는 빌리가 전쟁에서 가져온 다이아몬드 이야기를 하는 것이었다.

빌리가 작은 공연단장 외투에서 발견한 틀니 조각은 그의 경대 서랍의 커프스단추 상자에 있었다. 빌리는 멋진 커프스단추를 모았다. 매년 아버지의 날이면 그에게 커프스단추를 선물하는 것이 이 가족의 관습이었다. 지금 그는 아버지의 날 커프스단추를 차고 있었다. 백 달러가 넘는 것이었다. 고대 로마의 동전으로 만든 것이었다. 위층에 가면 진짜로 작동하는 작은 룰렛 휠 커프스단추도 한 쌍 있었다. 한쪽에는 진짜 온도계, 다른 쪽에는 진짜 나침반이 달린 것도 있었다.

***

빌리는 파티에 참가한 사람들 사이를 돌아다녔다—겉으로는 멀쩡해 보였다. 킬고어 트라우트가 붙어다녔다. 빌리가 무엇을 느끼거나 보았는지 너무나 알고 싶었기 때문이다. 사실 트라우트의 소설은 대부분 시간 왜곡과 초감각적 지각을 비롯한 예상치 못한 것들을 다루었다. 트라우트는 그런 것을 믿었으며, 그 존재를 간절히 증명하고 싶어했다.

"전신 거울을 바닥에 눕혀놓고 개를 그 위에 올려놓은 적이 있나?" 트라우트가 빌리에게 물었다.

"아니요."

"개는 아래를 보고, 갑자기 밑에 아무것도 없다는 걸 깨달을 거야. 희박한 공기를 딛고 서 있다고 생각하지. 놀라서 1킬로미터는 펄쩍 뛸걸."

"그럴까요?"

"자네 표정이 그랬어—갑자기 희박한 공기를 딛고 서 있다는 걸 깨달은 것 같더라고."

***

남성 사중창단이 다시 노래를 했다. 빌리는 다시 감정적인 고문을 당했다. 그 경험은 그들이 부르는 노래가 아니라 그 네 사람과 연결되어 있는 것이 분명했다.

빌리가 속으로 갈가리 찢기는 동안 그들이 부른 노래는 이런 것이었다.

> 면화는 11센트, 고기는 40센트,
> 가난한 사람이 도대체 어떻게 먹을 수가 있나?
> 비가 올 거니까 햇빛이 비치게 해달라고 기도해.
> 하지만 상황은 더욱 나빠져서 모두 미치게 생겼어.
> 멋진 바를 만들어 갈색으로 칠도 해놓았더니
> 번개가 쳐서 다 태워버렸어.
> 말해봐야 소용없어, 아무도 당할 수 없어.
> 면화는 11센트 고기는 40센트인데.
> 면화 11센트에 세금은 수레 가득
> 우리 가난한 등에는 짐이 너무 무겁네……

그렇게 그렇게.
빌리는 멋진 하얀 집의 위층으로 달아났다.

***

트라우트는 빌리가 말리지만 않았다면 위층까지 그를 따라왔을 것이다. 빌리는 위층 욕실로 들어갔다. 그곳은 어두웠다. 그는 문을 닫고 잠가버렸다. 어두운 채로 내버려두었다. 그러다 차츰 혼자가 아니라는 것을 깨닫게 되었다. 아들도 거기 있었다.

"아버지—?" 아들이 어둠 속에서 말했다. 미래의 그린베레 로버트는 그때 열일곱 살이었다. 빌리는 아들을 좋아했지만 별로 잘 알지는 못했다. 빌리는 로버트에 관해 알 것이 많지 않다는 생각을 떨쳐버릴 수가 없었다.

빌리는 불을 켰다. 로버트는 파자마를 발목까지 내리고 변기에 앉아 있었다. 전기 기타를 들고서, 목에 기타 끈을 걸고 있었다. 그날 산 기타였다. 아직 칠 줄은 몰랐다. 사실 배운 적도 없었다. 진줏빛 광택이 나는 분홍색 기타였다.

"어이, 아들." 빌리 필그림이 말했다.

***

아래층에 접대해야 할 손님들이 있는데도 빌리는 자기 침실로 갔다. 침대에 누워 마법의 손가락을 켰다. 매트리스가 진동하자 침대 밑에서 개가 나왔다. 개의 이름은 스폿이었다. 그때만 해도 그리운 스폿은 살아 있었다. 스폿은 구석에 가서 다시 엎드렸다.

***

빌리는 사중창단이 자신에게 어떤 영향을 준 것인지 열심히 생각해보다가, 오래전 경험과 연결되는 부분을 찾아냈다. 그러나 그 경험으로 시간 여행을 하지는 않았다. 그냥 가물가물 기억이 살아났다—다음과 같은 기억이.

그는 드레스덴이 폭격당하던 밤에 고기 저장고에 내려가 있었다. 위에서 거인이 걸어다니는 듯한 소리가 들렸다. 고성능 폭탄이 투하되고 있었다. 거인은 걸어다니고, 또 걸어다녔다. 고기 저장고는 아주 안전한 대피소였다. 그 아래에서 일어난 일이라고는 이따금 칼시민*이 소나기처럼 쏟아져내린 것뿐이었다. 미국인들과 경비병 네 명과 손질된 짐승 사체 몇 개 외에는 아무도 없었다. 나머지 경비병은 공습이 시작되기 전 드레스덴에 있는 자기 집의 안락함을 찾아갔다. 그들은 모두 가족과 함께 죽임을 당하고 있었다.

뭐 그런 거지.

빌리에게 알몸을 드러냈던 여자아이들도 임시 가축 수용장의 다른 구역에 있는 훨씬 얕은 대피소에서 모두 죽임을 당하고 있었다.

뭐 그런 거지.

경비병 한 명이 바깥은 어떤지 보려고 몇 번씩 층계 꼭대기까지 갔다가 다시 내려와 다른 경비병들과 수군거렸다. 바깥에는 불이 폭풍처럼 번지고 있었다. 드레스덴은 하나의 거대한 화염이었다. 이 하나의 화염이 유기적인 모든 것, 탈 수 있는 모든 것을 삼켰다.

다음날 정오가 되어서야 걱정하지 않고 밖으로 나갈 수 있었다. 미국인들과 경비병들이 밖으로 나왔을 때 하늘은 연기로 시커멨다. 해는 약이 바짝 오른 작은 핀 대가리였다. 드레스덴은 이제 달 표면 같았다.

---

* 벽, 천장 등을 끝마감하는 수성 도료의 일종.

광물 외에는 아무것도 없었다. 돌은 뜨거웠다. 그 동네의 다른 모든 사람이 죽었다.

뭐 그런 거지.

***

경비병들은 본능적으로 한데 모여 눈알을 굴렸다. 이런저런 표정을 실험해보기는 했지만 말은 전혀 하지 않았다. 입은 자주 뻥끗거렸지만 말이 나오지 않았다. 남성 사중창단을 찍은 무성영화 같았다.

"영원히 안녕." 그들은 그렇게 노래하고 있었을지도 모른다. "오랜 동료들과 친구들. 영원히 안녕, 오랜 연인들과 친구들―하느님의 가호가 있기를―"

***

"아무 이야기나 해줘요." 한때 트랄파마도어 동물원에서 몬태나 와일드핵이 빌리 필그림에게 그렇게 말한 적이 있었다. 그들은 침대에 나란히 누워 있었다. 그들에게는 사적인 공간이 있었다. 지붕이 돔을 덮었다. 몬태나는 이제 임신 6개월로, 몸이 장밋빛으로 크게 부풀어올라, 게으름을 피우며 빌리에게 이따금 작은 부탁을 했다. 아이스크림이나 딸기를 사다달라고 할 수는 없었다. 돔 바깥의 대기는 사이안화물 성분이었고, 딸기와 아이스크림을 구할 수 있는 가장 가까운 곳은 수백만 광년 떨어져 있었기 때문이다.

그러나 빌리를 냉장고로 보낼 수는 있었다. 냉장고는 2인용 자전거를 탄 멍한 표정의 커플로 장식되어 있었다—아니면 지금처럼 응석을 부릴 수도 있었다. "아무 이야기나 해줘요, 빌리 보이."

"드레스덴은 1945년 2월 13일 밤에 파괴되었어." 빌리 필그림은 이야기를 시작했다. "우리는 다음날 대피소에서 나왔지." 그는 몬태나에게 마치 남성 사중창단처럼 보이던, 놀라고 슬퍼하던 경비병 네 명 이야기를 해주었다. 담장 기둥이 모두 사라진, 지붕과 창이 사라진 가축우리 이야기를 해주었다—작은 통나무들이 사방에 널려 있는 광경을 보았다는 이야기를 해주었다. 불의 폭풍에 말려든 사람들이 있었다. 뭐 그런 거지.

빌리는 가축우리를 둘러싸고 벼랑을 이루던 건물들이 어떻게 되었는지 이야기해주었다. 그 건물들은 무너졌다. 목재는 타버리고, 석재는 무너져내려, 서로 부딪치며 굴러떨어지다 마침내 밑에서 맞물리면서 낮고 우아한 곡선을 그리고 있었다.

"달 표면 같았어." 빌리 필그림이 말했다.

***

경비병들은 미국인들에게 4열종대로 서라고 말했고, 미국인들은 시키는 대로 했다. 경비병들은 그들을 숙소로 쓰던 돼지 축사까지 행군하게 했다. 벽은 아직 서 있었지만, 창과 지붕은 사라지고 없었다. 안에는 재와 녹은 유리 덩어리밖에 없었다. 그때 식량이나 물이 없다는 것을 깨달았다. 따라서 생존자들은 계속 생존하려면 달 표면의 곡선들을 계속 기어올라가야 했다.

그래서 그렇게 했다.

***

곡선들은 멀리서 볼 때만 부드러웠다. 곡선을 올라가는 사람들은 그 선이 위태롭고 고르지 못하다는 것—만지기에는 아직 또 종종 불안정해진다는 것—중요한 돌을 건드리면 당장이라도 더 무너져내려, 더 낮은 곳에서 더 안정된 곡선을 이루곤 한다는 것을 알게 되었다.

원정대는 달을 가로지르며 별말을 하지 않았다. 그곳에 어울리는 말이 없었다. 한 가지는 분명했다. 도시의 모든 사람을 완전히 죽이려고 했다는 것, 따라서 그 안에서 움직이는 사람이 있다는 것은 계획의 결함을 뜻한다는 것. 달 인간은 전혀 없어야 했다.

***

미국 전투기들이 연기 밑으로 들어와 움직이는 것이 있는지 살폈다. 그들은 빌리 일행을 보고 그곳으로 내려왔다. 비행기들은 기관총 총알을 뿌려댔지만 빗나갔다. 이윽고 강변에서 다른 사람들이 몇 명 움직이는 것을 보고 그들도 쏘았다. 몇 사람이 맞았다. 뭐 그런 거지.

요는 전쟁을 서둘러 끝내자는 것이었다.

빌리의 이야기는 불과 폭발이 건드리지 않은 교외에서 아주 묘하게 끝났다. 경비병과 미국인들은 땅거미가 질 무렵 문을 연 여관에 이르렀다. 촛불 빛이 보였다. 아래층의 난로 세 곳에서도 불이 피어올랐다. 누구든 들어오는 사람을 기다리는 빈 탁자와 의자가 있었고, 위층에는 이불 한 귀퉁이를 단정하게 젖혀놓은 텅 빈 침대들이 있었다.

안에는 눈먼 여관 주인과 주방을 맡은 눈이 보이는 부인과 웨이트리스 겸 하녀로 일하는 젊은 딸 둘이 있었다. 이 가족은 드레스덴이 사라졌다는 것을 알고 있었다. 눈이 있는 사람들은 드레스덴이 타고 또 타는 것을 보았고, 이제 그들이 사막 가장자리에 있다는 것을 이해하고 있었다. 그럼에도—그들은 여관 문을 열었고, 잔을 닦았고 시계태엽을 감고 불을 쑤셨고, 누가 오나 궁금해하며 기다리고 또 기다렸다.

드레스덴에서 난민이 물밀듯이 밀려오지는 않았다. 시계가 똑딱 소리를 내고, 불이 딱딱 소리를 내고, 반투명한 초가 똑똑 촛농을 떨어뜨렸다. 이윽고 문을 두드리는 소리가 들렸고, 경비병 네 명과 미국인 전쟁 포로 백 명이 들어왔다.

여관 주인은 경비병들에게 도시에서 오는 거냐고 물었다.

"네."

"사람들이 더 옵니까?"

경비병들은 그들이 택한 험한 길에서는 살아 있는 사람을 한 명도 보지 못했다고 말했다.

***

눈먼 여관 주인은 미국인들에게 그날 밤 그의 가축우리에서 자도 된
다고 말하고, 수프와 대용 커피와 맥주를 약간 주었다. 이윽고 우리로
나와 그들이 짚 속에서 잠잘 자리를 잡는 소리에 귀를 기울였다.

"안녕, 미국인들." 그가 독일어로 말했다. "잘들 주무시게."

9

다음은 빌리 필그림이 아내 발렌시아를 잃게 된 이야기.

그는 비행기가 슈거부시 산에 추락한 뒤 의식을 잃고 버몬트의 병원에 누워 있었다. 발렌시아는 추락 소식을 듣고서 가족의 캐딜락 엘도라도 쿠페 드 빌을 몰고 일리엄에서 병원을 향해 가고 있었다. 발렌시아는 히스테리에 사로잡혀 있었다. 빌리가 죽을지도 모르고, 산다 해도 식물인간이 될지 모른다는 솔직한 이야기를 들었기 때문이다.

발렌시아는 빌리를 사모했다. 그래서 운전을 하면서 울고 소리를 지르다보니 고속도로 분기점에서 길을 잘못 들고 말았다. 그녀는 브레이크를 밟았고, 그 순간 메르세데스가 뒤에서 그녀의 차를 들이받았다. 다행히도 아무도 다치지 않았다. 두 운전자 모두 안전벨트를 매고 있었기 때문이다. 다행, 또 다행이었다. 메르세데스는 전조등만 망가졌다. 그러나 캐딜락의 꽁무니는 차체와 펜더 전문수리공이 몽정할 상태였다. 트렁크와 펜더가 완전히 부서져버린 것이다. 입을 벌린 트렁크는 어떤 걸 물어도 아무것도 모른다고 이야기하는 동네 바보의 입 같았다. 펜더는 어깨를 으쓱거리고 있었다. 범퍼는 앞에총 자세를 하고 있었다. "레이건을 대통령으로!" 범퍼에 붙은 스티커는 그렇게 말하고 있었다. 뒤쪽 유리는 핏줄처럼 금이 갔다. 배기 장치는 포장도로에 드러누워 있었다.

메르세데스 운전자가 차에서 내려 발렌시아에게 다가갔다. 그녀가 괜찮은지 보려는 것이었다. 그녀는 빌리와 비행기 추락에 관하여 주절거리더니, 기어를 넣고 배기 장치를 뒤에 남겨둔 채 중앙분리대를 넘어가버렸다.

그녀가 병원에 도착하자 사람들이 도대체 무슨 소리인지 보려고 창으로 몰려나왔다. 머플러 두 개가 모두 사라진 캐딜락은 비상착륙하는 중폭격기 같은 소리를 내고 있었다. 발렌시아는 엔진을 껐지만, 운전대 위로 축 늘어지는 바람에 이번에는 경적이 쉬지 않고 시끄럽게 울려댔다. 의사 한 명과 간호사 한 명이 뭐가 문제인지 보려고 달려나갔다. 가엾은 발렌시아는 일산화탄소에 중독되어 의식을 잃었다. 얼굴은 하늘의 푸른빛이었다.

한 시간 뒤 그녀는 죽었다. 뭐 그런 거지.

***

빌리는 아무것도 몰랐다. 계속 꿈을 꾸고, 시간 여행을 했다. 그렇게 그렇게. 병원에는 환자가 너무 많아 빌리는 혼자 병실을 쓸 수 없었다. 하버드 대학교 역사학 교수 버트램 코플랜드 럼포드와 함께 병실을 썼다. 빌리는 고무바퀴가 달린 하얀 아마포 가림막으로 둘러싸여 있어서, 럼포드는 빌리를 볼 필요가 없었다. 그러나 이따금 빌리가 혼잣말을 하는 소리는 들렸다.

럼포드의 왼쪽 다리는 공중에 매달려 있었다. 스키를 타다 부러졌기 때문이다. 그는 일흔 살이었지만 몸과 정신은 나이의 반이었다. 그는 다섯번째 부인과 신혼여행을 즐기다 다리가 부러졌다. 부인의 이름은 릴리였다. 릴리는 스물세 살이었다.

***

가엾은 발렌시아가 막 사망 선고를 받았을 즈음, 릴리는 책을 한아름 안고 빌리와 럼포드의 방으로 들어갔다. 럼포드가 그녀를 보스턴에 보내 책을 가져오게 했던 것이다. 그는 한 권 분량으로 제2차세계대전 때 미합중국 육군 항공대의 역사를 쓰고 있었다. 이 책들은 릴리가 태어나기도 전에 벌어졌던 폭격과 공중전에 관한 것이었다.

***

"나는 냅두고 그냥 가라고." 예쁘고 작은 릴리가 들어왔을 때 빌리 필그림은 착란 상태에서 중얼거리고 있었다. 그녀는 고고걸*이었으며, 럼포드는 우연히 그녀를 보고 자기 것으로 만들겠다고 결심했다. 그녀는 고등학교를 중퇴했다. IQ는 103이었다. "저 사람 무서워요." 그녀는 빌리 필그림을 두고 남편에게 소곤거렸다.

"염병할 나도 저 인간 때문에 지겨워 미치겠어!" 럼포드가 쩌렁쩌렁 울리는 목소리로 대꾸했다. "저 인간이 자면서 하는 일이라고는 그만두고 항복하고 사과하고 혼자 있게 해달라고 말하는 것뿐이야." 럼포드는 공군 예비군 퇴역 준장이고, 공군 공인 역사가이고, 정교수이고, 책 스물여섯 권의 저자이고, 날 때부터 백만장자이고, 역사상 가장 유능한 뱃사람으로 꼽힐 만한 사람이었다. 그가 쓴 가장 인기 있는 책은 65세 이상의 남자들을 위한 섹스와 격렬한 운동에 관한 것이었다. 이제 그는 그와 많이 닮은 시어도어 루스벨트의 말을 인용하고 있었다.

"바나나를 깎아도 저것보다는 나은 인간을 만들 수 있겠어."

럼포드가 릴리에게 보스턴에서 구해 오라고 한 자료 가운데에는 히로시마에 원자탄이 투하되었다고 세계에 알리는 해리 S. 트루먼 대통령의 발표문 사본도 있었다. 그녀는 그것을 복사해 왔고, 럼포드는 그녀에게 그것을 읽어보았느냐고 물었다.

"아니요." 그녀는 글을 잘 읽지 못했으며, 그것이 그녀가 고등학교를 중퇴한 이유 가운데 하나였다.

럼포드는 그녀에게 앉아서 트루먼의 성명을 읽어보라고 명령했다. 그는 그녀가 잘 읽지 못한다는 것을 알지 못했다. 사실 그녀에 관해 아는 것이 거의 없었다. 그가 슈퍼맨임을 공적으로 증명해주는 또하나의 존재라는 것 외에는.

---

*디스코텍이나 클럽에서 선정적인 옷을 입고 작은 무대에 올라 춤을 추는 댄서.

릴리는 앉아서 트루먼이 말했다고 하는 걸 읽는 척했다. 그 내용은 이러했다.

16시간 전 미군 비행기가 일본군의 중요한 기지인 히로시마에 원자탄을 하나 투하했습니다. 이 폭탄은 TNT 20,000톤 이상의 위력이 있었습니다. 전쟁 사상 가장 큰 폭탄인 영국의 '그랜드 슬램'보다 2,000배 이상 강한 파괴력입니다.

일본은 진주만 상공에서 전쟁을 시작했습니다. 이제 그들은 자신들이 한 행동의 몇 배나 되는 대가를 치렀습니다. 하지만 끝은 아직 오지 않았습니다. 우리는 이제 이 폭탄 덕에 파괴력을 새로 혁명적으로 증대시켰으며, 이것은 우리의 무력 증강에 큰 도움이 되었습니다. 이 폭탄은 현재의 형태로 생산중이며, 훨씬 강한 형태를 개발중입니다.

이것은 원자탄입니다. 우주의 기본적인 힘을 이용하는 것입니다. 태양이 그 위력을 발휘하게 하는 힘을 극동에서 전쟁을 일으킨 자들에게 풀어놓은 것입니다.

1939년 이전에도 과학자들은 원자 에너지의 해방이 이론적으로 가능하다는 사실을 받아들이고 있었습니다. 하지만 아무도 그것을 실행에 옮길 방법을 알지 못했습니다. 그러나 1942년에 이르자 독일인들이 세계를 노예로 만들고자 사용하는 다른 모든 전쟁 수단에 원자 에너지를 보탤 방법을 찾아내기 위해 열을 내고 있다는 사실을 알게 되었습니다. 하지만 그들은 실패했습니다. 우리는 독일인이 V-1*과 V-2**를 늦게 얻어냈고, 그것도 제한된 양만 얻어냈다는 것을 신에게 감사해야 할지도 모릅니다. 나아가 그들이 원자탄을

_____

* 독일이 영국을 공격하기 위해 개발한 보복무기 제1호. 순항유도탄.
** 보복무기 제2호. 액체추진 탄도유도탄.

전혀 얻어내지 못했다는 것에 더욱더 감사해야 할지도 모릅니다.

실험실의 전투는 공중, 지상, 바다에서 실제로 벌어진 전투와 마찬가지로 우리에게는 운명적인 모험이었으며, 이제 우리는 다른 전투에서 이겼듯이 실험실 전투에서도 이겼습니다.

우리는 이제 일본의 어떤 도시든 지상에 있는 모든 생산 시설을 더 빠르고 더 완전하게 말살할 준비가 되어 있습니다. 해리 트루먼은 그렇게 말했다. 우리는 그들의 항구, 그들의 공장, 그들의 통신시설을 파괴할 것입니다. 실수는 없을 것입니다. 우리는 일본의 전쟁 능력을 완전히 파괴할 것입니다. 그 것은—

그렇게 그렇게.

***

릴리가 럼포드에게 가져온 책 가운데는 데이비드 어빙이라는 영국인이 쓴 『드레스덴 파괴』도 있었다. 그것은 미국판으로, 홀트 라인하트 앤드 윈스턴 출판사가 1964년에 출간했다. 럼포드가 이 책에서 원하는 것은 그의 친구들, 퇴역 미국 공군 중장인 아이라 C. 이커와 바스 중급 훈작사이자 대영제국 2등급 훈작사이자 전공戰功 십자훈장 수훈자이자 공군 수훈 십자훈장 수훈자이자 공군 십자훈장 수훈자인 영국 공군 원수 로버트 손드비 경이 쓴 서문 가운데 일부였다.

영국인이나 미국인 가운데 죽임을 당한 적측의 민간인 때문에 울면서도 전투에서 잔인한 적에게 목숨을 잃은 우리의 용감한 병사를 위해서는 눈물 한 방울 흘리지 않는 사람들을 이해하기 어렵다. 그의 친구인 이커 장군이 쓴 부분이었다. 어빙 씨는 드레스덴에서 죽임을 당한 민간인들을 끔찍하게 그릴 때, 바로 그 순간 V-1과 V-2가 영국에 떨어져 이 폭탄들을 설계하고 발사한 목표 그대로 민간인 남자, 여자, 아이들을 무차별적으로 죽이고 있었다는 사실을 기억했다면 좋았을 것이라고 생각한다. 부헨발트*와 코번트리**를 기억하는 편이 좋았을 것이다.

이커의 머리말은 이런 식으로 끝이 났다.

영국과 미국 폭격기가 드레스덴 공격에서 135,000명을 죽인 일은 몹시 유감스럽게 생각하지만, 나는 지난 전쟁을 누가 시작했는지 기억하며 나치즘을 완전히 물리치고 철저히 파괴하려는 불가피한 노력을 기울이는 과정에서 연합군 5,000,000명 이상을 잃은 것을 훨씬 유감스럽게 생각한다.

뭐 그런 거지.

공군 원수 손드비가 한 말 중에는 무엇보다도 이런 대목이 있었다.

드레스덴 폭격이 큰 비극이었다는 사실은 누구도 부정할 수 없다. 이 책을 읽고 나면 그것이 정말로 군사적으로 불가피했다는 주장을 믿을 사람은 거의 없을 것이다. 그것은 전시에 가끔 벌어지는 끔찍한 일들 가운데 하나로, 여러 상황의 불행한 결합이 초래한 일이었다. 폭격을 승인한 사람들은 악하지도 잔인하지도 않았다. 물론 그들이 전쟁의 잔혹한 현실로부터 너무 떨어져 있어, 1945년 봄에 이루어진 공중 폭격의 무시무시한 파괴력을 완전히 이해하지 못했다고 말할 수는 있을 것이다.

핵무장 해제의 옹호자들은 자신들의 목적을 달성하면 전쟁이 견딜 만하고 품위 있는 것이 되리라 믿는 것처럼 보인다. 그들은 이 책을 읽고 드레스덴의

---

* 강제수용소가 있던 독일의 도시. 제2차세계대전 당시 최대 규모의 학살이 이루어졌다.
** 영국의 공업도시. 독일의 집중 폭격을 받았다.

운명을 깊이 생각해보는 편이 좋을 것이다. 그곳에서는 재래무기를 이용한 공중 공격의 결과로 135,000명이 죽었다. 1945년 3월 9일 밤에는 고성능 소이탄을 이용한 미국 중폭격기의 도쿄 공중 공격으로 83,793명이 죽었다. 히로시마에 투하한 원자탄은 71,379명을 죽였다.

뭐 그런 거지.

"혹시라도 와이오밍 주 코디에 오게 되면," 빌리 필그림이 하얀 아마포 가림막 뒤에서 말했다. "그냥 와일드 밥을 찾기만 해라."

릴리 럼포드는 몸을 부르르 떨더니, 해리 트루먼이 말한 것을 계속 읽는 척했다.

* * *

그날 빌리의 딸 바버러가 찾아왔다. 딸은 약에 완전히 절어, 가엾은 늙은 에드거 더비가 드레스덴에서 총살을 당하기 직전의 모습처럼 눈이 흐릿했다. 아버지가 망가지고 어머니가 죽었지만, 뭐 그런 거지, 그래도 그녀가 계속 제 기능을 해나갈 수 있도록 의사들은 그녀에게 약을 주었다.

딸은 의사, 간호사와 함께 들어왔다. 오빠 로버트는 베트남의 전장에서 집으로 날아오고 있었다. "아빠—" 딸이 머뭇머뭇 불렀다. "아빠—?"

하지만 빌리는 10년 떨어진 1958년에 가 있었다. 교정 렌즈를 처방하려고 몽고증*에 걸린 어린 남자 백치의 눈을 검사하고 있었다.

"점이 몇 개 보이니?" 빌리 필그림이 아이에게 물었다.

***

빌리는 열여섯 살 때로 시간 여행을 했다. 어떤 병원 대기실이었다. 엄지가 감염되어서 왔다. 다른 환자는 한 사람뿐이었다―늙고 또 늙은 남자였다. 늙은 남자는 가스 때문에 괴로워하고 있었다. 엄청나게 방귀를 뀌었고, 그러다 또 트림을 했다.

"미안하구먼." 그가 빌리에게 말했다. 그러더니 다시 방귀를 뀌고 트림을 했다. "오 이런―" 그가 말했다. "나도 늙는 게 나쁠 줄은 알았지." 그는 고개를 설레설레 저었다. "하지만 이렇게 나쁠 줄은 몰랐어."

***

빌리 필그림은 버몬트의 병원에서 눈을 떴다. 자기가 어디 있는지 몰랐다. 그를 지켜보는 사람은 아들 로버트였다. 로버트는 유명한 그린 베레 군복을 입고 있었다. 머리는 짧았다. 밀 색깔의 빳빳한 털 같았다. 로버트는 깨끗하고 말쑥했다. 명예 상이기장과 은성 훈장과 잎 장식**이 두 개 붙은 청동성장을 달고 있었다.

이것이 고등학교에서 낙제해 퇴학당하고, 열여섯 살에 알코올중독자가 되고, 껄렁한 아이들과 몰려다니고, 한번은 가톨릭 공동묘지에서 묘비 수백 개를 뽑은 혐의로 체포당하기도 했던 아이였다. 그는 이제 완전히 마음을 잡았다. 자세는 멋졌으며 구두는 반짝거렸고 바지에는

---

* 다운증후군의 전 용어.

** 미군에서 훈장에 붙는 잎 장식은 추가 공적이 있었음을 나타낸다.

날이 섰다. 그는 부하들을 이끄는 사람이었다.

"아버지—?"

빌리 필그림은 다시 눈을 감았다.

***

빌리는 여전히 무척 아팠기 때문에 아내의 장례식에 빠질 수밖에 없었다. 하지만 일리엄에서 발렌시아의 매장이 이루어지는 동안 의식을 잃고 있었던 것은 아니다. 빌리는 의식을 회복한 후에도 별말을 하지 않았고, 발렌시아가 죽었다는 소식, 로버트가 전쟁터에서 돌아왔다는 소식, 그리고 기타 등등의 소식을 듣고도 이렇다 저렇다 반응을 보이지 않았다—그래서 다들 그가 식물인간이 되었다고 믿었다. 나중에 수술을 한다는 이야기가 있었다. 뇌의 혈액순환이 개선될지도 모른다면서.

사실 빌리가 겉으로 멍해 보이는 것은 위장이었다. 겉보기에 멍한 모습으로 흥분하여 쉬익쉬익 번쩍번쩍 움직이는 정신을 감추고 있었다. 그의 정신은 비행접시, 죽음의 하찮음, 시간의 진정한 본질에 관한 편지를 쓰고 강연을 준비하고 있었다.

***

럼포드 교수는 빌리가 듣는 데서 빌리에 관한 무시무시한 이야기를 했다. 그는 이제 빌리에게는 뇌가 없다고 굳게 믿고 있었다. "왜 저 사람이 죽게 내버려두지 않는 걸까?" 그가 릴리에게 물었다.

"모르겠어요." 그녀가 말했다.

"저건 이제 인간도 아닌데 말이야. 의사들은 인간을 위해 존재하는 거야. 저건 수의사나 나무 치료 전문가한테 넘겨야 해. 그런 사람들이 방법을 알 거야. 저걸 보라고! 저것도 생명이래, 의사라는 직업의 관점에서 보자면 말이야. 생명이란 게 대단하지 않아?"

"모르겠어요." 릴리가 말했다.

럼포드는 전에 릴리에게 드레스덴 폭격 이야기를 한 적이 있고, 빌리도 그 이야기를 다 들었다. 럼포드는 드레스덴과 관련하여 해결할 문제가 있었다. 제2차 세계대전 때 미 육군 항공대의 역사를 다루는 그의 책은 『제2차 세계대전 육군 항공대 공식 역사』라는 스물일곱 권짜리 책을 쉽게 읽을 수 있게 한 권짜리로 만드는 기획이었다. 하지만 문제는 이 스물일곱 권에 드레스덴 공습에 관한 내용은 거의 없다는 점이었다. 그렇게 엄청난 성공을 거둔 작전이었는데도. 그것이 얼마나 큰 성공이었는지, 그 자세한 내용은 전쟁이 끝나고 나서 오랜 세월이 지났는데도 비밀로 유지되었다—미국민에게 감추는 비밀이었다. 물론 독일인, 또 전쟁이 끝나자 드레스덴을 점령했고 지금도 드레스덴에 있는 러시아인에게는 비밀이 아니었다.

***

"미국인이 마침내 드레스덴 이야기를 듣게 되었어." 럼포드는 공습 23년 뒤에 그렇게 말했다. "이제 많은 사람들이 드레스덴이 히로시마보다도 훨씬 심각했다는 걸 알고 있어. 그러니 나는 내 책에 그 일에 관해 뭔가 집어넣을 수밖에 없었어. 항공대의 공식적 관점에서 보자면 완전히 새로운 내용이 될 거야."

"왜 그걸 그렇게 오래 비밀로 했어야 했어요?" 릴리가 물었다.

"동정심 많은 척하는 많은 사람들이 그게 그리 멋진 일이 아니었다고 생각할까봐 걱정했던 거지."

빌리 필그림이 분명하게 말을 한 것은 이때였다. "내가 거기 있었습니다." 그는 말했다.

***

럼포드로서는 빌리의 말을 진지하게 받아들이기 어려웠다. 아주 오랫동안 빌리가 차라리 죽는 게 훨씬 나을 역겨운, 인간 아닌 인간이라고 생각했기 때문이다. 이제 빌리가 똑똑하고 명료하게 말을 하자, 럼포드의 귀는 그것을 배울 가치가 없는 외국어로 취급하고 싶어했다. "저게 뭐라고 한 거야?" 럼포드가 말했다.

릴리는 통역 노릇을 할 수밖에 없었다. "자기가 거기 있었다는데요." 그녀가 설명했다.

"저게 어디 있었다고?"

"모르겠어요." 릴리가 말했다. "어디 있었다고요?" 그녀가 빌리에게 물었다.

"드레스덴." 빌리가 말했다.

"드레스덴이라는데요." 릴리가 럼포드에게 말했다.

"그냥 우리가 하는 말을 되풀이하고 있을 뿐이야." 럼포드가 말했다.

"아." 릴리가 말했다.

"반향언어증상이 나타난 거야."

"아."

*　*　*

반향언어증상이란 주위에 있는 건강한 사람들이 하는 말을 즉시 되풀이하는 정신적 질병이다. 하지만 사실 빌리는 그런 병에 걸린 것이 아니었다. 럼포드는 그냥 그래야 자신이 편하기 때문에 빌리에게 그런 증상이 나타났다고 주장한 것뿐이다. 럼포드는 군사적인 방식으로 생각하고 있었다. 불편한 사람, 실리적인 이유에서 죽기를 간절히 바라는 사람은 역겨운 병에 걸렸다고 주장하는 방식이었다.

*　*　*

럼포드는 몇 시간 동안 계속 빌리가 반향언어증상을 보인다고 주장했다―간호사들과 의사에게도 빌리가 이제 반향언어증상을 보인다고 말했다. 의사와 간호사들은 빌리에게 몇 가지 실험을 했다. 그들은 뭐든 반향하게 해보려고 했으나, 빌리는 그들에게는 아무런 소리도 내지 않았다.

"지금은 안 그러네." 럼포드가 안달을 했다. "하지만 당신들이 나가면 바로 다시 시작될 거요."

아무도 럼포드의 진단을 진지하게 받아들이지 않았다. 병원에서 일하는 사람들은 럼포드가 밉살맞은 노인이며, 자만심이 강하고 잔인하다고 생각하고 있었다. 럼포드는 그들에게 이런저런 방식으로 약한 사람은 죽어 마땅하다고 말하곤 했다. 물론 병원 사람들은 약한 사람들을 가능한 한 도와주어야 한다는 생각이 철저했으며, 아무도 죽어 마땅하다고 생각하지 않았다.

***

그곳 병원에서 빌리는 전시에 아무런 힘이 없는 사람들 사이에는 아주 흔한 모험을 하고 있었다. 고집스럽게 귀와 눈을 닫은 적에게 자신이 들어주거나 보아줄 만큼 흥미 있는 사람임을 증명하려고 애를 쓰고 있었던 것이다. 그는 밤에 불이 꺼질 때까지 입을 다물고 있다가, 반향할 것을 전혀 품지 않은 긴 정적의 시간이 흐른 뒤 럼포드에게 말했다. "나는 드레스덴이 폭격을 당할 때 그곳에 있었습니다. 전쟁 포로였습니다."

럼포드는 짜증을 내며 한숨을 쉬었다.

"명예를 걸고 하는 말입니다." 빌리 필그림이 말했다. "내 말을 믿나요?"

"지금 그 이야기를 해야 하나?" 럼포드가 말했다. 그는 들었다. 그러나 믿지 않았다.

"우리가 그 이야기를 할 필요는 전혀 없습니다." 빌리가 말했다. "그냥 댁이 알고 있기를 바랄 뿐입니다. 나는 그곳에 있었습니다."

***

그날 밤에는 드레스덴 이야기가 더 나오지 않았다. 빌리는 눈을 감고 어느 5월의 오후로 시간 여행을 했다. 유럽에서 제2차세계대전이 끝나고 나서 이틀 뒤였다. 빌리와 다른 미국인 포로 다섯 명은 드레스덴 교외에서 말 두 마리까지 완벽하게 갖춘, 관 모양의 녹색 마차를 타고 있었다. 누가 버린 것을 발견한 것이다. 그들은 따각-따각-따각 걸어가는 말들에 이끌려 달 표면 같은 폐허 사이에 난 좁은 길을 따라가고 있었다. 전쟁 기념물을 챙기러 도살장으로 돌아가는 중이었다. 빌리는 어린 시절 일리엄에서 아침 일찍 들었던, 우유 배달부의 말이 내던 소리가 떠올랐다.

빌리는 가볍게 흔들리는 관 뒤쪽에 앉아 있었다. 머리를 뒤로 기울이고 코를 벌름거렸다. 행복했다. 따뜻했다. 마차에는 먹을 것이 있었다. 와인도 있었다―또 카메라, 그리고 우표책, 그리고 박제 올빼미, 그리고 기압 변화를 알려주는 탁상시계도 있었다. 미국인들은 자신이 갇혀 있던 교외의 텅 빈 집들로 들어가, 이런 것들과 더불어 다른 많은 것을 가지고 나왔다.

집주인들은 러시아인이 온다는 이야기, 죽이고 강도질하고 강간하고 불태워버린다는 이야기를 듣고는 집을 비우고 피신했다.

그러나 러시아인은 아직 오지 않았다. 전쟁이 끝나고 이틀이나 지났는데도. 폐허는 평화로웠다. 빌리는 도살장으로 가는 길에 다른 사람을 한 명밖에 보지 못했다. 유모차를 미는 늙은 남자였다. 유모차에는 단지와 컵과 우산대를 비롯하여 그가 찾아낸 다른 물건들이 있었다.

***

　도살장에 도착했을 때 빌리는 마차에서 일광욕을 하고 있었다. 다른 사람들은 기념품을 찾으러 다니고 있었다. 세월이 흐른 뒤 트랄파마도 어인들은 빌리에게 인생의 행복한 순간에 집중하라고, 불행한 순간은 무시하라고─예쁜 것만 바라보고 있으라고, 그러면 영원한 시간이 그 냥 흐르지 않고 그곳에서 멈출 것이라고 조언했다. 이런 선별이 빌리에 게 가능했다면, 그는 수레 뒤에서 햇볕에 흠뻑 젖은 채 꾸벅꾸벅 졸던 때를 가장 행복했던 순간으로 선택했을지도 모른다.

***

　빌리 필그림은 무장한 채 졸고 있었다. 기초 군사훈련을 받은 뒤로 무장을 한 것은 이때가 처음이었다. 동료들은 빌리도 무장을 해야 한다 고 고집을 부렸다. 달 표면의 굴에 어떤 살인자가 숨어 있을지 모른다 는 것이었다─들개, 주검을 먹고 뚱뚱해진 쥐 무리, 탈출한 정신병자 나 살인자, 자신이 죽기 전에는 남을 죽이는 짓을 절대 멈추려 하지 않 는 군인.

　빌리는 엄청나게 큰 기병대 권총을 허리에 차고 있었다. 제1차세계 대전의 유물이었다. 손잡이 밑에는 고리가 달려 있었다. 울새의 알만한 크기의 총알들이 장전되어 있었다. 빌리는 이것을 어떤 집 침대맡 탁자 에서 발견했다. 이것은 전쟁의 끝을 알리는 신호 가운데 하나였다. 무 기를 원하는 자는 누구든 무기를 가질 수 있다는 것. 무기는 어디에나 널려 있었다. 빌리는 의장용 군도도 한 자루 들고 있었다. 나치 공군의 의장대가 사용하는 검이었다. 손잡이에는 소리를 지르는 독수리가 새겨져 있었다. 독수리는 철십자를 나르며 아래를 굽어보고 있었다. 빌리는 이 검이 전신주에 꽂혀 있는 것을 보았다. 그는 움직이는 마차에 탄 채로 검을 전신주에서 뽑았다.

***

빌리의 잠은 서서히 얕아지고 있었다. 어떤 남자와 여자가 독일어로 애처롭게 이야기하는 소리가 들렸기 때문이다. 이야기를 하는 사람들은 서정적인 어조로 누군가를 위로하고 있었다. 눈을 뜨기 전이라 빌리는 예수의 친구들이 그의 망가진 몸을 십자가에서 내리면서, 뭐 그런 거지, 그런 어조로 말했을 것 같다는 느낌이 들었다.

빌리는 눈을 떴다. 중년의 부부가 말들에게 작은 소리로 중얼거리고 있었다. 그들은 미국인들이 보지 못한 것을 보고 있었다─말은 입이 재갈에 찢겨 피가 흐르고 있었고, 발굽이 깨져 한 걸음 한 걸음 걷는 것이 고통이었고, 목이 말라 제정신이 아니었다. 미국인들은 그들의 운송 수단을 6기통 쉐보레 자동차처럼 다루고 있었다.

***

말을 동정하던 두 사람은 마차 뒤쪽으로 움직여 빌리가 있는 곳까지 와서 책망하는 윗사람의 눈길로 그를─아주 길고 허약한, 게다가 하늘색 토가와 은색 신발 차림이라 아주 우스꽝스럽기까지 한 빌리 필그림을 보았다. 그들은 그를 두려워하지 않았다. 어떤 것도 두려워하지 않았다. 그들은 의사였다. 둘 다 산과의였다. 병원이 다 불에 타기 전까지 아기를 받고 있었다. 지금 그들은 예전에 그들의 아파트가 있던 곳 근처로 소풍을 가고 있었다.

여자는 부드럽고 아름다웠다. 아주 오랫동안 감자만 먹어서 반투명했다. 남자는 양복을 입고 넥타이를 비롯해 모든 것을 갖추어 입었다. 그는 감자만 먹어서 수척했다. 빌리만큼 키가 컸고, 철테 3초점렌즈 안경을 끼고 있었다. 이 부부는 남의 아기들에게 너무 몰두한 나머지, 자신들은 할 수 있었음에도 재생산을 하지 않았다. 이것은 재생산이라는 생각 자체에 대한 흥미로운 논평이기도 했다.

그들은 둘이 합쳐 아홉 개 언어를 구사할 수 있었다. 그래서 빌리 필그림에게 먼저 폴란드어로 말을 걸어보았다. 그가 어릿광대처럼 옷을 입었기 때문이고, 가엾은 폴란드인은 제2차세계대전에서 자기도 모르게 어릿광대가 되었기 때문이다.

빌리는 그들에게 원하는 것이 무엇이냐고 영어로 물었고, 그들은 즉시 영어로 말의 상태를 이야기하며 그를 꾸짖었다. 그들은 빌리를 마차에서 내리게 해 말을 보게 했다. 빌리는 운송 수단의 상태를 보고 울음을 터뜨렸다. 전쟁 동안 다른 어떤 것으로도 울어본 적이 없는 빌리였다.

***

나중에 중년의 검안사가 되어서는 가끔 조용히 혼자 울게 되지만, 그때도 결코 엉엉 소리를 내며 울지는 않았다.

그래서 유명한 크리스마스캐럴에서 따온 사행연구를 이 책의 제사題詞로 삼은 것이다. 빌리는 울 만한 일은 자주 보았지만 실제로 운 적은 거의 없었다. 적어도 그런 점에서는 캐럴에 나오는 그리스도를 닮았다.

저 육축 소리에
아기 잠 깨나,
그 순하신 예수
우시지 않네.

빌리는 버몬트의 병원으로 다시 시간 여행을 했다. 아침은 이미 먹고 치웠고, 럼포드 교수는 내키지 않았지만 한 인간 빌리에게 관심을 가지게 되었다. 럼포드는 빌리에게 무뚝뚝하게 질문을 던졌고, 빌리가 정말로 드레스덴에 있었다는 것을 믿게 되었다. 그는 빌리에게 드레스덴이 어땠는지 물었고, 빌리는 그에게 말, 그리고 달로 소풍을 나온 부부 이야기를 해주었다.

그 이야기는 이런 식으로 끝났다. 빌리와 의사들은 말의 마구를 풀어주었지만, 말들은 그대로 서 있었다. 발이 너무 아팠기 때문이다. 그러다가 러시아인들이 오토바이를 타고 왔고, 말을 제외한 모두를 체포했다.

이틀 뒤 빌리는 미국인들에게 넘겨져, 루크리셔 A. 모트 호라는 이름의 아주 느린 화물선에 실려 집으로 가게 되었다. 루크리셔 A. 모트는 미국의 유명한 여성 참정권론자였다. 그녀는 이 세상 사람이 아니었다. 뭐 그런 거지.

***

"그럴 수밖에 없었소." 럼포드가 빌리에게 말했다. 드레스덴 파괴 이야기였다.

"압니다." 빌리가 말했다.

"그게 전쟁이오."

"압니다. 나는 불평을 하는 게 아닙니다."

"지상은 틀림없이 지옥이었겠지."

"그랬습니다." 빌리 필그림이 말했다.

"그렇게 할 수밖에 없었던 사람들을 가엾게 여기시오."

"그러고 있습니다."

"틀림없이 착잡할 수밖에 없었겠지, 거기 지상에서는 말이오."

"괜찮았습니다." 빌리가 말했다. "다 괜찮습니다. 모두가 자신이 하는 일을 할 수밖에 없는 거지요. 나는 그걸 트랄파마도어에서 배웠습니다."

***

그날 빌리 필그림의 딸은 그를 집으로 데려가, 그의 집에 있는 침대에 눕히고, 마법의 손가락을 틀어주었다. 집에는 간호조무사가 있었다. 빌리는 일을 해서도 안 되고, 심지어 집을 나가서도 안 되었다. 적어도 한동안은. 그는 감시를 받고 있었다.

그러나 빌리는 간호사가 보지 않을 때 몰래 빠져나가 뉴욕 시티로 차를 몰고 갔다. 그곳에서 텔레비전에 나가고 싶었기 때문이다. 트랄파마도어에서 배운 교훈을 세상 사람들에게 말할 작정이었다.

***

빌리 필그림은 뉴욕 44번가 로열턴 호텔에 투숙했다. 그는 우연히도 비평가이자 편집자인 조지 진 네이선이 한때 집으로 쓰던 방을 배정받았다. 지구인의 시간 개념을 따르자면 네이선은 1958년에 죽었다. 물론 트랄파마도어의 개념을 따르자면 어딘가에 여전히 살아 있었고 앞으로도 늘 살아 있을 터였다.

방은 작고 소박했다. 다만 꼭대기 층이었고, 유리문을 열면 방만큼이나 넓은 테라스가 나왔다. 테라스 난간 너머는 44번가 위쪽 허공이었다. 빌리는 난간 너머로 몸을 기울이고 여기저기로 움직이는 모든 사람을 굽어보았다. 몸을 핵핵 움직이는 작은 가위들이었다. 아주 재미있었다.

쌀쌀한 밤이었다. 빌리는 한참 뒤에 안으로 들어와 유리문을 닫았다.

문을 닫자 신혼여행이 떠올랐다. 신혼여행 때 케이프 앤에 있던 사랑의 둥지에도 유리문이 있었다. 그 문은 여전히 있고, 앞으로도 늘 있을 터였다.

빌리는 텔레비전을 켜고, 채널을 여기저기로 딸깍딸깍 돌려보았다. 자신을 출연시켜줄지도 모르는 프로그램을 찾고 있었다. 하지만 독특한 견해를 가진 사람들을 출연시키는 프로그램을 방송하기에는 너무 이른 저녁이었다. 여덟시가 조금 지났을 뿐이고, 그래서 쇼마다 하찮은 일이나 살인을 다루고 있었다. 뭐 그런 거지.

***

빌리는 방을 떠나, 느린 엘리베이터를 타고 내려가, 타임스 스퀘어까지 걸어가, 번지르르한 서점의 진열장을 들여다보았다. 진열장에는 썹질과 비역과 살인에 관한 책 수백 권, 그리고 뉴욕 시티 거리 가이드, 온도계가 달린 자유의 여신상 모형이 있었다. 또 검댕과 파리똥이 점점이 박힌 진열장에는 빌리의 친구 킬고어 트라우트가 쓴 페이퍼백 네 권이 있었다.

오늘의 뉴스가 빌리의 등뒤 건물에 찍히며 불빛의 띠를 만들어나가고 있었다. 진열장에 뉴스가 반사되었다. 권력과 스포츠와 분노와 죽음에 관한 소식이었다. 뭐 그런 거지.

빌리는 서점으로 들어갔다.

***

안의 표지판에는 뒤쪽은 성인만 들어갈 수 있다고 적혀 있었다. 뒤쪽에서는 핍 쇼가 진행되고 있었는데, 옷을 전혀 걸치지 않은 젊은 여자들과 남자들이 나오는 영화를 보여주었다. 일 분 동안 기계 안을 들여다보는 데 25센트짜리 동전 한 개였다. 그곳 뒤쪽에는 벌거벗은 젊은 사람들을 찍은 사진도 팔았다. 그것은 집에 가져갈 수 있었다. 사진이 영화보다 훨씬 트랄파마도어적이었다. 원할 때마다 언제든지 볼 수 있고, 변하지도 않았기 때문이다. 20년이 지나도 그 여자들은 여전히 젊을 것이고, 여전히 웃고 있거나 분을 삭이고 있거나 그냥 멍청한 표정을 짓고 있을 것이다. 두 다리를 활짝 벌린 채. 몇 명은 롤리팝이나 바나나를 먹고 있었다. 나중에도 계속 그것을 먹고 있을 터였다. 젊은 남자들의 자지는 여전히 반쯤 발기한 상태일 것이고, 근육은 여전히 대포알처럼 불거져 있을 것이었다.

하지만 빌리 필그림은 가게 뒤쪽에 현혹되지 않았다. 그는 앞쪽에 있는 킬고어 트라우트 때문에 몸이 부르르 떨렸다. 다 처음 보는 책들이었다. 어쨌든 그는 그렇게 생각했다. 한 권을 펼쳐보았다. 그렇게 해도 괜찮을 것 같았다. 가게 안의 다른 사람들도 모두 진열된 물건을 손으로 만지작거리고 있었으니까. 책 제목은 『큰 판』이었다. 빌리는 몇 문단을 읽고 나서 전에 읽었던 것임을 깨달았다―오래전에, 보훈병원에서. 외계인에게 납치된 지구인 남자와 여자에 관한 이야기였다. 그들은 지르콘-212라는 행성의 동물원에 전시되고 있었다.

***

소설 속에서 동물원에 있는 이 인물들의 서식지 한쪽 면에는 큰 판이 걸려 있었는데, 이 판은 증권 시세와 물가를 보여주는 것으로 설정되어 있었다. 한 줄짜리 주식 뉴스도 있었고, 지구의 증권 중개인과 연결된 것으로 설정된 전화도 있었다. 지르콘−212의 생물들은 그들이 지구에서 포로들 대신 백만 달러를 투자했으니, 포로들은 그것을 잘 관리하면 지구로 돌아갔을 때 엄청난 부자가 될 것이라고 말했다.

전화와 큰 판과 한 줄 뉴스는 물론 모두 가짜였다. 그저 지구인들이 동물원의 구경꾼들 앞에서 실감나게 연기하도록 자극하는 것—펄쩍펄쩍 뛰면서 환호하거나 혼자 히죽거리거나 침울해하거나 머리를 쥐어뜯거나 똥을 쌀 만큼 겁에 질리거나 어머니 품에 안긴 아기처럼 만족감에 빠지도록 만드는 것에 불과했다.

지구인들은 서류상으로는 아주 잘했다. 그것도 물론 장치의 일부였다. 종교도 섞여 있었다. 한 줄 뉴스가 미합중국 대통령이 전국 기도주간을 선포하였으며, 따라서 모두 기도를 해야 한다고 알렸다. 지구인들은 그 전주에 시장에서 손해를 보았다. 올리브유 선물先物에서 꽤 큰돈을 잃었다. 그래서 기도를 한번 해보기로 했다.

효과가 있었다. 올리브유가 상승했다.

***

진열장에 있는 또 한 권의 킬고어 트라우트 책은 과거로 가서 예수

250

를 보려고 타임머신을 만든 사람 이야기였다. 그는 타임머신을 만드는 데 성공하여 겨우 열두 살인 예수를 보았다. 예수는 아버지에게서 목수 수업을 받고 있었다.

두 로마 병사가 목공소로 찾아와 파피루스에 적힌 기계 도면을 보여 주면서 다음날 동이 틀 때까지 만들어달라고 했다. 민중 선동가의 처형에 사용할 십자가였다.

예수와 그의 아버지는 십자가를 제작했다. 그들은 일을 맡을 수 있어 기뻤다. 그리고 민중 선동가는 그 위에서 처형을 당했다.

뭐 그런 거지.

***

가게를 운영하는 사람들은 마치 다섯 쌍둥이처럼 보이는, 키가 작고 머리가 벗어진 남자들 다섯 명이었다. 불을 붙이지 않은 채 축축하게 젖도록 시가를 씹고 있었고, 얼굴에는 웃음기가 전혀 없었다. 각자 등 받이 없는 의자를 하나씩 차지하고 앉아 있었다. 그들은 종이와 셀룰로 이드로 이루어진 매음굴을 운영하여 돈을 벌고 있었다. 그들은 발기하지 않았다. 빌리 필그림도 마찬가지였다. 다른 모든 사람은 발기해 있었다. 우스꽝스러운 가게였다. 온통 사랑과 아기에 관한 것뿐이었다.

점원들은 이따금 어떤 사람에게 그냥 보고 또 보고 또 보고 만지작 거리고 또 만지작거리지만 말고 사거나 아니면 나가라고 말했다. 몇 사 람은 물건 대신 서로를 보고 있었다.

한 점원이 빌리에게 다가오더니 좋은 물건은 뒤에 있고, 빌리가 읽고 있는 것은 진열장 장식용일 뿐이라고 말했다. "그건 손님이 원하는 게 아니오, 참나." 그는 빌리에게 말했다. "손님이 원하는 건 뒤에 있다고."

그래서 빌리는 조금씩 뒤로 갔지만, 성인만 갈 수 있는 곳까지 가지는 않았다. 그는 그냥 아무 생각 없이 예의상 움직였으며, 손에는 트라우트의 책을 들고 있었다―예수와 타임머신에 관한 책이었다.

책 속의 시간여행자는 특별히 한 가지를 알아내기 위해 『성경』시대를 왔다갔다했다. 예수가 정말로 십자가에서 죽었는지, 아직 살아 있을 때 십자가에서 내려졌는지, 그가 그후에도 정말 계속 살아갔는지. 주인공은 청진기를 들고 갔다.

빌리는 책의 맨 뒤로 건너뛰었다. 주인공은 예수를 십자가에서 내리는 사람들 사이에 섞여 있었다. 시간여행자는 그 시대 옷을 입고서 가장 먼저 사다리를 올라갔다. 그는 사람들이 청진기를 사용하는 것을 보지 못하도록 예수에게 바싹 다가가 귀를 기울였다.

바싹 여윈 가슴 공동 안에서는 아무런 소리도 들리지 않았다. 하느님의 아들은 완전히 죽었다.

뭐 그런 거지.

랜스 코윈이라는 이름의 시간여행자는 또 예수의 몸의 길이를 측정하지만 몸무게는 달아보지 않았다. 예수는 161센티미터였다.

***

다른 점원이 빌리에게 다가와 책을 살 것인지 아닌지 물었고, 빌리는 사고 싶다고, 부탁한다고 말했다. 빌리는 고대 이집트부터 현재에 이르기까지 입-생식기 접촉 그리고 기타 등등에 관한 페이퍼백 선반에 등을 대고 있었기 때문에, 점원은 빌리가 그 가운데 한 권을 읽고 있었다고 생각했다. 그래서 빌리의 책이 뭔지 알게 되자 깜짝 놀랐다. "맙소사, 어디서 이런 걸 찾아냈소?" 그리고 기타 등등. 그는 다른 점원들에게도 진열장 장식품을 사고 싶어하는 변태 이야기를 하지 않을 수 없었다. 다른 점원들은 이미 빌리에 관해 알고 있었다. 그들도 그를 주시하고 있었다.

빌리가 거스름돈을 받으려고 기다리는 카운터의 금전등록기 옆에는 낡은 여자 누드 잡지들을 담은 통이 있었다. 빌리는 곁눈질로 보다가 어떤 잡지 표지에서 이런 질문을 보았다. 몬태나 와일드핵은 진짜로 어떻게 되었나?

***

그래서 빌리는 그것을 읽었다. 그는 물론 몬태나 와일드핵이 진짜로 어디에 있는지 알고 있었다. 그녀는 저기 트랄파마도어에서 아기를 돌보고 있었다. 그러나 〈한밤중의 암고양이〉라는 이름의 잡지는 그녀가 시멘트 외투를 입고 산페드로 만의 짠물 30길 밑에 있다고, 뭐 그런 거지, 장담했다.

빌리는 웃음을 터뜨리고 싶었다. 외로운 남자들이 보면서 딸딸이를 치라고 펴낸 잡지는 몬태나가 십대 시절 찍은 도색영화에서 가져온 사진에 어울릴 만한 이야기를 싣고 있었다. 빌리는 이 사진들은 자세히

보지 않았다. 검댕과 백묵으로 그린 듯 결이 거친 사진이었다. 누구의
사진일 수도 있었다.

빌리는 다시 가게 뒤편으로 안내받았고, 이번에는 그곳까지 들어갔
다. 피곤해 보이는 수병이 아직 필름이 돌아가고 있는데 영화 기계에서
물러났다. 빌리는 기계에 눈을 갖다댔다. 몬태나 와일드핵이 혼자 침대
에 누워 바나나 껍질을 까고 있었다. 영화가 딸깍 끊겼다. 빌리는 다음
에 어떻게 되는지 보고 싶지 않았다. 그러자 한 점원이 그에게 저쪽으
로 가서 전문가들을 위해 카운터 밑에 보관하고 있는 진짜 화끈한 것
을 보라고 끈덕지게 졸랐다.

빌리는 그런 가게에서 도대체 뭘 감추어두기까지 하는지 약간 호기
심을 느꼈다. 점원은 짓궂은 표정으로 그를 보며 감춘 것을 보여주었
다. 여자와 셰틀랜드포니의 사진이었다. 그들은 두 도리아식 기둥 사이
에서, 실로 만든 작은 공으로 가장자리를 장식한 벨벳 휘장 앞에서 성
교를 시도하고 있었다.

***

빌리는 그날 밤 뉴욕에서 텔레비전에 나가지 못했지만, 라디오 토크
쇼에는 나갔다. 빌리의 호텔 바로 옆에 라디오 방송국이 있었다. 그는
방송국 건물의 입구 위쪽에 붙은 초대의 글을 보고 안으로 들어갔다.
자동 엘리베이터를 타고 스튜디오로 올라갔다. 위에서는 다른 사람들
도 안으로 들어가려고 기다리고 있었다. 그들은 문학평론가들이었고,
빌리도 문학평론가라고 생각했다. 그들은 소설이 죽었는지 죽지 않았

는지 뭐 그런 거지, 토론할 예정이었다.

빌리는 황금색 떡갈나무 탁자 둘레에 다른 사람들과 함께 앉았다. 그의 전용 마이크가 따로 있었다. 사회자는 그에게 이름을 물었고, 어느 신문에서 왔느냐고 물었다. 빌리는 〈윌리엄 가제트〉에서 왔다고 말했다.

그는 신경이 곤두섰지만 행복했다. "혹시라도 와이오밍 주에 오게 되면 그냥 와일드 밥을 찾기만 해라." 그는 속으로 말했다.

* * *

빌리는 프로그램이 시작되자마자 손을 들었지만, 바로 지명을 받지는 못했다. 다른 사람들이 그보다 앞서갔다. 한 사람은 지금이 소설을 묻어버리기에 좋은 때라고 말했다. 애퍼매톡스 사건에서 백 년이 지난 지금 버지니아 사람이 『톰 아저씨의 오두막』을 썼기 때문이라는 것이었다.* 다른 사람은 사람들이 이제는 글을 잘 읽지 못해 책에 인쇄된 것을 두개골 속에서 흥미진진한 상황으로 바꿀 수 없기 때문에 작가들은 노먼 메일러가 하는 일, 즉 자신이 쓴 것을 대중 앞에서 공연하는 일을 해야 한다고 말했다. 사회자가 사람들에게 현대사회에서 소설의 기능이 무엇이라고 생각하느냐고 묻자, 한 평론가는 "완전히 흰색인 방에 약간 색을 칠해주는 것"이라고 말했다. 다른 평론가는 "입으로 빨아주

---

* 애퍼매톡스는 미국 버지니아 주 중부에 있는 마을. 1865년에 여기에서 남군이 북군에게 항복하여 남북전쟁이 끝난다. 『톰 아저씨의 오두막』을 쓴 H. B. 스토는 코네티컷 사람이고, 이 책은 1852년에 나왔다. 출연자가 오류가 가득한 이야기를 하고 있는 것.

는 것을 예술적으로 묘사하는 것"이라고 말했다. 또 한 평론가는 "중견 간부의 부인에게 다음에 무엇을 사고 프랑스 레스토랑에서 어떻게 행동해야 하는지 가르쳐주는 것"이라고 말했다.

그러고 나서야 빌리는 발언이 허락되었다. 그는 훈련받은 아름다운 목소리로 이야기를 해나갔다. 비행접시와 몬태나 와일드핵 등등에 관해 이야기했다.

광고가 나오는 동안 스튜디오에서 그를 정중하게 쫓아냈다. 그는 호텔방으로 돌아가, 25센트짜리 동전을 넣고 마법의 손가락 기계를 침대에 연결시킨 뒤 잠이 들었다. 그는 다시 트랄파마도어로 시간 여행을 했다.

"또 시간 여행을 하고 있었죠?" 몬태나가 말했다. 돔 안의 인공적인 저녁이었다. 그녀는 그들의 아이에게 젖을 먹이고 있었다.

"어어?" 빌리가 말했다.

"또 시간 여행을 하고 있었다고요. 척 보면 알 수 있어요."

"음."

"이번에는 어디에 갔어요? 전쟁은 아니었는데. 그것도 알 수 있거든요."

"뉴욕."

"'큰 사과'에."

"어?"

"전에는 뉴욕을 그렇게 불렀잖아요."

"아."

"연극이나 영화를 보고 있어요?"

"아니—그냥 타임스 스퀘어를 좀 돌아다니고, 킬고어 트라우트 책을 한 권 샀어."

"운도 좋으시네." 그와는 달리 그녀는 킬고어 트라우트를 좋아하지 않았다.

빌리는 지나가는 말처럼 그녀가 나온 도색영화를 잠깐 보았다고 말했다. 그녀 또한 지나가는 말을 듣는 듯한 반응을 보였다. 이것이 트랄파마도어식이었으며 죄책감은 전혀 끼어들지 않았다.

"네—"그녀가 말했다. "나는 전쟁에 나갔던 당신 이야기도 들었죠. 얼마나 어릿광대 같았는지. 총살을 당한 고등학교 선생 이야기도 들었어요. 그 사람은 총살대랑 도색영화를 만들었죠." 그녀는 아기를 한쪽 젖에서 다른 쪽 젖으로 옮겼다. 그 순간은 그녀가 그렇게 할 수밖에 없도록 구조화되어 있었기 때문이다.

정적이 흘렀다.

"다시 시계 장난을 치고 있네요." 몬태나는 그렇게 말하고, 일어서서 아기를 요람에 눕힐 준비를 했다. 그들을 지키는 사람들이 돔의 전자시계를 빨리 가게 했다가 느리게 가게 했다가 다시 빨리 가게 하면서 들여다보는 구멍으로 지구인 소가족을 지켜보고 있다는 뜻이었다.

몬태나 와일드핵의 목에는 은줄이 걸려 있었다. 은줄에서 두 젖가슴 사이로 작은 로켓이 늘어져 있고, 그 안에는 알코올 중독에 걸린 어머니의 사진이 담겨 있었다—검댕과 백묵으로 그린 듯 결이 거친 사진이었다. 누구의 사진일 수도 있었다. 로켓의 바깥에는 이런 말이 새겨져 있었다.

God grant me the serenity
to accept the things I
cannot change, courage
to change the things
I can, and wisdom
always to tell the
difference

하느님, 저에게
제가 바꿀 수 없는 것을
받아들일 수 있는 차분한 마음과
제가 바꿀 수 있는 것을
바꿀 수 있는 용기와
언제나 그 차이를
분별할 수 있는
지혜를 주소서.

10

　내가 일 년 내내 살고 있는 집에서 15킬로미터 정도 떨어진 곳에 여름 별장을 소유한 로버트 케네디가 이틀 전 밤에 총에 맞았다. 그는 어젯밤에 죽었다. 뭐 그런 거지.

　마틴 루서 킹이 한 달 전에 총에 맞았다. 그도 죽었다. 뭐 그런 거지.

　그리고 우리 정부는 매일 나에게 베트남에서 군사과학이 만들어낸 시체의 수를 알려준다. 뭐 그런 거지.

　아버지는 이제 죽은 지 오래되었다―자연사했다. 뭐 그런 거지. 아버지는 착한 사람이었다. 총에 미친 사람이기도 했다. 아버지는 나에게 총을 모두 남겨주었다. 그건 지금 녹슬고 있다.

***

트랄파마도어에서는 예수그리스도에 별 관심이 없다, 빌리 필그림은 그렇게 말한다. 그의 말에 따르면 트랄파마도어인의 정신으로 볼 때 가장 매력적인 지구인은 찰스 다윈이다―그는 죽는 사람들은 원래 죽게 되어 있으며, 주검은 나아졌다는 증거라고 가르쳐주었다. 뭐 그런 거지.

***

이와 전체적으로 똑같은 생각이 킬고어 트라우트의 『큰 판』에도 나타난다. 트라우트의 주인공을 납치하는 비행접시 생물들은 다윈에 관해 묻는다. 또 골프에 관해 묻는다.

***

빌리 필그림이 트랄파마도어에서 배운 것이 사실이라 해도, 즉 우리가 가끔 죽은 것처럼 보여도 실제로는 영원히 사는 것이라 해도, 나는 그리 기쁘지 않다. 그럼에도―이 순간 저 순간을 찾아다니며 영원한 시간을 보내게 될 것이라면, 멋진 순간이 그렇게 많다는 것이 고맙다.

최근 들어 그런 가장 멋진 순간 가운데 하나는 옛 전우 오헤어와 드레스덴을 다시 찾아간 것이다.

우리는 동베를린에서 헝가리 항공을 탔다. 조종사는 카이저수염을 길렀다. 꼭 아돌프 멘주*처럼 생겼다. 그는 비행기에 연료를 주입하는 동안 쿠바 시가를 피웠다. 이륙을 할 때 안전벨트를 매라는 말도 하지 않았다.

공중으로 떠오르자 젊은 남자 승무원이 호밀빵과 살라미와 버터와 치즈와 화이트와인을 주었다. 그러나 내 앞의 트레이가 펼쳐지지 않았다. 승무원은 연장을 가지러 조종실로 들어갔다가 맥주 캔 따개를 들고 나왔다. 그는 이 따개를 이용하여 트레이를 비틀어 펼쳤다.

승객은 여섯 명뿐이었다. 그들은 여러 언어를 사용했다. 다들 좋은 시간을 보내고 있었다. 밑은 동독이었고, 불이 밝혀져 있었다. 나는 그 불빛들 위로, 그 마을과 도시와 읍 들 위로 폭탄을 투하하는 상상을 했다.

***

오헤어와 나는 돈을 벌 거라는 생각을 한 적이 없었다—그런데 이제 우리는 큰 부자가 되어 있었다.

"혹시라도 와이오밍 주 코디에 오게 되면 그냥 와일드 밥을 찾기만 해라." 나는 그에게 느릿느릿 말했다.

***

오헤어는 작은 수첩을 들고 다녔는데 그 뒤쪽에는 우편요금과 비행

---

* 미국의 영화배우.

거리와 유명한 산의 고도를 비롯한 세상의 주요 사실들이 인쇄되어 있었다. 그는 드레스덴의 인구를 찾아보았지만 수첩에는 나와 있지 않았다. 그러나 다음과 같은 글을 보자 나에게 읽어보라고 주었다.

매일 세상에는 아기가 324,000명 새로 태어난다. 또 하루에 평균 10,000명이 굶어죽거나 영양실조로 죽는다. 뭐 그런 거지. 추가로 123,000명이 다른 이유로 죽는다. 뭐 그런 거지. 이렇게 되면 이 세상이 매일 얻는 순인구는 191,000명이 된다. 인구 조회 사무소는 세계의 총인구가 2000년 전에 두 배가 되어 7,000,000,000에 이를 것이라고 예측한다.

"나는 그 사람들 모두가 존엄을 원할 거라고 생각해." 내가 말했다.

"나도 그래." 오헤어가 말했다.

**

한편 빌리 필그림은 다시 드레스덴으로 시간 여행을 했지만, 현재로 간 것은 아니었다. 그는 1945년, 도시가 파괴되고 나서 이틀 뒤로 갔다. 빌리와 나머지 사람들은 경비병들에게 이끌려 폐허 속으로 행진하고 있었다. 나도 그곳에 있었다. 오헤어도 그곳에 있었다. 우리는 그전 이틀 밤을 눈먼 여관 주인의 마구간에서 보냈다. 당국은 우리를 그곳에서 발견했다. 그들은 우리에게 할 일을 말해주었다. 우리는 이웃들로부터 곡괭이와 삽과 쇠지레와 외바퀴 손수레를 빌려야 했다. 우리는 이런 도구를 싣고 폐허 속의 이런저런 장소로 일을 하러 가야 했다.

***

폐허로 들어가는 간선도로에는 바리케이드가 설치되어 있었다. 독일인들은 그곳에서 저지당했다. 그들은 달 탐사가 허락되지 않았다.

***

그날 아침 많은 나라의 전쟁 포로가 드레스덴의 이런저런 장소로 모였다. 이곳이 주검을 파내는 장소로 선포되었다. 그래서 파내는 일이 시작되었다.

빌리는 마오리 말을 쓰는 사람과 짝이 되었는데, 그는 토브룩에서 포로가 되었다. 마오리 사람의 피부는 초콜릿색이었다. 이마와 뺨에는 소용돌이 문신이 있었다. 빌리와 마오리인은 달의 굼뜨고 장래성 없는 자갈을 파헤쳤다. 이곳의 물질은 고정되어 있지 않았다. 그래서 계속 작은 사태沙汰가 일어났다.

많은 구멍을 동시에 팠다. 뭘 찾아내게 될지 아직 아무도 몰랐다. 아무것도 나오지 않은 구멍도 많았다―또 포장도로가 나오기도 하고, 너무 거대해서 움직일 수 없는 바위가 나오기도 했다. 사용할 수 있는 기계는 없었다. 달 표면을 가로지를 수 있는 말이나 노새나 소도 없었다.

빌리와 마오리인과 그들을 도와 구멍을 파는 다른 사람들은 마침내 서로 쐐기처럼 맞물려 우연히 돔을 이루고 있는 돌들 위에 레이스처럼 얽힌 목재들로 이루어진 얇은 막에 이르렀다. 그들은 막에 구멍을 냈다. 그 밑으로 어둠과 공간이 있었다.

손전등을 든 독일 병사가 어둠 속으로 내려가더니 오랫동안 올라오지 않았다. 마침내 돌아온 병사는 상급자에게 저 아래 시체 수십 구가 있다고 말했다. 시체들은 벤치에 앉아 있었다. 전혀 시체 같은 느낌이 없었다.

뭐 그런 거지.

상급자는 막의 찢은 곳을 넓혀야 한다고, 사다리를 구멍에 집어넣어야 한다고, 그래야 시체를 꺼낼 수 있다고 말했다. 이렇게 해서 드레스덴 최초의 시체 채굴이 시작되었다.

*　*　*

곧 시체 광산이 수백 개 생겨났다. 처음에는 나쁜 냄새가 나지 않았다. 밀랍 박물관이었다. 그러나 시체들은 썩고 녹기 시작했고, 악취는 장미와 겨자탄 냄새 같았다.

뭐 그런 거지.

빌리가 함께 일하던 마오리인은 그 악취 속으로 내려가 일을 하라는 명령을 받은 뒤 헛구역질을 하다 죽었다. 그는 자신의 몸을 갈가리 찢으며 토하고 또 토했다.

뭐 그런 거지.

그래서 새로운 방법이 고안되었다. 이제 시체를 위로 끌어올리지 않았다. 화염방사기를 든 병사들이 시체들을 있는 자리에서 화장해버렸다. 병사들은 대피소 바깥에 서서 그냥 불만 안으로 들여보냈다.

그곳 어딘가에서 가엾은 늙은 고등학교 선생 에드거 더비가 지하묘지에서 찻주전자를 가져왔다가 들켰다. 그는 약탈죄로 체포되었다. 재판을 받고 총살을 당했다.

뭐 그런 거지.

또 그곳 어딘가에 봄이 있었다. 시체 광산은 폐쇄되었다. 병사들은 모두 러시아인과 싸우러 떠났다. 교외에서 여자들과 아이들은 참호를 팠다. 빌리와 그의 무리 나머지 사람들은 교외의 마구간에 갇혀 있었다. 그러다 어느 날 아침 일어나보니 문이 잠겨 있지 않다는 것을 알게 되었다. 유럽의 제2차세계대전은 끝이 났다.

빌리와 나머지 사람들은 어슬렁어슬렁 걸어 그늘진 거리로 나갔다. 나무들이 낙엽을 떨어뜨리고 있었다. 바깥에서는 아무 일도 벌어지지 않았다. 거리를 오가는 것은 전혀 없었다. 탈것이라고는 딱 하나, 말 두 마리가 끄는 마차가 버려져 있을 뿐이었다. 마차는 녹색에 관 모양이었다.

새들이 이야기를 하고 있었다.

새 한 마리가 빌리 필그림에게 말했다. "지지배배뱃?"

커트 보니것과 『제5도살장』

　　커트 보니것의 『제5도살장』 1장은 "이 모든 일은 실제로 일어났다, 대체로는"이라는 문장으로 시작하여 일인칭 화자가 자신이 어떤 과정을 거쳐 제2차세계대전 때 연합군의 드레스덴 폭격과 관련된 이야기를 쓰게 되었는지 이야기해준다. 이 첫 문장을 액면 그대로 믿어야 할지 말아야 할지 조심스럽기는 하지만, 어쨌든 1장의 이야기는 작가의 전기적 사실과 일치하는 부분이 많다. 그후에 나오는 드레스덴 공습과 관련된 내용도 마찬가지다. 작가는 실제로 유럽에서 독일군에게 포로로 잡혀 드레스덴의 도살장을 개조한 수용소—제5도살장—에 끌려갔다가 1945년 2월 13일부터 15일까지 이루어진 연합군의 공습을 경험했고, 고기 저장소에 피신한 덕분에 살아남았다(이 도살장은 지금도 보존되어 있고, 이 작품과 연계된 답사도 할 수 있다고 한다). 1장에서 일인칭 화자는 바로 이 경험, 조금 넓게 보자면 자신의 전쟁 경험과 관련된 이야기를 쓰고 싶어하지만 마음대로 되지 않아 괴로워한다.

화자는 전쟁에서 돌아온 직후부터 이 이야기를 쓰고 싶었다고 하는데, 결국 책이 나온 것은 1969년으로, 실제로 사건이 일어나고 나서 대략 한 세대 가까이 흐른 뒤였다. 1922년생인 작가의 입장에서 보자면, 이십대 초반에 겪은 사건을 장성한 자식까지 두고 작가로서 어느 정도 자리를 잡은 사십대 후반에 써내게 된 셈이니, 거의 30년 동안 이 작품을 준비해왔다고도 말할 수 있다. 그동안 보니것은 1장에 나오는 대로 직장 몇 군데를 다니며 단편을 쓰다가 1951년 전업작가로 살기로 결심했고 이듬해 장편 『자동 피아노』를 출간했다. 『제5도살장』을 쓰기 전까지 장편을 네 권 더 발표했고, 그 사이사이에 단편을 부지런히 써서 생계를 유지했다.

『제5도살장』을 비롯해 그의 여러 작품에 등장하는 무명의 과학소설가 킬고어 트라우트는 사실 이 시기의 작가 자신을 깎아내리고 희화화한 인물이라고 볼 수도 있다. 실제로 보니것의 첫 장편 『자동 피아노』는 미래 세계를 배경으로 했기 때문에 어떤 비평가는 이 작품을 올더스 헉슬리의 『멋진 신세계』와 비교하기도 했다. 보니것 자신도 헉슬리의 영향을 인정했으며, 『1984』를 쓴 조지 오웰을 가장 좋아하는 작가로 꼽기도 했다. 데뷔작 이후 그가 쓴 소설들도 과학소설적인 면이 강하여 그에게는 과학소설가라는 칭호가 따라붙기 시작했다. 이때만 해도 이런 칭호는 절대 칭찬이라고 할 수 없었는데, 이런 면에 대한 자의식이 트라우트라는 인물의 창조에도 반영된 듯하다. 『제5도살장』에도 시간 여행, 미래의 미국, 트랄파마도어 행성—그의 다른 소설에도 등장한다—등 과학소설적인 면이 들어가는데, 무엇보다도 트라우트라는 과학소설가의 존재, 또 그의 여러 작품에 대한 소개에서 과학소설 친화적인 면이 여실히 드러난다고 할 수 있다. 어떤 비평가들은 보니것의 경우에는 이런 과학소설적인 요소가 어디까지나 현실 세계를 그리는 방편일 뿐이라고 옹호하는데—사실 괜찮은 과학소설치고 그렇지 않은 것이 있을까마는—『제5도살장』에서도 그 점이 충분히 증명되기는 하지만, 포스트모더니즘의 다양한 기법에 꽤 익숙한 현재의 독자들에게는 굳이 옹호하고 말고 할 것도 없다는 느낌이 든다.

보니것의 소설에 과학소설적 요소가 강한 이유를 그가 제2차세계대전 후 1947년부터 1951년까지 제너럴 일렉트릭에서 근무한 경력에서 찾는 사람들도 있다. 사실 그는 그 이전, 그러니까 제2차세계대전에 참전하기 전 코넬 대학교에 다닐 때도, 물론 주위의 압력에 떠밀려 택한 것이기는 하지만, 생화학을 전공했다. 그러나 글쓰는 데 남다른 재주가 있었던 보니것은 학과 공부보다는 대학 신문 일을 하며 글을 쓰는 데 더 열심이었고, 게다가 일본의 진주만 공격으로 미국이 제2차세계대전에 참전하여 전쟁의 열기가 지배하던 이 시기에 자신의 미래를 예고하듯 평화주의를 옹호하는 글을 썼다. 결국 학점도 낮은데다가 반전적인 글까지 쓰는 바람에 1942년 징계를 당하면서 대학을 그만두게 되었고, 그 바람에 대학생으로 징병 유예 혜택을 받을 수 없게 되자 스스로 입대하는 길을 택했다. 입대한 뒤 처음에는 육군 특별 훈련 프로그램에 따라 기계공학을 공부했는데, 1944년 전쟁이 막바지에 이르면서 정찰병 훈련을 받고 유럽으로 가게 되었다.

사실 이 과정은 큰 흐름으로 볼 때 『제5도살장』의 주인공 빌리가 군인이 되어 유럽으로 가게 되는 과정과 비슷하다. 빌리 또한 일리엄 검 안학교에 다니다 입대했고 미국 내에서 훈련을 받다 유럽으로 가기 때 문이다. 더 중요한 유사점이 드러나는 부분은 빌리가 유럽으로 가기 직전 아버지가 세상을 떴다는 대목이다. 다만 보니것의 경우는 유럽으 로 가기 직전 어머니가 자살로 생을 마감했다. 보니것의 부모는 둘 다 19세기 미국에 이주한 독일인들의 후손으로, 각각 건축과 양조를 바탕 으로 꽤 안정적인 생활을 하던 집안 출신이었다. 그러나 금주령과 대공 황으로 사업 기반이 무너지면서 가세가 기울어, 세 자녀 가운데 막내인 보니것이 성장할 무렵에는 과거의 부유한 생활은 찾아보기 힘들었다. 보니것 자신은 날 때부터 그런 형편이었으니 자신의 경제적 환경을 크 게 의식한 것 같지 않지만, 부모는 달랐다. 아버지는 정상적인 생활을 하지 못했고, 어머니는 남편을 신랄하게 비난하며 다시 옛날로 돌아가 려고 안간힘을 썼으나 우울증으로 고생했다. 그 어머니가 보니것이 유 럽으로 떠나기 전 어머니의 날 무렵에 스스로 목숨을 끊은 것이다.

보니것은 어머니의 죽음 직후 유럽으로 갔다가, 역시 빌리와 마찬가 지로 독일군의 마지막 총공세로 벌어진 벌지 전투에서 포로가 되었고, 소설에 따르면 그때부터 전쟁이 끝나 미국으로 돌아갈 때까지 빌리와 함께 포로 생활을 했다. 그 과정에서 앞서 말했듯이 연합군의 드레스덴 폭격을 현장에서 경험했고, 이 경험을 소설로 쓰겠다고 마음먹었던 것 이다. 그가 결국 소설을 쓰게 된 것은 1969년, 즉 미국이 다시 나라 밖 에서 전쟁에 말려든 시기였다. 그러나 분위기는 이전 전쟁 때와 사뭇 달랐다. 제2차세계대전 때는 애국심이 온 나라를 사로잡아 반전이나 평화 이야기는 입 밖에 내기도 힘든 상황이었다. 보니것이 대학을 그만두고 전장으로 나가게 된 것 자체가 그런 입장을 표현한 대가를 치른 것이기도 했다. 그러나 1969년에는 반전 운동이 미국을 휩쓸고 있었다. 보니것 자신도 말하듯이, 시대적으로 드레스덴 이야기를 할 만한 분위기가 마련되어 있었다. 실제로 『제5도살장』은 단숨에 베스트셀러가 되었으며, 보니것은 반전 운동에도 적극적으로 참여하여 대표적인 반전 작가로 부상하게 되었다.

그렇기 때문에 우리는 쉽게 드레스덴은 곧 베트남이라는 등식을 떠올리게 되지만, 막상 소설로 들어가면 그렇게 단순한 등식은 찾아보기 힘들다. 물론 『제5도살장』은 빌리의 현재도 다루기 때문에 당연히 베트남 전쟁도 다룬다. 그러나 전체적으로 볼 때 베트남 전쟁에 대한 반대 논리와 드레스덴 폭격에 대한 반대 논리가 서로를 뒷받침해준다든가 하는 증거는 찾아보기 힘들고, 나아가 빌리의 현재와 과거가 베트남과 드레스덴을 대응시키는 구조로 짜여 있다고 보기도 힘들다. 즉 반전의 분위기가 물씬 풍기는 『제5도살장』이라는 소설이 베트남 전쟁 반대라는 시대적 분위기 속에서 환영받은 것은 맞지만, 소설의 내용에서 드레스덴은 곧 베트남이라는 식으로 베트남 전쟁 자체를 적극적으로 활용하지는 않는다는 뜻이다.

예를 들어, 베트남 전쟁과 드레스덴을 연결시키려 한다면 가장 적절한 대목은 해병대 소령이 북베트남을 맹폭하여 그 땅을 석기시대로 돌려놓아야 한다고 말하는 부분일 듯하다. 그러나 드레스덴 폭격의 참상을 경험했던 빌리는 소령의 말을 듣고도 그저 무기력하고 무감각하게 대응할 뿐이다. 심지어 문제아였던 아들 로버트가 멋진 그린베레가 되어 베트남에서 싸우는 것을 자랑스럽게 여기라고 말할 때도 이의를 제기하지 않는다. 주인공 자신이 드레스덴은 베트남이라는 등식을 완성할 생각이 없는 것이다. 게다가 이것은 1장에 나오는 화자의 입장과 정면으로 배치된다. 1장에서 화자는 이렇게 말한다. "나는 아들들에게 어떤 상황에서도 대학살에는 참여하지 말라고, 적의 대학살 소식을 듣고 만족하거나 기뻐해서는 안 된다고 말하곤 했다. 나는 또 아들들에게 학살 기계를 만드는 회사에서는 일하지 말고, 우리에게 그런 기계가 필요하다고 생각하는 사람들은 경멸하라고 말해왔다."

이렇게 드레스덴은 베트남이라는 등식, 작가는 화자이고 화자는 곧 빌리와 다름없다는 등식에 균열이 생기면서 우리는 복잡한 소설적 환경에 처하게 된다. 심지어 빌리는 드레스덴 폭격의 불가피성을 합리화하려는 럼포드와 이야기를 할 때도 그에게 적극적으로 반대하지 않고, 그 불가피성—트랄파마도어적인 불가피성이지만—을 인정한다. 이 책에서 누군가가 죽을 때마다 등장하는 "뭐 그런 거지"라는 표현—총 106번 나온다고 한다—도 체념적 수동성을 드러내는 말로 들리기도 하여, 과연 이 책이 반전의 메시지를 던지기는 하는 것인지 다시 생각해보게 된다. 이런 모든 문제가 생기는 것은 바로 빌리라는 인물 때문이다. 빌리라는 인물에 부딪히는 순간 상식적이고 관습적인 생각을 모두 재검토하게 되는 것이다.

사실 『제5도살장』은 얼핏 쉬워 보이는 문체—보니것은 시카고 시티 보도국에 다니던 시절 전화로 기사를 불러주던 데서 단순하고 명료한 문체를 익혔다고 한다—때문에 놓치기 쉽지만 그 형식 자체가 관습적이지 않은데, 이 또한 사실 빌리 때문에 벌어진 일이다. 1장과 그후 이야기의 분리도 그렇지만, 빌리가 주인공으로 등장하는 이야기 역시 시간 순서에 따라 플롯이 전개되지도, 그렇다고 단순한 플래시백 방식으로 진행되지도 않는다. 어떤 질서를 느끼기 힘들 정도로 시간과 공간을 바쁘게 왔다갔다하는데, 이것은 화자가 주도권을 쥐고 이야기를 서술해나가는 것이 아니라 빌리가 하는 이야기를 전달하는 형식을 취하기 때문이다(2장의 서두에서 화자는 빌리의 이야기를 들어보라고 하고, 빌리가 이렇게 저렇게 말한다는 식으로 서술해나간다). 이야기를 읽다보면 전지적 시점에서 이야기가 전개되는 듯한 착각이 들기도 하지만, 마치 그런 착각을 경계하듯이 화자는 소설 속에서 몇 번 자신을 드러내기도 한다. 이것은 빌리와 화자를 동일시하는 것을 막는 효과도 있다.

왜 빌리는 이렇게 두서없이 이야기를 하는 것일까? 그것은 무엇보다도 빌리가 시간에서 풀려나 자기 의지와 관계없이 시간 여행을 하여 과거, 현재, 미래를 정신없이 오가기 때문이다. 어쨌든 빌리 자신은 그렇게 믿고 있고, 화자는 어디까지나 빌리의 이야기를 전달하는 입장일 뿐이기 때문에 그 주장의 신빙성에 대해서는 가타부타 말이 없다. 사실 화자는 시간 여행에 대한 주장만이 아니라, 앞서 언급했던 전쟁에 대한 태도를 포함하여 빌리의 여러 생각이나 행동에 대해서도 직접적인 평가를 내리지 않고 입을 다물고 있다. 이 때문에 독자들은 관습적인 이야기를 읽을 때와는 달리 빌리의 말이나 행동을 어떻게 받아들여야 할지 곤혹스러운 입장에 처하게 된다. 왜 화자는 굳이 이런 인물을 이야기의 주인공이자 이야기를 이끄는 사람으로 내세웠던 것일까?

아무래도 바로 이 점이 화자가 이 작품을 쓰기까지 오랜 세월 고민한 핵심적인 부분이 아닐까 하는 생각이 드는데, 이런 주인공 설정은 드레스덴 이야기 전체의 핵심과 연결되어 있는 듯하다. 1장에 나오는 대로 드레스덴 이야기의 핵심은 드레스덴 폭격과 그로 인한 무고한 생명의 희생보다도 그 모든 일이 끝난 뒤에 벌어진 에드거 더비의 뜻밖의 처형이다.

내 생각에 책의 클라이맥스는 가엾은 우리 에드거 더비의 처형이 될 것 같아. (⋯) 엄청난 아이러니잖아. 도시 전체가 잿더미가 되고, 수도 없이 많은 사람들이 죽임을 당했어. 그런데 미국인 보병 한 명이 폐허 속에서 찻주전자를 가져갔다는 이유로 체포되었어. 그런 뒤에 정식 재판에 회부되었다가 총살대에게 처형됐잖아. (15~16쪽)

여기에서 드레스덴 폭격이나 그로 인한 무고한 인명의 희생과 그 비극적인 면에 초점이 맞춰진 것이 아니라 그 모든 일이 끝난 뒤 벌어진 에드거 더비의 죽음, 그리고 그 아이러니에 초점이 맞춰져 있다는 사실에 주목할 필요가 있다. 화자가 이 아이러니에 대응하려 하면서, 주인공의 설정도 달라지고 반전이라는 생각 자체도 전쟁의 비극에 대한 진지한 반대와는 다른 길로 흘러가게 되기 때문이다. 에드거 더비가 죽을 때 빌리는 어디 있었을까? 빌리는 더비가 죽으면 묻으려고 삽을 든 채 에드거 더비를 보고 있었다. 에드거 더비의 처형 뒤 곧 전쟁은 완전히 끝나고 빌리는 귀국했다. 얼마 후 빌리는 자기 발로 정신병원에 들어가는데, 그의 정신이 무너진 이유는 소설에서 직접적으로 언급되지 않는다. 그러나 에드거 더비의 처형이 이야기의 클라이맥스라고 한다면, 그리고 화자가 굳이 빌리를 이 이야기의 주인공으로 내세웠다면, 빌리의 정신이 무너진 것은 무엇보다도 더비의 죽음 때문이라고 보아도 무리가 없을 것이다. 따라서 『제5도살장』은 다른 무엇보다도 등장인물 가운데 가장 무력한, 가장 살아남을 가능성이 적었던 빌리가 결국 살아남아, 등장인물 가운데 가장 훌륭한, 가장 살아남을 가능성이 높았던 에드거 더비의 어처구니없는 죽음이라는 부조리와 아이러니 때문에 무너지는, 또 동시에 그 부조리를 견디고 받아들이는—트랄파마도어의 철학으로—이야기라고 할 수 있다.

사실 『제5도살장』에서 가장 중요한 갈림길은 전통적인 영웅이자 주인공에 걸맞은 에드거 더비가 그림자로 밀려나고, 무력하고 반영웅적인 빌리가 감추어진 주인공 에드거 더비를 상징적으로 묻어버린 뒤 주인공 자리에 올라선 것이라고 말할 수 있다. 이렇게 『제5도살장』은 전통적인 영웅서사—그것이 전쟁을 찬미하는 것이든 반대하는 것이든—를 전복하는 이야기가 되었으며, 반反소설, 반反문화의 길로 가게 되었다. 이로써 화자는 1장에서 메리 오헤어—헌사에 등장하는 여인이다—에게 한 약속을 지킨 셈인데, 사실 이야기를 이쪽으로 끌고 가도록 영감을 준 사람이 바로 메리 오헤어다. 만일 에드거 더비가 주인공이 되었다면 설사 반전적인 내용이라 해도 프랭크 시나트라나 존 웨인과 연결되겠지만, 아기 예수에 비견되는, 어린아이처럼 무력한 빌리가 주인공이 되는 순간 그럴 가능성은 사라져버리기 때문이다.

소설 형식에서도, 앞서도 말했듯이, 정신적 파탄과 비행기 사고로 정신이 혼란스러운 빌리 자신이 이야기의 주체로 등장하고 화자는 그의 이야기를 듣는 입장에 섬으로써, 과학소설적 요소도 자연스럽게 결합될 수 있을뿐더러, 이른바 포스트모던적인 다양한 기법이 들어설 공간이 넓어진다. 이런 형식은 일차적으로 전쟁과 그 과정의 부조리로 인해 빌리가 받은 충격을 정당화해주는 것이기도 하고, 또 전쟁의 비극보다는 아이러니에 초점을 맞추는 데 더 효과적인 방법으로 보이기도 한다. 하지만 다른 한편으로는 서구의 합리성, 그리고 그것에 기반을 둔 소설적 서사의 붕괴와도 연결된다. 보니것 자신도 "문명은 제1차세계대전에서 끝났다"고 말한 적이 있거니와, 빌리가 주인공으로 나선『제5도살장』은 이렇게 해서 반전을 넘어 반문화라는 더 깊은 흐름과 연결되었고, 베트남 전쟁기만이 아니라 20세기 미국 소설을 대표하는 작품으로 자리잡게 된 것이다.

1998년에 모던라이브러리는 이 작품을 '20세기 100대 영문학' 가운데 18위에 올려놓았고, 〈타임〉은 '20세기 100대 영문소설'에 포함시키기도 했다. 그러나 이런 영광스러운 지위와 더불어 반미국적, 반기독교적, 반유대적, 비도덕적 등등 우리가 쉽게 짐작할 수 있는 이유로 공격을 당하고 청소년에게 유해한 소설 취급을 받기도 했다. 이는 반문화의 대표적인 작품으로서 피할 수 없는 운명이라고 할 수 있지만, 또 어떤 면에서는 그의 소설이 지금도 미라가 되지 않고 영향력을 행사하고 있다는 증거로 볼 수도 있다. 보니것은 이 작품을 발표한 이후에도 2007년 세상을 뜰 때까지 소설, 희곡, 논픽션을 부지런히 썼지만 계속『제5도살장』의 영향하에서 살았고, 죽은 뒤에도 그 작품과 반문화적 태도를 가장 큰 유산, 살아 있는 유산으로 남겼다. 그는 살아 있을 때도 또 죽어서도『제5도살장』의 작가, 반문화의 작가였다.

정영목

1922년   미국 인디애나 주 인디애나폴리스에서 독일계 이민자 커트 보
          니것 시니어와 이디스 보니것의 3남매 중 막내로 태어남. 본명
          은 커트 보니것 주니어.

1940년   코넬 대학교에 입학해 생화학을 공부함. 〈코넬 데일리 선〉 편집
          을 맡음.

1942년   재학중에 미 육군에 입대함. 카네기 공과대학과 테네시 대학교
          에서 기계공학을 배움.

1943년   제2차세계대전에 징집되어 전쟁에 나감.

1944년   어머니 이디스가 자살함. 12월, 독일군에게 포로로 잡혀 드레스
          덴으로 끌려감.

1945년   드레스덴 폭격에서 운좋게 살아남았고, 폭격에 분노한 독일
          인 생존자들에게 구타당하기도 함. 이 경험은 이후 『제5도살장
          Slaughterhouse-Five』의 소재가 됨. 송환 후 소꿉친구인 제인 마
          리 콕스와 결혼함. 시카고 대학교 대학원에서 인류학을 공부함.

1946년   시카고 대학교에서 논문이 통과되지 않아 학위를 받지 못함.

1947년   아들 마크 출생. 뉴욕 주 스키넥터디에서 제너럴 일렉트릭 사의
          홍보 담당자로 일함.

1949년   큰딸 이디스 출생.

1950년   첫 단편 「반하우스 효과에 대한 보고서 Report on the Barn-
          house Effect」를 비롯, 단편 몇 편을 지면에 발표함.

1951년   제너럴 일렉트릭 사를 그만두고 매사추세츠 주로 이사함.

1952년   『자동 피아노 Player Piano』 출간.

1954년	작은딸 나넷 출생. 고등학교 영어 교사, 광고기획사 카피라이터, 자동차 영업사원 등의 일을 전전함.
1957년	아버지 커트 보니것 시니어 사망.
1958년	매형이 열차 사고로 사망하고 그 직후 누나마저 병으로 죽자, 누나의 세 아이를 양자로 들임.
1959년	『타이탄의 미녀 The Sirens of Titan』 출간.
1961년	『마더 나이트 Mother Night』 『고양이 집의 카나리아 Canary in a Cathouse』 출간.
1963년	『고양이 요람 Cat's Cradle』 출간.
1965년	『신의 축복이 있기를, 로즈워터 씨 God Bless You, Mr. Rose-water』 출간.
1967년	드레스덴을 방문함.
1968년	『몽키하우스에 어서 오세요 Welcome to the Monkey House』 출간.
1969년	『제5도살장』 출간.
1970년	하버드 대학교에서 문예창작 강의를 함. 희곡 〈생일 축하해, 완다 준 Happy Birthday, Wanda June〉이 공연됨.
1971년	시카고 대학교에서 『고양이 요람』이 논문으로 인정받아 뒤늦게 석사 학위를 받음. 제인과 별거하고 뉴욕으로 이사함. 이후 뉴욕에서 사진작가이자 아동소설가인 질 크레멘츠를 만남.
1972년	미국 PEN 부회장에 선출됨. 『제5도살장』이 영화화되어 그해 칸 국제영화제 심사위원상, 이듬해 휴고상 드라마틱 프리젠테이션 부문 수상.
1973년	전미예술가협회 회원으로 선출됨. 뉴욕 시립대 영문학 석좌교수가 됨. 인디애나 대학에서 명예박사 학위를 받음. 『챔피언들의 아침식사 Breakfast of Champions』 출간.
1974년	에세이, 여행기 등을 모은 『웜피터, 포마 그리고 그란팔룬

Wampeters, Foma and Granfalloons』출간.

1976년 『슬랩스틱*Slapstick*』출간. 이때부터 주니어를 빼고 커트 보니것이라는 이름으로 책을 출간함.

1979년 『제일버드*Jailbird*』출간. 제인 마리 콕스와 정식으로 이혼하고 질과 결혼함.

1980년 그림책『해 달 별*Sun Moon Star*』출간.

1981년 연설문, 에세이 등을 모은『종려주일*Palm Sunday*』출간.

1982년 『데드아이 딕*Deadeye Dick*』출간.

1984년 자살을 시도했으나 실패함.

1985년 『갈라파고스*Galápagos*』출간.

1987년 『푸른 수염*Bluebeard*』출간.

1990년 『호커스 포커스*Hocus Pocus*』출간.

1991년 에세이『죽음보다 나쁜 운명*Fates Worse Than Death*』출간.

1996년 『마더 나이트』영화화됨. 영화에 커트 보니것 본인도 카메오로 등장함.

1997년 『타임퀘이크*Timequake*』출간. 소설가로서 은퇴를 선언함.

1998년 『챔피언들의 아침식사』영화화됨.

1999년 미출간 단편들을 모은 단편집『배곰보 코담뱃갑*Bagombo Snuff Box*』, 가상 인터뷰를 모은『신의 축복이 있기를, 닥터 키보키언 *God Bless You, Dr. Kevorkian*』출간.

2000년 집에 화재가 나 병원 치료를 받음. 뉴욕 주 작가로 지명됨.

2005년 에세이『나라 없는 사람*A Man Without a Country*』출간.

2007년 맨해튼 자택 계단에서 굴러떨어져 머리에 큰 상처를 입고 입원, 몇 주 후 사망함.

2008년 미발표 원고를 모은 유고집『아마겟돈을 회상하며*Armageddon in Retrospect*』출간.

2009년 미발표 단편소설을 묶은 단편집『카메라를 보세요*Look at the*

Birdie』 출간.

2011년   단편집 『세상이 잠든 동안 *While Mortals Sleep*』 출간.

2013년   미완성 단편이 수록된 단편집 『멍청이의 포트폴리오 *Sucker's Portfolio*』 출간.

문학동네 세계문학전집 발간에 부쳐

세계문학은 국민문학 혹은 지역문학을 떠나 존재하는 문학이 아니지만 그것들의 총합도 아니다. 세계문학이라는 용어에는 그 나름의 언어와 전통을 갖고 있는 국민문학이나 지역문학의 존재를 인정하면서 그것을 넘어서는 문학의 보편적 질서에 대한 관념이 새겨져 있다. 그 용어를 처음 고안한 19세기 유럽인들은 유럽문학을 중심으로 그 질서를 구축했지만 풍부한 국민문학의 전통을 가지고 있는 현대의 문학 강국들은 나름의 방식으로 세계문학을 이해하면서 정전(正典)의 목록을 작성하고 또 수정한다.

한국에서도 세계문학 관념은 우리 사회와 문화의 변화 속에서 거듭 수정돼왔다. 어느 시기에는 제국 일본의 교양주의를 반영한 세계문학 관념이, 어느 시기에는 제3세계 민족주의에 동조한 세계문학 관념이 출현했고, 그러한 관념을 실천한 전집물이 출판됐다. 21세기 한국에 새로운 세계문학전집이 필요하다는 것은 명백하다. 우리의 지성과 감성의 기준에 부합하는 세계문학을 다시 구상할 때가 되었다.

문학동네 세계문학전집은 범세계적으로 통용되는 고전에 대한 상식을 존중하면서도 지난 반세기 동안 해외 주요 언어권에서 창작과 연구의 진전에 따라 일어난 정전의 변동을 고려하여 편성되었다. 그래서 불멸의 명작은 물론 동시대 세계의 중요한 정치·문화적 실천에 영감을 준 새로운 작품들을 두루 포함시켰다.

창립 이후 지금까지 한국문학 및 번역문학 출판에서 가장 전문적이고 생산적인 그룹을 대표해온 문학동네가 그간 축적한 문학 출판 경험을 바탕으로 새로운 세계문학전집을 펴낸다. 인류가 무지와 몽매의 어둠 속을 방황하면서도 끝내 길을 잃지 않은 것은 세계문학사의 하늘에 떠 있는 빛나는 별들이 길잡이가 되어주었기 때문이다. 우리가 자부심과 사명감 속에서 그리게 될 이 새로운 별자리가 독자들의 관심과 애정에 힘입어 우리 모두의 뿌듯한 자산이 되기를 소망한다.

문학동네 세계문학전집 편집위원
민은경, 박유하, 변현태, 송병선, 이재룡, 홍길표, 남진우, 황종연

세계문학전집 150

제5도살장

1판 1쇄 2016년 12월 9일
1판 19쇄 2024년 6월 5일

지은이 커트 보니것 | 옮긴이 정영목

책임편집 박신양 | 편집 오동규
디자인 김현우 최미영 | 저작권 박지영 형소진 최은진 서연주 오서영
마케팅 정민호 서지화 한민아 이민경 안남영 왕지경 정경주 김수인 김혜원 김하연 김예진
브랜딩 함유지 함근아 고보미 박민재 김희숙 박다솔 조다현 정승민 배진성
제작 강신은 김동욱 이순호 | 제작처 영신사

펴낸곳 (주)문학동네 | 펴낸이 김소영
출판등록 1993년 10월 22일 제2003-000045호
주소 10881 경기도 파주시 회동길 210
전자우편 editor@munhak.com | 대표전화 031)955-8888 | 팩스 031)955-8855
문의전화 031)955-1927(마케팅), 031)955-3560(편집)
문학동네카페 http://cafe.naver.com/mhdn
인스타그램 @munhakdongne | 트위터 @munhakdongne
북클럽문학동네 http://bookclubmunhak.com

ISBN 978-89-546-4325-2 04840
      978-89-546-0901-2 (세트)

www.munhak.com

● 문학동네 세계문학전집은 계속 출간됩니다